鍋奉行犯科帳

田中啓文

本書は「ｗｅｂ集英社文庫」で二〇一二年五月から十月まで連載された作品に、
書き下ろしの第四話を加えたオリジナル文庫です

目次

本文デザイン／原条令子
挿絵／林　幸

鍋奉行犯科帳

第一話

フグは食ひたし

1

「うへえ、酔うとるなあ。まっすぐの道がくにゃくにゃに見えよるわ……」

千三《せんぞう》は、もつれる足をほどくようにして、夜道を歩いていた。ほてった頬を川風が心地よくなぶっていく。タコが八方に脚を伸ばすがごとく多才なところから「蛸足《たこあし》の千三」の異名をとるこの男は、まだ二十歳《はたち》過ぎの若さだが、道頓堀《どうとんぼり》の「大西の芝居」の木戸番をしながら、みずから戯作《げさく》も書き、そのかたわら水茶屋を営むという、八面六臂《はちめんろっぴ》の才覚者である。ただ、そのどれもがうまくいかぬのが瑕《きず》といえば瑕だ。顔が、いわゆる「ひょっとこ顔」なので、「蛸足」やのうて「蛸面《たこづら》の千三」やろ、と揶揄《やゆ》されることを本人、じつはかなり気にしている。今は、役者連中と法善寺《ほうぜんじ》まえの居酒屋「芝右衛門」でさんざっぱら飲み食いしての帰りである。

「ありゃ……なんや？」

道の先に、頬かむりをした数人の男たちがなにかを運んでいるのが見えた。すでに九つ半（午前一時）ごろ。道頓堀の川面《かわも》にも船の姿はなく、店の明りもとぼしい。「芝右衛門」を出るとき提灯《ちょうちん》を断ったことを今更に悔やみながら、月明りを頼りにその様子を見透かしたが、酔眼も手伝ってよく見えぬ。どうやら、筵《むしろ》で包んだなにかを道から川端へ降ろそうとしているらしい。千三にはそれが「ひとの形」に思えた。

（おんやあ……？）

千三は「役木戸《やくきど》」である。つまり、大坂町奉行所からお上のご用を承る身なのだ。道頓堀の芝居小屋の組合をたばねる惣木戸《そうきど》から、大勢の木戸番のうち十二名が「役木戸」に任命される。それは年齢や小屋での地位に関わりなく、その役目に向いているかどうかで選ばれるのだ。戯作の筆もとる千三は、世情を鋭く見る目に恵まれており、そこを評価されたらしい。この役につくと、奉行所からの下され金は一切ないかわりに、水茶屋を営む鑑札をもらえる。彼は、芝居の木戸銭の分け前と水茶屋の上がりでなんとか糊《こ》口《こう》をしのいでいた。その千三の、役木戸としての「勘」が、ぴんと働いた。

大坂では、川岸のことを「浜」という。道頓堀の道筋から浜へは石段で降りられるようになっており、男たちは、筵でぐるぐる巻きにしたものを抱えて、石段をゆっくり下っていく。千三が今いる道頓堀の北側の浜には、浜納屋《はまなや》が並んでいる。時刻が遅いのでどこも戸を閉ざしているが、茶店に毛の生えた程度の簡素な店ばかりだ。道頓堀に遊びにきた連中相手の食べ物屋、みやげもの屋などで、そのうちの一軒が千三の「道頓堀一小さいのが自慢」の水茶屋「蛸壺屋《たこつぼや》」なのだが……彼らは、そんな浜納屋のひとつで、「せんじゅ堂」という干菓子を売る店のまえに一旦その筵を降ろすと、店の横合いの暗がりから一艘《そう》の小舟を引きだして、堀へ浮かべた。

（ふうん……なにする気やろ）

千三は、暗い川面を見透かしながら、ここで声をかけるべきか、なおも見守りつづけるか迷っていた。こんな夜中にこそこそと舟を出す……なんらかの悪事が行われていることはまちがいない。しかし今、

「ご用の筋のもんや」

と一声かけたら、相手を警戒させ、大きな事件《やま》を逃すかもしれぬ。といって、こちらはひとりである。このまま見ているだけでは、まんまと逃げられてしまう怖《おそ》れもある。

（会所《かいしょ》につなぎがついたらなあ……）

各町内に一箇所ある「会所」は、江戸でいう自身番のようなもので、夜通し会所守が詰めており、定町廻《じょうまちまわ》りの同心たちも巡回の途中でかならず立ち寄って、異状がないかを確かめることになっている。だが、今から会所に走って応援を頼んでいるうちに、目のまえの連中はいなくなってしまうだろう。

（とにかく、これは村越《むらこし》の旦那に報《しら》せなあかんぞ。そろそろ旦那にもでかい手柄を立ててもらわんと……）

男たちは、小舟にその筵でくるんだものを載せようとしている。どこかに運び去ろうというのだろう。

(慣れた手つきやな。いったいなにを……)

していているのか、と千三が、身を隠していた石垣下の闇から半ば身を乗り出したとき、

「たわけ!」

ガラガラ声が頭上から降ったかと思うと、くわあああ……んという、ヤカンを鉄柱で殴ったような金属音が響いた。それが自分の頭蓋から発していると気づいたときには、千三の意識はすでに遠のいていた。

◇

「母上、なにやらよい匂いがいたしますな」

膳のまえに座り、熱い茶粥《ちゃがゆ》を啜《すす》りながら、村越勇太郎《ゆうたろう》が言った。

「お彼岸やさかい、おはぎこさえてましたのや」

母親のすゑが、はんなりした口調で言った。

「母上のおはぎは美味《おい》しゅうございますからな。どこの菓子屋のものより味がよい」

そう言うと、勇太郎は粥をがさがさと掻《か》きこみ、三杯目のお代わりをしようと茶碗を差し出した。

「若、いつまでご膳食べてはりますのや。早《はよ》う支度しなはれ」

たまりかねて、家僕の厳兵衛《げんべえ》が言った。先代の柔太郎《じゅうたろう》の代から村越家に仕えているので、口に遠慮がない。呼び方は坊《ぼん》から若になったが、腹のなかではいまだに「うちの坊」と思っていることはまちがいない。小児と見まがうほど小柄なので、「めだかの厳兵衛」というあだ名がついている。

「まあ、ええやないか、厳兵衛。空腹では存分に働けん。三杯でも四杯でもしっかり腹ごしらえさしたげなはれ」

母親のすゑがはんなりした口調で言った。

「せやかて奥さま、今日は新任のお奉行さんが来はる日でっせ。遅れたりしたら出世に響きます」

武家では、殿さまに対して奥さまという言葉を使う。つまり、大名・旗本の妻以外は「奥さま」とは呼称されぬはずだが、なぜか与力や同心の家だけは、主人は「旦那さま」なのに家内は奥さまと呼ばれていた。

「おっほっほっほっ。出世なんかどうでもよろし。人間、分相応がいちばんや。高望みしすぎたら、ぺしゃんこにされまっせ」

すゑは白い喉を見せて笑った。かつては難波新地《なんばしんち》一の美妓《びぎ》と言われた芸子である。死ぬの生きるのという騒動を経て、西町奉行所の同心だった柔太郎に落籍《ひか》され、一緒になったのだと勇太郎は耳にしている。もちろん芸子がそのまま武家の女房になれようはずもなく、おそらくは京のしかるべき公家《くげ》に金をつかませ、形だけの養女にしてからの輿《こし》入《い》れだったのだろう。本人はそのあたりの経緯は黙して語らないが、四十半ばを越えた今でも、わが母ながら匂い立つような色香を感じる。

「なにを言うてはりますのや、若にはこの先どしどし手柄を立ててもろて、末は与力にお取り立ていただいて、村越の家名を上げていただかんとなりまへん」

与力も同心もそれぞれ定数が決まっているうえに世襲なので、同心から与力になるのは容易ではない。しかし、跡目がなかったり、不首尾でお役御免になったりして与力に欠員が出た場合には、ありえない話ではなかった。

「勇太郎が与力になったら、毎朝、お馬さんに乗ってお勤めに出なあきまへんがな。乗せるお馬が気の毒なこと。ほほほほほほ」

「揚がり場でお奉行さんの出迎えしてはる与力衆、同心衆もぎょうさんいてはるはずでっせ。若は、行かんでよろしいんか」

新任奉行は迎え方与力とともに三十石で京から下ってくる。船が着く天満橋《てんまばし》の八軒屋《はちけんや》には、各町の惣代《そうだい》・町年寄りや出入りの医師たちだけでなく、一刻も早く顔を売りたい与力や同心たちがずらりと並んで出迎えているはずだ。

「どうせ、あとで奉行所でお目にかかるのに、そんなことをするのは理屈にあわぬ」

勇太郎は、だれもよそってくれないので手ずから茶粥を五郎八《ごろはち》茶碗に盛り、塩をぱらぱらとかけた。上方では、飯を炊くのは昼もしくは夕食時なので、朝は前夜の残りの冷や飯を湯漬けや粥にして食べるのが定法だった。おかずは大根の漬け物のみ。粥はすぐに腹が減るので、多めに食べておかねば昼まで持たぬ。ふうふう息をかけて冷ましながら、三杯目をがさがさと啜りこむ。

「ああっ、もうっ。まだ食べてなはる。今度のお奉行さんはえろう怖いおかたや、と聞いとります。初日から怒られでもしたら、えらいことでっせ」

すゑが思案顔で首をかしげ、

「それやけどなあ、厳兵衛。私、もしかしたらそのお奉行さん、知っとるおひとかもしれんのや」

「どういうことでおます」

「大坂船手《ふなて》奉行をしてはった大邉久右衛門《おおなべきゆうえもん》はん。たぶん……私が難波新地に出てたときに、『大鍋食う衛門』ゆうてはったおひとやと思うねん」

「やっぱり怖いおかたでしたか」

「そんなことない。ずいぶんおもしろい、アホなおひとでしたなあ」

「お、奥さま、そんなこと言うて……どこでだれが聞いてるかわかりまへんで」

「だんない（心配いらない）、だんない」

粥を食べ終えた勇太郎が微笑《ほほえ》みながら立ち上がり、

「厳兵衛、おまえの聞いてきた話とずいぶんちがうではないか」

「おかしいなあ。いろいろと細かしゅう言い立てはる、おっとろしいお奉行さんらしい、と会所のほうではもっぱらの噂《うわさ》でっせ。ともかくはじめが肝心ですさかい、張りきっとくなはれ」

「俺はどんなお頭《かしら》が来ようと、普段のまま、目のまえの仕事をこなしていくだけだ」

「ああ、もうじれったいなあ。そこは嘘《うそ》でも、そやな、厳兵衛、今日はがんばるわ、言うとくなはれ」

「いつもがんばってるんだから、今日だけことさらがんばるというわけにはいかぬ。そんなことができるとしたら、日頃、がんばっていないということに……」

杓子定規《しゃくしじょうぎ》に勇太郎が言いかけると、厳兵衛はめんどくさそうに手をひらひら振り、

「そんなこととどっちゃでもよろし。早うお着替えを……」

勇太郎は部屋着を脱いだ。着やせするたちで、上背もあるため、ふだんはひょろっとして見えるが、裸になると肩の筋肉は隆々と盛りあがり、胸板も厚い。亡くなった父親が文武両道を口やかましく唱えていたこともあり、剣術は常盤町《ときわちょう》二丁目に道場を構える岩坂三之助《いわさかさんのすけ》のもとで一刀流を修め、学問は尼崎町《あまがさきちょう》にある中井履軒《なかいりけん》の懐徳堂《かいとくどう》で数年間、朱子学を学んだが、

（どちらも身につかなかった……）

と本人は自覚している。同僚相手に冗談のひとつも言えぬ、真面目《まじめ》だけが身上のカタブツであり、趣味といえばたまに寄席に行き、講釈や落語を聴くことぐらいである。

普段は着流しに紋付羽織という身なりで、袴《はかま》もはかぬ町同心だが、今日は新任奉行を迎えるハレの日ゆえ、麻 裃《あさかみしも》でなくてはならぬ。厳兵衛は惚《ほ》れぼれと勇太郎の正装を眺め、

「若……ご立派にならはりましたなあ。旦那さまが生きてはったら、さぞ……」

そう言って鼻水をすすったが、すゑは感心した様子もなく、

「ほんま、馬子にも衣装やわ」

勇太郎は母親のまえに手をつくと、

「母上、では行ってまいります」

「はい」

すゑは、こくりとうなずいた。

◇

村越勇太郎は、現在二十一歳。代々、大坂西町奉行所の定町廻り同心を務める村越家の嫡男《ちゃくなん》である。与力や同心は、本来一代限りの職であるが、実質的には世襲制で、大

若…ご立派に
ならはりましたなぁ

坂地付の武士集団であった。新しい奉行が赴任するたびに、あらたに主従の関係を結ぶための誓詞《せいし》を取り交わす。町奉行所の与力は東西奉行所にそれぞれ三十騎、同心はそれぞれ五十人。たったそれだけの人数で、大坂三郷（北組、南組、天満組）と摂津《せっつ》、河内《かわち》、和泉《いずみ》、播磨《はりま》の四カ国を所轄しているのだ。父の柔太郎は三年前に病没し、勇太郎が跡目を継いだ。八歳のころから見習いとして出仕していたから、同心になることにはなんの疑いもなかったが、いざ自分がなってみると、たいへんな激務だった。大坂は江戸とちがい、火付け盗賊改めも寺社奉行もいないので、そういった仕事も町奉行所がこなす。また、大坂は天下の台所であり、全国の物資が集散するうえ、米相場が立つため、諸家の蔵屋敷が林立し、莫大《ばくだい》な金が動く。それにともなって、事件の件数や種類も半端ではない。奉行所への泊まりも多く、休みはほとんどなかった。そのわりに役料は十両三人扶持《ぶち》と少なく、すゑと勇太郎、妹のきぬ、そして家僕の厳兵衛の四人が暮らしていくには足りなかった。

妹のきぬは昨夜から、柔太郎の弟で、勇太郎たちには叔父にあたる赤壁傘庵《あかかべさんあん》の家に泊まりがけで遊びに行っていた。傘庵は、若いころは武家の次男坊の常で素行が悪く、「破れ傘《やがさ》太郎」とふたつ名がついたほどだったが、二十歳過ぎに医師赤壁周庵《しゅうあん》の養子になり、今は大宝寺町《だいほうじまち》で開業医をしながら、ときおりは奉行所の検死も手伝っているという、勇太郎も大好きな叔父だった。

（近頃、顔を出せてないな。こう忙しいと遊びにいく暇もない）

家を出ると、猫の額ほどの小さな畑があり、そこを男が汗みずくになって耕している。

「権二《ごんじ》、精が出るな」

勇太郎が声をかけると、男は顔をあげ、

「今からお勤めだっか。お気をつけて」

同心にはお上からひとり二百坪の土地が与えられているが、その三分の二ほどを町人に貸し、賃料を生活費の足しにしているのだ。そこを借りた町人は、畑を作って、食の助けにしている。大坂では、武士も町人も皆、倹約に努めていた。

「もうじき蕪《かぶ》が穫れますよって、また、持ってさんじます」

「ああ、頼む」

門を出ると、前後左右に同じような造りの組屋敷が四軒ずつ向かいあって並んでいる。天満の東寺町《ひがしてらまち》北側一帯は同心町といって、東西町奉行所の同心の役宅ばかりが集められている場所だ。すぐ隣は与力町といい、これまた与力の屋敷ばかりが道の両側に並んでいる。江戸でいう八丁堀《はっちょうぼり》のようなものだが、武士の極端に少ない大坂の地において は珍しい、一種独特の「凜《りん》」とした空気があった。だが、そんな雰囲気も、天神橋を渡るころには消え失《う》せてしまう。

「おや、あれは真吉《しんきち》さんやおまへんか」

御用箱を担いでお供をしている厳兵衛が、橋のうえをこちらに向かって走ってくる四十がらみの町人を見て、そう言った。おっとりの真吉は、西町奉行所料理方に所属する板前である。あだ名のとおり、日頃はおっとりした男だが、今朝は顔に大汗をかき、息を荒らげ、一心不乱に駆けている。

「おい、真吉、どこへ行く」

声をかけたが、気づかずに走りすぎようとしたので、勇太郎は後ろからその腕をつかんだ。

「なにするねん、わしゃ急いで……あっ、村越の旦那。えろう遅おますがな」

なぜか真吉の鼻の頭にはアンコがついている。

「お頭はご到着か」

「もう、とうにお着きでっせ。旦那も急がんと……」

真吉は駆けだそうとしたが、勇太郎はつかんだ腕を放さず、

「橋上を走るのはご法度《はっと》だぞ。奉行所に勤めるものが知らぬはずはあるまい」

「それどころやおまへんのや。わて、おはぎ探してますねん」

「おはぎ？　今日は彼岸の中日だ。おはぎなど、どこでもあるだろう」

「それが……彼岸中やさかい、どこの餅屋も菓子屋も朝から売り切れで、どこ探してもおまへんのや。それに、ただのおはぎではあきまへんねん。大坂一のおはぎでない

と……」

「なぜ、おはぎがいるのだ」

「新しいお奉行さん、身体《からだ》もごつい、顔もごつい、声もごつい怖い怖いおかたですわ。迎え方与力の内藤《ないとう》さまが、彼岸中やさかい気ぃ利かしはって、お茶請けにおはぎをお出しししたら、一口食べはったあと、えろう不機嫌にならはりましてな……『これはそのほうが買い求めた品か』とおたずねになられたので、あいにく手が空かず、料理方に買いに行かせましたと申しあげると、ふふんっ、と鼻で笑いはったそうでおます」

「嫌な笑い方だな」

内藤彦八郎《ひこはちろう》は、勤続三十五年の古参与力で、人格者として知られ、今回の大邉久右衛門の着任に当たって、万事を取り仕切る「迎え方」を命じられていた。

「お奉行さん、買いに行ったものにたずねたき儀がある、ここへ連れてまいれ、とおっしゃいまして、それでわてがお部屋に呼ばれましたんや。びくびくもんで、お白州《しらす》でお裁きを受けるような心持ちでした。おそるおそる顔を上げると、鬼みたいな形相でわてをにらみつけはって、『これは、大坂で一番美味いぼた餅であろうな』とおっしゃったので、わてが『大坂一美味《うも》うはございません。それは、わてが請け合います』とお応えしたら、いきなりおはぎをわての顔に叩《たた》きつけはりましたんや。それが見事に鼻のあたまに当たって……」

「だろうな」

「そのあと立ち上がって、『このぼた餅、餡《あん》がただ甘いだけで味わいがなく、こねかたも雑である。大坂は食い倒れと聞いていたが、赴任してはじめて出されたぼた餅がこんなものとは、町奉行もなめられたものよ。菓子ひとつ、茶一杯にも気を配るのが迎え方の役目であろう。それを人任せにするとは言語道断じゃ！』と内藤さまを怒鳴りつけはって……大騒ぎでおました」

「それでおはぎを探しておるのか」

勇太郎は呆《あき》れたが、真吉は大まじめのようだ。

「美味いおはぎをお出ししてご機嫌を直してもらわんとえらいことになります。料理方みんなで手分けして、あちこち回ってまんのやが、どこにもおまへん。わてはこれから北へ北へとどんどん、どんどん……」

「十三《じゅうそう》か池田まで行くつもりか。——そのおはぎ、どこで購《あがな》った？」

「思案橋《しあんばし》のたもとの二八堂《にはちどう》でおます」

厳兵衛が横合いから、

「駄菓子屋に毛ぇ生えたような店やないか。ようお奉行さんに出そうと思たな」

「わて知らんがな。内藤さまに、おはぎを買うてこ《こ》い、て言われただけやさかい、いつもの店で買うたんや。ああ……もし美味いおはぎがなかったら、内藤さま、切腹せなあかんのとちゃうか。わてのせいや……」

　泣きそうな顔つきの真吉に、勇太郎は言った。

「わかったわかった。俺がなんとかしてやろう」

「ほ、ほ、ほんまでっか」

　勇太郎はうなずき、

「俺の家を知っておるな」

「よう存じております」

「母上が朝からおはぎを作っていた。それをおまえに分けてやろう。お頭にお出ししろ」

「村越さまのお母上が……あ、いや、その……お気持ちはうれしゅうございますが、大坂一のおはぎでないとあきまへんのや」

「母上のおはぎは大坂一、いや、天下一だ。帰ってから食べるのを楽しみにしていたのだが、内藤さまがお困りとあってはやむをえぬ」

　厳兵衛がにやりと笑い、

「これはほんまにほんまやで。わしも奥さまのおはぎは天下一やと思う」

　真吉はしばらく考えていたが、

「ほな、お願いいたします。今からお宅へおうかがいしまっさ」

そう言うと、尻からげを高くして、橋のうえをものすごい勢いで駆けだした。それを見送ったあと、厳兵衛が言った。

「今度のお奉行さん……かなりややこしいおかたのようでんなあ」

「そうかな。まちがったことはなにも言ってないぞ。内藤さまには悪いが、たしかに菓子ひとつ、茶一杯にも気を配るのが迎え方の役目だ。もの選びを人任せにしてはなるまい」

「それはそうだっけど……」

厳兵衛は、不安そうに空を見上げた。

◇

勇太郎が、東横堀《ひがしよこぼり》沿いにある本町橋《ほんまちばし》東詰の西町奉行所に着いたとき、すでにほとんどの与力・同心が出仕していた。厳兵衛は、門塀にある家来の溜《た》まりに控え、勇太郎は同心の休息所に向かった。なかは「おはぎ」の話題で持ちきりだった。

「おはぎごときでそこまで怒るというのは解せぬ。内藤さまはほかにもしくじりがあったのではござらぬか」

「一事が万事ということでござろう。役人たるもの、どんな細かいことも見逃してはならぬというお考えを示されたのじゃ」

「いやいや、着任早々、われらを脅しつけて、奉行所の舵取《かじと》りを容易にしようというお考えではないか」

「料理方相手にしても、餅を顔面に投げつけるというのはいささか穏当さを欠く」

「やりすぎじゃ。内藤さまが腹を召されでもしたら、お頭はどうなさるおつもりか」

若年の勇太郎は部屋の隅に座り、黙って先輩たちの話を聞いていたが、たしかにいくら不味《まず》かったとしても菓子ひとつに目くじら立てるというのは大人げない。なにか事情があるのではないかと思ったとき、与力の内藤彦八郎が通りがかった。皆は一斉に立ちあがり、

「内藤さま、早まってはなりませぬぞ」

「われら一同も、お頭のなさりようには異議がござる」

内藤彦八郎は意外にも血色のよい顔で全員を見つめたあと、なにかを言おうとしたが思いとどまった。そして、勇太郎に目をとめ、

「村越……おまえのおかげで命拾いした。礼を言うぞ」

そう言うと、足早にその場を去った。

「どういうことだ」

だれかがたずねたが、当の勇太郎にも意味がわからぬ。首をひねっていると、

「対面の儀がはじまりますぞおおおっ」

大邉久右衛門の用人、佐々木喜内《ささききない》が儀式の開始を告げにきた。いかめしい髭《ひげ》を生やした、古武士の風格のある人物で、声がやたらと大きいが、体軀《たいく》はひょろひょろに痩せこけている。大邉家の用人、取次といった直属の家来たちは、調度など身の回りの支度を調えるため、奉行に先立つこと数日まえに役宅に入っていたから、勇太郎たちも顔を見知っていた。

「早うお移りくだされ。お移りくだされえええっ」

声に後押しされるように、一同はぞろぞろと炉の間へと移動した。与力たちはすでに、弓の間に集合している。ここに入ったら、もう口はきけぬ。やがて、合図とともに全員が大書院へと移り、決められた順序にしたがって位置につき、威儀を正した。筆頭与力が最前列であり、そのあと与力、同心がつづく。勇太郎は最後列のいちばん端である。そこからでは、奉行の顔はほとんど見えないだろう。

「けほっ、けほっ」

静けさを破って、だれかが咳《せき》をした。書院の空気がしだいにぴりぴりと張りつめていくのがわかる。それも当然なのだ。町奉行が赴任してくるたびに、奉行と与力・同心は新たな主従関係を結ぶ。どんな奉行がやってくるか、それは会うまではわからないのである。八軒屋で出迎えたものたちも、言葉を交わしたわけではない。今度の奉行がどのような「玉」か、それを知っているのは、大津まで赴いた迎え方の与力と同心三名だけなのである。もし、野放図で無能な奉行だったら、手足となって働く与力・同心たちだけでなく、町衆の迷惑は言葉では言い尽くせない。そうなったら、

（大坂は闇となる……）

戦々恐々とする彼らのまえで襖《ふすま》が開き、まず、東町奉行の水野若狭守忠通《みずのわかさのかみただみち》が入室した。知行は千二百石とはいえ、さすがの貫禄《かんろく》である。彼が着座したあと、入ってきた人物に一同の目が注がれた。勇太郎は、心の奥で、

（うっ……）

と呻《うめ》いた。息を呑《の》んだ、といってもいい。おそらく大書院にいるものひとり残らず同じ反応だったろう。勇太郎のいる最後列からも、その人物の威容は十分見てとれた。肥え太り、下腹が突き出ている。相撲《すもうと》取りにもいないような、堂々たる巨軀である。裃が窮屈そうだ。背もやけに高く、鴨居《かもい》をくぐるときに頭を下げなければならぬほどだ。体格も巨大だが、顔面も巨大で、四角張っている。勇太郎の倍はありそうで、さぞかし肩が凝るだろうと思われた。狭い額、翼のように広い福耳、太筆にたっぷり墨をつけて横一文字に引いたような太い眉毛、突出した目玉、団子鼻、分厚い唇とガマガエルのように大きな口……異形といっていい面相である。肩をいからせ、「のっしのっし」という形容がぴったりの歩き方で中央まで進むと、与力・同心衆をじっくりと睥睨《へいげい》したあと、座布団にどっかと座った。正座すると、太ももの肉が盛りあがり、帯が見えなくなる。

全体の印象を一言で言うと、よく言えば「布袋和尚《ほていおしょう》」の絵に酷似しているし、悪く言うとヒグマそっくりだった。年齢は……よくわからないが六十歳前後ではないかと思われた。

「このたび大坂西町奉行職を拝命した大邉久右衛門釜祐《かますけ》である」

ドスのきいた低い声は、狼《おおかみ》が唸《うな》っているようだ。勇太郎たちは、緊張の面持ちでつぎの言葉を待った。しかし、いつまでたっても久右衛門はなにも言わぬ。ついに「つぎの言葉」は発せられることなく終わった。しかたなく水野忠通が、

「それでは今日《こんにち》ただ今をもって、お預かりしていた西町奉行所組中をお引き渡しいたす」

久右衛門は大仰にうなずいた。前任の西町奉行が退任したあと、今日までの数カ月、勇太郎たち西町奉行所の与力・同心は一時的に東町奉行の支配下に入っており、今、それがもとに戻されたことになる。

「それでは、対面の儀はとどこおりなく終了いたしました。一同、ご退出くだされ」

用人の佐々木喜内が大声を張り上げた。どうやら終わったらしい。勇太郎にとっても、こんな短い「対面の儀」ははじめてであった。皆、きょとんとした顔つきで大書院を出た。

水野忠通は高麗橋通《こうらいばしどおり》の北にある東町奉行所に戻り、大邉久右衛門も奉行所のなかに

ある役宅へさっさと帰っていった。奉行所は、町奉行にとって仕事の場でもあり、また自宅でもあるのだ。

「どうも、その……なんと申したらよいのか……」

新奉行の発する強烈な霊気ないし毒気に当てられた同心たちは、休息所で口々に感想を述べあった。その結果、

「とにかくものすごく怖そうだ」

ということで意見が一致した。

「しくじらぬよう、われらも心を砕かねばなるまい」

「ああ、思えば成瀬《なるせ》さまはよかったのう。規律には厳格であられたが、無茶はおっしゃらなんだ。われらも伸び伸びと職務にはげめた」

成瀬正存《まさつぐ》は、久右衛門の前任者である。

「これからは針の筵に座った気持ちで日々過ごさねばならぬのか。気ふさぎなことじゃ」

与力たちは今頃、奉行を追いかけるようにして役宅へ赴き、用人や取次たちに祝辞を述べてから、樽酒《たるざけ》と肴《さかな》を渡しているはずである。そのあと、入れ替わりで同心たちも「お悦び」を申しあげに行かねばならぬ。二度手間だが、さきほどが公の引き継ぎならば、今度は私《わたくし》の顔合わせである。

「家老を置かぬのが、そもそもおかしいのではないか」

「さようさよう」

普通、大坂町奉行に任じられた旗本は、江戸から家老を連れてくることが多い。千石以上の旗本なら、家老二名、用人二名、取次二名、書翰《しょかん》二名という大所帯のこともある。三千石や五千石の大身《たいしん》ならば、それも当然である。妻子を連れての赴任ならもっと人数は多いだろう。年寄、目付、祐筆《ゆうひつ》、給仕、小姓、足軽、槍持《やりもち》、中間《ちゅうげん》、小者、女中、下男・下女……などなど数十人の家来をまとめていかねばならないのだ。家老は旗本の家内を取りしきり、用人は奉行に代わって奉行所を取りしきる。つまり、家老は「奉行の自宅」としての奉行所を管轄し、用人は「奉行の仕事場」としての奉行所を管轄する。

しかし、大邉久右衛門は家老を連れてこなかった。江戸の屋敷に置いてきたのか、それとももともと家老はいないのか……。また、用人も佐々木喜内しかいないらしい。妻子はいないようだし、女中などは当地で雇いいれるとしても、公私両方を佐々木喜内ひとりだけでこなすつもりなのか。そんなことで町奉行の職責が果たせるのか。一同は漠然とした危惧を抱いていた。

「はあっ、はあっ、与力衆のご挨拶、はあっ、今、終わりましたぞ。続いて……はあっ、同心衆……はあっはあっはあはあ」

急いで駆けてきたらしく、息を切らしながら、佐々木喜内が休息所の表でそう怒鳴るやいなや、ふたたび今来たほうへ戻っていった。本当にひとりでなにもかもまかなうつもりらしい。同心たちは、かねて用意の薦被《こもかぶ》りと鯛《たい》を釣台に載せ、役宅内にある小書院へと向かった。早くも佐々木喜内は部屋のまえで待機している。全員が入ることはできないので、主だったものだけが入室し、残りは廊下に座った。もちろん勇太郎は廊下組である。

久右衛門はすでに衣服をあらため、すっかりくつろいだ格好で皆を出迎えた。裃を脱いだだけではなく、部屋着に着替えている。いくらなんでも、

（くつろぎすぎではないか……）

と勇太郎は思った。

「伊丹《いたみ》の銘酒『梅寿《ばいじゅ》』でござります」

年嵩《としかさ》の同心が言うと、久右衛門はぎろりと彼をにらみ、

「美味いか」

と言った。

「は……それがし不調法にて酒は飲めませぬ。なれど、上酒《じょうしゅ》と聞いておりまする」

「聞いただけではわかるまい。だれか、この酒を飲んだものはおるか」

いあわせた同心たちは顔を見合わせた。

「なんじゃ、だれも飲んでおらぬのか。それでは上酒かどうかわからぬではないか」

「申し訳ございませぬ。信のおける酒屋で、もっとも高額のものを選びましたので……」

「たわけ！」

雷のような声に皆は首をすくめた。

「高ければよいというものではない。安うて美味い……これが一番なのじゃ。わしは大坂の出ゆえ、値の張る品は大嫌いじゃ」

勇太郎は、久右衛門が大坂出身とは知らなかった。町奉行に任ぜられるのは旗本だから、たいていは江戸の出なのである。

「わしがこの場でたしかめる。そのほうらの申すとおり上酒ならばよいが、不味《まず》かったらどうするか……」

奉行は、甲に剛毛の生えた手で酒樽の栓を抜き、みずから大振りの茶碗にとくとくと注ぐと、一息に飲みほした。お見事！　と手を打ちたくなるほどの飲みっぷりだったが、久右衛門の顔つきは変わらず、

「むむ……」

と唸っただけで、もう一杯注ぐと、これまた一息でほす。茶碗に五杯飲んだあと、ようやく一言、

「辛口じゃの。美味い」

そう言うと、下品に舌なめずりをした。

「京の酒にくらべ、池田や伊丹の酒は辛い。これは……うむ、なかなかじゃ」

一同が安堵《あんど》したとき、奉行は鯛に目を移し、

「ほほう、目の下三尺と言いたいが、そこまでは大きくない。それでも二尺はあるな。なかなか立派な鯛じゃ。──喜内、料理方を呼べ」

すぐに料理方を取り仕切る源治郎《げんじろう》という男が現れた。ミナミの有名な料亭「浮瀬《うかむせ》」の板場だったという名高い料理人である。大包丁を使いこなすことから、だんびらの源治郎と呼ばれているが、奉行に呼びつけられるとは、なにかしでかしたのか、とこわばった面持ちで廊下に四角く平伏している。

「貴様にこの鯛を任せる。夕餉《ゆうげ》に出せ」

「かしこまりました」

露骨にほっとした表情である。それしきのこと、わざわざ奉行が直々に命じるとは……そういう気持ちが顔に出ていた。源治郎が鯛を受け取って、下がろうとすると、

「あ、待て。貴様、この鯛をどうこなす」

こなす、とは料理するということだ。

「それは……ええと、まず、刺身にいたします」

「なるほど。──それから？」

「それから……半身を塩焼きにいたしましょう。残りはアラ煮にでもして……」

「それだけか。与力衆や東町からも届いておる。鯛は三尾あるのじゃぞ」

「へえ、鯛の料理といえばたいがいそんなもんで……」

「大馬鹿ものめ！」

奉行が立ち上がったので、最前列の同心たちは思わず上体を反らせた。久右衛門は仁王立ちになり、拳を震わせている。源治郎は蒼白《そうはく》になり、鯛を持ったままその場にぺちゃっとへたりこんでいる。

「もっとも美味な桜鯛の時期にはいまだ早いとはいえ、鯛は魚の王じゃ。また、めで鯛に通じるゆえ、かかる祝いごとのおりにはかならず鯛が使われる」

大坂では魚島といって、桜も散りはじめる五月ごろから、産卵のために浅瀬に集まってくる鯛によって海面が小島のごとくもりあがる。この時期が鯛の旬であり、その色合いから桜鯛と称する。

「たしかに刺身も塩焼きも美味いが、古来、鯛には『鯛百珍《たいひやくちん》』というて、百の調理法があるという。馬鹿のひとつ覚えに刺身、塩焼き、アラ炊きでは飽きがこよう。かぶら蒸し、団子、てんぷら、そぼろ、かまぼこ……いくらでも考えられる。貴様にわしをもてなす気持ちがあるならば、せっかくの三尾の大鯛の料理、どのように趣向を変えようかと心を砕くはずじゃ」

「も、も、申し訳ございませぬ」

「わしの三度の食事を調えるなら、命がけでやれ。よいな」

「へっ、へーい！」

源治郎は、転がるように廊下を走りさった。同心たちは、ぽかんとしてその様子を見つめていた。

「ご挨拶、これにて終了いたしました。同心衆、お引き取りくだされ」

喜内がすかさず声を張り、一同は立ち上がって、ぞろぞろ部屋を出た。勇太郎も皆に続こうとしたが、

「このなかに村越勇太郎殿はおられるか」

喜内がそう言ったので、勇太郎は立ち止まり、

「それがしでござるが……」

「お奉行が、なにやらご用事だそうでござる。しばらくおとどまりを」

ほかの同心たちは、こいつ、なにをしでかしたのかという目で勇太郎を見る。しかし、勇太郎にはなんの心当たりもなかった。なにしろ、さっきはじめて対面したばかりなのだ。「しでかす」ひまはないはずだった。

勇太郎が、小書院を入ったところにかしこまっていると、久右衛門が言った。

「そのほうが村越勇太郎か」

「はい」

「そこは端近《はしぢか》じゃ。もそっとまえに出よ」

久右衛門にうながされ、勇太郎は正座したまま久右衛門ににじり寄った。

「まだ遠い。もっとまえじゃ」

もう少し進む。

「ええい、このあたりまで来んか！」

久右衛門は扇の先で自分のすぐ近くを指した。いくらなんでも近すぎると思ったが、奉行の声に苛立《いらだ》ちが感じられたので、勇太郎はあわてて言われたとおりにした。

「おまえは、料理方の真吉なるものに、ぼた餅を渡したそうじゃな」

あの件か……。さっきの源治郎のように叱られるのだろうか。

「御意にござります」

久右衛門は、ぐいと顔を勇太郎にすりよせ、目玉を倍ほどに剝《む》いたかと思うと、

「あれは美味かった！　あれほど美味いぼた餅は久しゅう喰ろうたことがない。どこの店で購《あがの》うたのじゃ」

勇太郎は腰砕けしそうだったが、かろうじてこらえた。内藤彦八郎が礼を言っていたのは、このことだったのか……。

「購うたのではござりませぬ。今日は彼岸ゆえ、わが母が手ずからこしらえたものでご

ざります」

「――なに?」

久右衛門は太い眉を寄せ、

「ふむ……そのほうの母御はぼた餅作りの名人じゃな」

「昔から、たいそう自慢でございました」

久右衛門はしばらく黙っていたが、やがて思いきったように、

「いや、まさかとは思うが……念のためにきく。そのほうの母御、かつて文鶴《ふみつる》と名乗っておられた、というようなことは……まあ、なかろうな」

勇太郎は驚いた。

「名前までは存じませぬが、難波新地で芸子をしていたと聞いております」

久右衛門は、目玉をさらに倍ほど見開き、

「な、なんと……そのほう、文鶴の息子であったか!」

勇太郎は、今朝の母親の言葉を思いだしていた。奉行のことを知っている……たしかそう言っていた。

「そうかそうか……文鶴は、いや、母御はお元気か」

「おかげさまで息災にございます」

「それは重畳《ちょうじょう》じゃ。――喜内、茶碗をもうふたつ持て」

屏風《びょうぶ》の陰に控えていた佐々木喜内がしかめ面で立ちあがり、

「まだお飲みになられますのか。昼にもなっておりませぬぞ」

「よいではないか。二度と食えぬと思うていた文鶴のぼた餅と再会できたのじゃ。めでたいではないか」

「はいはい。——ああ、飲み助には困ったもんだ」

そう言いながら、茶碗を持ってくると、勇太郎と自分のまえに置いた。

「茶碗だけか。なにかアテはないのか」

「台所に申しつけて、なにかこしらえさせましょうか」

「待つのが邪魔くさい。すぐに食えるものでよい」

「ならば、焼き味噌《みそ》か煎《い》り豆ですな」

「なんじゃ、貧乏くさいのう」

「貧乏旗本なんだからしかたないでしょう」

「せめて、漬け物と生姜《しょうが》を細こうみじん切りにしたところに、醤油《しょうゆ》をちょろっとかけて持ってこい。あるいは、焼き海苔《のり》を揉《も》んで、梅干しの種を取ったものとあえたのでもよいぞ」

「私がやるのですか？　面倒くさいことじゃ。やはり、料理方に申しつけて……」

「ああ、もうよいもうよい。焼き味噌でよい。ただし、香ばしゅうに焼いたあと、酒とみりんで伸ばしてまいれよ」

口のききかたがさっきとはがらりとちがう。奉行と用人というより、朋輩《ほうばい》のようではないか。とまどっている勇太郎を尻目に、喜内は樽から酒を三つの茶碗に注ぎながら、

「奉行職のおかたが茶碗酒とは行儀が悪すぎまする。せめて、塗り盃にでもなされたほうが……」

「貴様はなにもわかっておらぬ。町奉行が裁くべき相手は町人どもじゃ。行儀を気にしていて、町人の暮らし、町人の心映えがわかるか」

吠《ほ》えるように言うと、酒をぐーっとあける。今回も、乱暴な言い方ではあるが、まちがってはいない。

「村越、おまえも飲め。遠慮いたすな。もともとおまえたちが持ってきた酒じゃ。今なら売るほどあるぞ。うはははははは」

佐々木喜内も、ぶつぶつ小声で文句を言いながらも盃、ではなく茶碗を重ねている。この主《あるじ》にしてこの家来あり、と勇太郎は感心した。ふたりで樽を空にしそうな勢いだ。負けじと勇太郎も参戦した。口をつけてみると、なるほど、美味い酒だ。やや辛口で、飲みこむと喉がぐびぐび音を立てるような気がした。こういう酒はちびちび飲んでいては味がわからない。かっぽかっぽと口に放りこむべきだ。勇太郎は父親ゆずりの酒好きだが、貧乏同心の扶持では、しょっちゅう飲むというわけにはいかぬ。ましてや、こう

いう銘酒を飲む機会はめったにない。

「ところで村越……そのほうの母御は、その、なんだ……わしのことをなんぞ申しておられなんだか」

いいかげん酔いがまわってきたらしい久右衛門が、言いにくそうに言った。こちらも酔っぱらってきている勇太郎も、

「あだ名が『大鍋食う衛門』だったと申しておりました」

「それだけか。ほかにはなんぞ……」

「ずいぶんとおもしろい、アホなおひとでしたと……」

そこまで言って、勇太郎はさすがに「しまった」と思った。酔いにまかせて、とんでもないことを口にしてしまった……。

「うはははは、おもしろい、アホなおひとと申しておられたか。うはは……文鶴がのう。そうかそうか」

奉行は、まるで気にとめていない様子で、あくまで上機嫌である。

「また、こうして大坂に戻ってこれた。江戸におると、なにかと堅苦しゅうてな、肩が凝る。武家のつきあいはうっとうしいうえに金がかかる。こちらの風がわしには合《お》うておるわい」

久右衛門は、焼き味噌を箸ではなく指につけ、べろりとなめたあと、遠い目をして、

「これが最後のご奉公じゃと思うておる」

その言葉が、勇太郎にははるか遠くに聞こえていた。

◇

結局、三人で一斗樽を半分以上空けてしまった。勇太郎も一升は飲んだ。いつ小書院を辞したのか、ちゃんと挨拶をしたのか、どうやって同心溜まりまで戻ってきたのか、なにも覚えていない。ただただ「美味い酒を飲んだ」という記憶しかない。

「こりゃ、村越……村越！」

強く背中を叩かれてそちらを見ると、同心たちが心配げにこちらを見ている。

「さきほどから呼んでおるのに、返事もせんとは……いったいなにがあったのだ」

「いや……その……」

「お頭にこっぴどく叱られたのか」

「それとも……口にもできぬほどのむごたらしい目にあわされたのか」

「われらは口は堅い。なにもかも申してみよ」

どうやら彼らは、奉行と勇太郎の間に「なにかあった」と思っているようなのだ。それはそうだろう。ひとりだけ残されて、しかも長いあいだ戻ってこなかった。ようやく戻ってきたと思ったら、顔が赤く、衣服も乱れている。一同は勇太郎が「ほんとうになにもなかったのです」と言えば言うほど、なにごとかを隠しているように受け取った。やむなく勇太郎も、役宅でのできごとを一から十まで事細かに語った。

「なんじゃ、それは……」

ひとりが放心したように言った。

「それでは今の今まで、三人で焼き味噌をねぶりながら大酒を食ろうておったと申すのか。いやはや……」

「気遣《きづこ》うて損をしたわい。俺はてっきり……」

「それにしても、今度のお頭は、食うことと飲むことに人一倍やかましい御仁だのう」

「まったく……おはぎの良し悪しだの鯛のこしらえかただの、どうでもよいことではないか。そもそも町の治安を預かる町奉行所で話題にすべき事項ではない」

そのとおりだ、と勇太郎は思った。男は、酒や食材、料理の方法などにいちいち口を出さず、出されたものを文句を言わずに食べる。食べ物は滋養さえあればそれでよく、美味い不味いを言い立てるのは武士の態度ではない。懐徳堂で中井履軒先生にそう教わったのである。

佐々木用人に退出の挨拶をして、勇太郎たちは奉行所を出た。御用箱を担いだ厳兵衛が近づいてきて、顔をしかめ、手で鼻をおおった。

「どないしましたんや。えろう酒臭《くそ》うおまっせ」

「新しいお頭に酒をしこたま飲まされてな」

「皆さんへの振る舞い酒ですか」

「いや、飲んだのは俺だけだ」

　厳兵衛は呆れ顔になった。

◇

　その晩、夕餉の膳にのぼったのは、豆腐の味噌汁、大根の漬け物、イワシの難波煮であった。話題は自然と、新任奉行のことになった。

「やっぱり私の知ってるおかたやったなあ。久右衛門はん、懐かしいわあ」

「おはぎをいかく気に入られて、母上はお元気かとおたずねになられました」

「そやろな。あのひと、店に来るたび私の手作りのおはぎをねだりはって、ようお食べにならはったもんや。一時《いちどき》に十ぐらい食べはってな……」

「酒もお好きのようです。あのお歳で二升は軽う飲まれました。味わって飲むというより、量を過ごされるようで……」

「あのひとは『雨風《あめかぜ》』やねん」

　雨風というのは、甘党・辛党両方行ける嗜好《しこう》のことである。

「それに、食べるものにもうるさく、われらが贈答した鯛の料理法のことで、板場を大勢のまえで叱りつけておられました。刺身、塩焼き、アラ煮だけでは飽きてしまう。もっと心を砕いて献立を考えよと……」

「ふーん、あんたはそれを聞いて、どない思たんや」

勇太郎は少し考えたあと、

「お頭の申されたことはなにもまちごうてはおらぬと思います。なれど、侍としてはいかがなものでしょうか。戦場《いくさば》では、水で戻した干飯《ほしいい》を食し、ときには木の根をかじることもありましょう。武士が食べ物をとやかく言い立てるのは恥ずかしゅうございます」

「なるほどなあ」

「お頭は今頃、料理方に作らせた贅沢《ぜいたく》な鯛の馳走《ちそう》を味わっておいででしょうが、今宵、母上がお作りになられた献立……鯛ではなくイワシなれど、なにも大事《だいじ》ございません。料理は味ではなく、肉体を作り、保ってくれればそれでよいのです」

「あんたはアホか」

すゑは柳眉《りゆうび》を逆立てると、

「今、あんたが食べてるもん……豆腐の味噌汁かて、白味噌仕立てにして、柚子《ゆず》の香りを軽うきかせてますのや。大根のおしんこも、生姜の絞り汁をかけてある。イワシの難波煮も、イワシの臭みを取ったり、ナンバネギをふっくらと甘さが残るように炊くには、それなりのコツがおます。安い材料でも、美味しくいただく工夫をしてますのやで」

勇太郎は、ハッとした。そう言えば、こどものころから母親が作る食事を残したことがない。作法としてそうしているのではなく、自然とそうなってしまうのだ。それがあたりまえだと思っていたからこれまで考えることはなかったが、すゑは日々の料理をできるだけ美味しく食べてもらおうと心を砕いていたのだ。

「申し訳ありません」

「だいたい、四杯もおかわりしといて、料理は味ではない、て……どの口が言うてますのや」

「あ……」

「食べものを料理して、ひとに食べていただくのは楽しい、おもしろいことやで。ひとは毎日、美味しいものを食べて、寝て、明日からまたがんばろうて思いますのや。安うても美味しいものはなんぼでもおます。イワシも百回洗えば鯛の味、いいますやろ。材料の高い安いやない、料理するものの気遣いや持てなしの心を、お奉行さんは言うてはるんとちがいますか」

それを聞いて、もしかするとあの粗暴に見える奉行に、意外に繊細な感情があるのかもしれない、と勇太郎は思ったが、それに続く母親の言葉に思わず絶句した。

「ほんま、思いだしますわあ。久右衛門はん……昔、新地のお茶屋主催の大食い大会で、うどん三十八杯食べて優勝したことおますのや」

2

久右衛門が赴任してきて五日目の夜、勇太郎は奉行所への本泊まり番に当たっていた。勇太郎は三番組に属し、定町廻り与力岩亀三郎兵衛《いわがめさぶろべえ》の下役を務めている。泊まり番の日は夕刻から奉行所に赴き、昼番のものと交代して勤務に就いて、朝まで奉行所に詰めたあと、帰宅するのだ。

同じく泊まり番を務める与力・同心たちと詰め所で歓談しながら、話題は当然、新奉行のことになった。さすがに五日目ともなると、この型破りな奉行の経歴などについてもいろいろなことがわかってきた。

もともと大坂生まれの大坂育ちで、蔵奉行の三男坊だったのが、三十歳を過ぎてから江戸の貧乏旗本大邉権四郎《ごんしろう》の養子となり、大邉の姓を名乗ることになった。三十五歳のとき大坂船手奉行に任ぜられて三年間勤め、三十八歳で奈良奉行を五年、そのあと堺奉行として七年勤めあげたあと、勘定奉行に任ぜられ、出世街道に乗ったかと思われたが、江戸城での堅苦しい政《まつりごと》は気風に合わなかったらしく、大目付と大喧嘩《おおげんか》してすぐに免職となり、以来ずっと小普請組《こぶしんぐみ》（旗本のなかで無役のものが所属する組）で冷や飯を食っていた。六十歳になって久々に大坂町奉行という大役を仰せつかり、大坂に戻ってきたのである。

「本来、大坂町奉行は、将来有望な旗本が若くして任ぜられ、その後の出世の足がかりにするような役職じゃ。たいがいはその後、大目付や江戸町奉行、長崎奉行、普請奉行……といった高い地位にのぼることになるが、あのお頭はすでに六十を過ぎておる。隠居していてもおかしくない年齢じゃ。なにゆえ今ごろになって大坂町奉行に任ぜられたのであろう」

与力の岩亀三郎兵衛が言ったが、もちろんだれにも答えられなかった。しかも、大坂町奉行に任ぜられるような旗本は、三千石以上の「大身」であることが多い。千五百石程度のものなら、千六百俵の役料が与えられる。

「だが、大邉家は知行五百石だそうじゃ」

岩亀は五十五歳になる熟練与力で、勇太郎の父とも仲が良かった。名は体を表すというが、亀に似た顔立ちで、物堅く、謹厳実直。賂《まいない》の類を極端に嫌うため、煙たがるものもいたが、職務に熱心で、勇太郎は尊敬していた。

「なるほど……家老を置かず、用人もひとりだけ、というのもむべなるかな、ですな」

奉行直属の家来も数名、江戸から連れてはきていたが、これも三千石の旗本とは比べものにならぬ少人数であり、それゆえ奉行所の塀と一体になった家来用の長屋も、ガラガラだった。

久右衛門は「ケチ」だ。ケチに「ド」がつく「ドケチ」というやつだ。倹約家とか始末家というのではなく、いわゆる吝嗇《りんしょく》である。あらゆることに金を惜しんだ。奉行所の表部分の修繕は公費が使えるからいくらでも直したが、役宅部分は障子が破れようと、畳が擦りきれようとほったらかしだ。張り替えたり、入れ替えたりすることはなく、佐々木喜内が必死で接《つ》ぎを当てたり、つくろったりするのだ。着物にもまるで気を使わない。汚れていようが、よれよれだろうがおかまいなしである。

「与力の田原どのが、そのお召しものでは奉行としてあまりに貫禄に欠ける、と思いきって進言しなさったそうじゃ」

「え？　で、どうなりました」

「『では、おまえの家にある古着を寄こせ』とおっしゃられ、結局、いちばんよい羽織と袴を差し出させたそうじゃ」

「東町奉行の水野さまに、座右の銘はなにかと問われたときも、『タダ、安い、もらう』とお答えになった、と申しますぞ」

そんな久右衛門だが、ひとつだけ金を惜しまぬことがあった。「飲食《おんじき》」である。酒と料理は、最上のものを要求し、そのための出費はいくらでも使った。逆に、安いからといって二流、三流の食材を買うと台所は叱りとばされた。しかも、久右衛門は大食《たいしょく》であった。三人前ぐらいはぺろりと平らげる。難波新地では「大邉久右衛門やのうて大鍋

食う衛門」と呼ばれていたことを、勇太郎は母から聞いた。その話を勇太郎がすると、

「ははは……大鍋食う衛門か。それはよい」

皆がどっと笑ったとき、

「泊まり番のご一同に申しあげる」

佐々木喜内の声である。陰口を聞かれていたか、と皆が口を閉ざしたが、

「お奉行が、皆さまと夕飯をご一緒されたいとおっしゃっておられる。どうか役宅のほうへおいでくだされ」

ほっとして全員が立ちあがった。

◇

まず、酒が出た。すでに久右衛門は飲んでいるらしい。岩亀三郎兵衛が真剣な顔つきで、

「これはいけませぬ。われらは今、お役目中でござる。飲酒などもってのほかと……」

「ほほう……わしの酒が飲めぬというのか」

「いえ、そういうわけでは……」

「ならば飲め。奉行が命ずる」

先代の奉行は、冬の寒いおり、泊まり番が暖をとるためにひそかに隠れ酒などすると、

烈火のごとく憤ったものだ。上が変わればやり方も変わる……皆はそう思いながら「わしの酒」を飲んだ。

料理は、鯛の鍋だった。刺身にした残りを貝殻を使って骨から梳《す》きとり、卵黄や小麦粉をつなぎに、ネギと生姜のみじん切りなどを混ぜた丸《がん》にしたものを、豆腐や田辺大根、木津人参《きづにんじん》などとともに煮る。出汁《だし》は、鯛のアラや骨を強火で焼いたものから取り、昆布出汁を混ぜ、塩と醤油で味を調える。

「さあ、食うてくれ」

湯気のあがる鍋をまえにして、久右衛門が言った。しかし、だれも手をつけぬ。

「鯛と豆腐は今が食いどきじゃ。ささ、箸をつけよ」

「まずはお頭から……」

「わしも食うが、皆のものに一番美味いときに食わせたいのじゃ。これ、豆腐が煮えすぎる。豆腐は煮えばなというて、煮すぎるとたいそう旨味が減る。食えと申すに。食わぬか」

与力たちは顔を見合わせて、もじもじしながら箸を取らぬ。もちろん与力が食べぬのに同心である勇太郎たちが食べられるはずもない。

「鯛の丸も、煮すぎると固くなる。ああ……もう出汁がふつふつとしておるではないか。早う……早う食うてくれい」

奉行の声がしだいに怒気を帯びはじめたが、だれも遠慮して手を伸ばさない。これは、食べろというほうが無理である。いくらくだけた席であっても、封建社会の上下関係はおいそれとは崩れぬ。ましてや、ここは奉行所のなかである。

「おそれながら、我々一同、お頭をさしおいて初箸をつけるわけにはまいりませぬ。なにとぞお奉行から……」

「まだ申すか！」

久右衛門が激昂《げきこう》しかけたそのとき、

「それではちょうだいいたします」

勇太郎は、鯛の丸と豆腐を自分の碗に取り、ちりれんげで熱々の出汁を上から張った。

「お、おい、村越……」

与力の岩亀が手で制したが、奉行はカッと目を開き、

「よい。わしが食えというたのじゃ。とがめるな」

「はっ」

岩亀は頭を下げた。勇太郎はまず、出汁をすすった。かすかに、柑橘《かんきつ》系の芳香が鼻孔をくすぐる。

「これは……柚子でござるな」

「わかるか」

「はい。母の味噌汁は、柚子を隠し味にしているそうでございます」

「ほほほっ、文鶴……いや、その方の母御がのう」

奉行は相好を崩した。勇太郎が鯛の丸を前歯で割ると、なかから魚の旨味が凝縮された熱汁が飛び出してきた。

「美味い！」

「そうか……そうか」

勇太郎の食べっぷりに後押しされるように、ほかの与力・同心たちも箸を進めだした。

そして口々に、

「美味い」

「これは……たしかに美味じゃ」

「鯛の団子など贅沢の極みだのう」

「豆腐も、よう吟味してある。うちで食う安物とはずいぶんちがう」

「あたりまえじゃ。貴殿のところは橋向こうの新兵衛豆腐で買《こ》うとるじゃろ。あそこは安いだけじゃ」

久右衛門は彼らが鍋をつつき、美味い美味いと連発するのを満足そうに聞きながら、みずから材料を鍋に追加していく。

「お頭、それは我々が……」

皆がそう申し出ても、久右衛門は頑としてきかぬ。それはよいのだが、この奉行、いたって口うるさい。それはまだ煮えておらぬわ、そんなこともわからぬのか馬鹿者、とか、固くなってはせっかくの旨味も台なしじゃ、早う食え、今じゃ今じゃそれっ、とか、大根ばかり食うな、とか……いちいち指図する。だれかがそっと小声で、

「まるで鍋奉行ではないか」

「そうじゃ。大坂鍋奉行じゃわ」

聞こえたものたちは、ぷーっと噴きだしたが、久右衛門はなぜ彼らが笑ったのかわからず、手を叩くと、

「喜内……喜内」

「はいはい、なんでござりましょう」

「料理方の源治郎を呼べ」

「なにか粗相でも？」

「そうではない。ほめてとらすのじゃ」

しばらくすると喜内は源治郎を伴って戻ってきた。廊下で控えている源治郎に、久右衛門は言った。

「今宵の鍋は上出来であった。明日からもこの調子で努めよ」

「過分なお言葉、ありがとうございます」

「ただ、ちっとばかし出汁が濃かったのう。あと、鯛の丸に、豆腐をすり潰したものを加えたらどうじゃろう。よりいっそう、丸がふわふわになると思わぬか」

「なるほど……さっそくやってみましょう」

そう言いながら退出しようとした源治郎に、勇太郎はそっとささやいた。

「おまえもたいへんだな」

源治郎はかぶりを振り、

「と－んでもない。今度のお奉行さんは、美味い料理を作ればほめてくれはりますし、不味いとお怒りにならはる。これまでよほど食べ物道楽をしたおしてきはりましたんやろな。舌はそのへんの板前よりずっとたしかでおます。料理方をこないにやる気にさせてくれるお方はいてまへんで」

酒が入り、一同がいい気分になりだしたころ、佐々木喜内がばたばたとやってきて、

「村越殿、裏門に、ご貴殿の妹御と申される女人が来られておいでだ。なんでも、火急の用件がある、とのことだが」

なにごとだろう。勇太郎は首をひねった。妹がこんな時刻に奉行所まで来る、というのは日頃はありえぬことだ。家族になにか変があったのだろうか……。奉行や上役に中座の許しをもらい、裏門へと急いだ。くぐりを開けると、妹のきぬともうひとり、若い男が立っていた。勇太郎もよく知っている、忠輔《ちゆうすけ》という赤壁傘庵の弟子だ。

「どうしたのだ、こんな夜更けに」

「兄上……千三さんが見つかりました」

「なんだと」

　蛸足の千三は、役木戸として奉行所のご用を務めている男である。大坂町奉行所の定町廻りは、江戸とは異なり、与力、同心、役木戸、長吏《ちょうり》、小頭、若いものがひとつの組を構成しているが、千三はもっぱら勇太郎の下で働いていた。年若の勇太郎が定町廻り同心としてなんとか面目を保っていられるのは千三のおかげであり、いわば勇太郎の右腕といえた。千三が熱心に悪事を摘発すれば勇太郎の手柄につながり、勇太郎が手柄をあげれば千三の羽振りもよくなる。持ちつ持たれつの関係なのだ。

　その千三がここ数日、姿をくらましていた。勇太郎も心配して、千三の本業である道頓堀の「大西の芝居」を訪ねてみたが、座員たちも彼の所在を知らず、手分けして探しているところだというし、千三が副業として営んでいる水茶屋「蛸壺屋」の奉公人たちも、主《あるじ》不在で店を開けられず、困り果てているという。

　もちろん役木戸という仕事の性格上、幾日も家をあけることもありうるが、勇太郎になんのつなぎもないのが妙であった。

「千三はどこにいる」

　勇太郎が勢いこんできくと、忠輔が言った。

「傘庵先生のところです。頭を強く殴られたようで、怪我《けが》をしておりまして……」

「怪我の具合は?」

「先生によると、生き死ににかかわるようなものではないそうです。ですが、二度殴られたらしくて……」

「二度?」

「はい。ですが、先生の手当てで千三さんもすっかり元気になられ、明日朝には家に帰れるとのことです」

「それはよかった……」

勇太郎は胸を撫でおろした。

「そのことを俺に報せに来てくれたのか。ありがとう」

「それだけじゃないのよ、兄上」

きぬが言った。

「千三が、どうしても兄上に話したいことがあると言ってるの。今から叔父さんの家に来て」

今夜は泊まり番に当たっている。勇太郎は少し考えたが、これは町奉行所同心としての役目につながることだ。

「わかった。お頭の許しをもらってくる。しばらく待っておれ」

勇太郎はもとの座敷に戻ると、役木戸千三の件について報告した。岩亀与力は、

「すぐに大宝寺町の赤壁先生のところへ参り、千三から詳しゅう話をきいてまいれ」

そう言ったが、久右衛門が盃をあおりながら、

「待て、村越……その方の妹御が来ておるそうじゃの」

「はい……それがなにか」

「なんでもない。早う医者の所へ参れ」

勇太郎が廊下へ出ると、なぜか久右衛門もついてきた。不審げに勇太郎が振り向くと、

「小便じゃ。悪いか」

「い、いえ……」

勇太郎は勝手向き近くの小玄関から外に出、庭を囲む納屋をぐるりとまわって裏門のくぐりを開けた。

「待たせたな」

きぬと忠輔にそう言ったとき、背後から低い声がした。

「むふう……美しい」

驚いて勇太郎がそちらを見ると、奉行が腕組みをして立っている。久右衛門の両頬は、まるで恋する乙女のごとく、ほんのり赤く染まり、目はうっとりと夢心地のようだ。

「これが文鶴の娘か。なんと美しい。文鶴の若きころに瓜《うり》二つじゃ」

怪訝《けげん》そうに久右衛門を見つめるきぬたちに、勇太郎は小声で、

「新しいお頭だ」

仰天したふたりはあわてて数歩後ずさりし、その場に平伏しようとしたが、

「いや、そのままそのまま。――それにしても似ておるの。そなたの顔を見ておると昔を思いだす。難波新地であの男と文鶴を張りおうたのがきのうのことのようじゃ……」

あの男、という言葉を久右衛門は苦々しげに口にした。どうやら勇太郎の父のことらしい。母親と奉行の関わりを知らぬきぬはきょとんとしている。

「思いかえせば、はじめて文鶴と会《お》うたのは、忘れもしない……えーと、どこであったかのう……」

「お頭、それではそろそろ我々は大宝寺町へ参りまするゆえ……」

「うむ。疾《と》く参れ。だが、わしも行くぞ」

「は？」

「わしも、村越きぬどのに同道し、その医者のところへ参ると申したのじゃ。――暫時《ざんじ》待て」

久右衛門は、塀のなかに向かって怒鳴った。

「喜内！　喜内はおらぬか！」

しばらくして、喜内がうろたえながら庭を右往左往する姿が見られた。

「お奉行、いずれでござるか」

「ここじゃここじゃ。なんども呼ばせるな」

「ここじゃと申されても……声はすれども姿は見えず、ほんにおまえは屁《へ》のような……」

「馬鹿者！　裏門を見よ！」

「おお、そちらにおいででしたか。いったいなにごとでござる」

「今から村越とともに大宝寺町まで参るゆえ、駕籠《かご》の支度をいたせ」

「お奉行がおんみずからですか？　なりませぬ。なーにをおっしゃるかと思えば……」

「わしの考えでは、これは容易ならざる事件じゃ。奉行が出張《でば》ってもおかしくはない」

まだ事件かどうかすらわからぬほどの小さな火種でしかない。そう思った勇太郎が、

「お頭にご出馬いただくには、ちと早いかと……」

「わしは、大坂に着任してまもない身じゃ。一刻も早うこの土地に溶け込まねばならぬ。そういう気持ちのあらわれじゃ。この熱い思いがわからぬか」

土地に溶け込むもなにも、大坂生まれの大坂育ちではないか。ずいぶんときぬが気に入り、まだ離れたくないのだろう。もちろんきぬに惚れたわけではない。きぬのなかに「文鶴」の面影を、ひいてはおのれの若き日々を見ているにちがいない。

「参るぞ。だれがなんと申してもむだじゃ。とめてもむだじゃ。駕籠を出せ。馬牽《ひ》け」

こうなるともうこどもである。奉行と用人佐々木喜内の押し問答がしばらく続いたあと、根負けした喜内はため息をつき、

「わかりました」

「ならば、行ってもよいか。よいな」

「いえ……」

喜内は、きぬと忠輔に向き直り、

「悪いが、その千三とやらをここへ連れてきてくれぬか。このだだっ子を黙らせるにはそれしかなさそうだ」

久右衛門は、喜内を銛《もり》のような視線でにらみつけていた。

◇

ほどなく駕籠に乗って千三がやってきた。赤壁傘庵も一緒である。普段ならば、役木戸が奉行所のなかに入ることはないし、奉行に目通りすることもない。千三は恐縮しい、腰をかがめて木戸をくぐり、庭先にまわると、そこで平伏した。その後ろにきぬと傘庵が並んだ。縁側に出座した大邉久右衛門は威厳たっぷりに座布団に座った。横に岩亀与力ら数名が控え、時ならぬ吟味がはじまった。

「貴様が役木戸の千三か。直答《じきとう》許す。先夜からの貴様の見聞、縷々《るる》申し述べてみよ」

千三は、はじめて拝謁する新奉行の放散する「気」に気圧《けお》され、肌寒いというのに汗をかきながら、

「も、申しあげます。三日前の夜更け、家に帰ろうとわてが道頓堀の北側を歩いとりますときに、怪しげな連中を見かけましてん」

四、五人の男が、筵《むしろ》でぐるぐるにくるんだものを小舟に乗せようとしているのだ。

（死骸か……？）

と直感した千三が、ひそかに様子をうかがっていると、

「たわけ！」

という声とともに後頭部を殴られ、気を失ったのだという。

自分のくしゃみで目が覚めたときは、二刻《ふたとき》（約四時間）ほどが経《た》っていた。場所も、気絶したのと同じ、道頓堀の浜だった。どつかれたあと、放置されていたらしい。すでに夜は明けかけている。こんなところをだれかに見られたら、大恥である。あわてて立ちあがり、衣服についた泥や草を払う。

（お上のご用を承るこの「蛸足の千三」をどつきやがるとは……許せん！）

ふらつく頭をなんとかしゃっきりさせると、千三は小舟が浮かんでいたあたりに行ってみた。この時点で勇太郎に報せなかったのは、まだ事件かどうか確証がなかったことと、役木戸が探索ご用中にうしろから殴られるという失態が情けなくて、少しでもネタ

をつかんでからでないと格好がつかぬと思ったからだ。小舟はすでに見あたらなかったが、川べりにはなにかを引きずったような跡が残っていた。あけぼのの薄明りをたよりに、地面にはいつくばって、なおもあれこれ調べていると、水面に「千鳥屋」と染め抜かれた手拭いが浮かんでいることに気づいた。棒杭《ぼうくい》に引っかかって、流れなかったらしい。千三はそれを引きあげ、水をしぼってからつくづく眺めてみたが、ただの手拭いだ。屋号が入っているのは、開店祝いかなにかで配りものにしたのだろう。

（千鳥屋か……）

たしか戎橋《えびすばし》を渡って島之内《しまのうち》に入ったあたりに、そういう名前の飼い鳥屋があったはずだ。飼い鳥屋というのは、ウズラやウグイス、メジロといった小鳥を飼育し、好事家《こうずか》のために売る商売である。小鳥を飼ってその鳴き声を愛《め》でる趣味は、近頃、金のある商人や暇な武士のあいだで流行しているらしい。

千三は、道頓堀を西へ向かい、彼の根城である「大西の芝居」を尻目に戎橋を越えた。すっかり酔いは醒《さ》めていた。千鳥屋は小さな店構えで、おそらく奉公人は二、三人だろうと思われた。まだ閉まっていたが、なかからかまびすしい鳥の声が聞こえてくる。一羽だと風流かもしれないが、こうまとまっては騒音にしか聞こえない。

（これは、近所迷惑やで）

苛立ちも手伝って、千三は大声を張りあげた。

「お上のご用や。ここを開けんかい」

バタバタした音が聞こえたあと、戸が少しだけ開いて、奉公人らしき男がおそるおそる顔を出した。それに覆いかぶさるようにピーピー、チーチーという喧噪《けんそう》が倍加し、鳥の糞《ふん》の臭《にお》いも漂ってきた。

「あの……今日は休みですねん」

かまわず千三は戸を全部開けると、三十手前と思われるその男に手拭いをぐいと突きだし、

「これは、おまはんとこのもんやな」

男の顔色が変わった。

「そ、そうでおますけど……これをどこで？」

「おまはんは番頭か」

「へえ」

「ほかに奉公人はおらんのか」

「あと、丁稚《こども》がひとりおるだけだす。うちは主夫婦とわてと丁稚の四人だけで商いしとります」

「主を呼んできてもらおか」

「それが……」

番頭は逡巡《しゅんじゅん》し、どうしたものか考えている様子である。

「朝っぱらから悪いけどな、わしは『蛸足の千三』ゆうもんや」

せいぜい威厳を見せながらそう言うと、

「あっ……蛸足の親方はんだっか。お名前はよう存じとります」

そう言いながら、番頭は彼の口もとを注視している。ひょっとこ顔かどうかをたしかめたのだろう。千三は唇がむずがゆくなった。

「知っててくれてさいわいや。主はどないかしたんか」

「蛸足の親方やったら、言うてしまいまひょ。じつは主がさきおとといから行き方知れずになっとりまんのや」

「なんやと」

千三は、有無を言わせず身体を半分、店にねじ入れるようにして、

「立ち話もなんやさかい、なかでその話、詳しゅう聞かせてくれるか」

番頭によると、主の右之助《うのすけ》の姿が見えなくなったのは、さきおとといの夕方である。店を閉めたあと、

「喜多村《きたむら》の旦那のとこに顔出してくるわ。さいぜん、鍋をするさかい食べにこい、て呼び出しがあったんや」

喜多村の旦那というのは、喜多村陽三郎《ようざぶろう》という鉄砲奉行配下の与力である。

大坂は武士が少ないと言われているが、東西町奉行所の与力・同心をはじめ、諸家の蔵屋敷に勤める役人たち、大坂城にいる城代・定番・加番《かばん》・大番頭・目付たち、それにくわえて、定番のもとで働く与力・同心衆や、大坂船手奉行の下にいる与力・同心、そして大坂六役と呼ばれる金奉行、蔵奉行、弓奉行、鉄砲奉行、具足奉行、破損奉行らに所属する手代や同心など、実際に大坂で暮らす武士の数はかなりの数にのぼる。

鉄砲奉行は、大坂城にある多数の鉄砲・火薬類を統括・管理する役割である。配下に与力が五十名おり、四十五歳の喜多村陽三郎はその筆頭を務めていた。泰平の世にあって、鉄砲奉行ほど楽な仕事はない。まず使われることはない鉄砲を、後生大事に保管するだけなのだ。当然、与力たちも暇をもてあまし、いきおい趣味に走る。喜多村の趣味は飼い鳥で、メジロやウグイスを多数飼育していた。つまり、千鳥屋の上得意のひとりだったのである。

「また、遅うなりまんのか」

「そやろな。あの旦那、飲みだしたら帰してくれへんさかい。けど、これも商いのうちや」

「まあ、お早いお帰りを」

「ほな、行ってくるわ」

そう言って出ていったきり、その日は戻ってこなかった。

「主は、その喜多村ゆうお武家の屋敷まで行ったんかいな」

鉄砲奉行配下の与力なら、大坂城の外側、上町あたりに役宅があるはずだ。

「ちゃいまんねん。お屋敷やのうて、お手懸《てかけ》はんのとこだすわ」

番頭の話では、喜多村与力は三津寺町《みつてらまち》に妾宅《しょうたく》をもうけており、大枚を払って身請けした新町の芸者を、女中をひとりつけてそこに住まわせている。

「ほう、ええ身分やなあ」

「なんや、お金はぎょうさんあるみたいですわ。鉄砲奉行の与力衆は、町与力より俸禄が安いて聞いとりまっけどなあ」

聞きようによっては、含みのある言葉である。

「これは、えろう悪酔いでもして、向こうに泊まりはったんかいな、と思とりましてん」

「これまでも、そのお手懸のとこへ行って、帰らんかったことあるんかいな」

番頭はかぶりを振り、

「今までは一度もおまへん。それというのもでんな……」

彼は声をひそめると、

「うちのご寮《りょん》さんが悋気《りんき》しいでな、ちょっとでも遅うなったら角《つの》出して、それはそれは怒りはりまんねん。もちろんお茶屋遊びなんぞとんでもない。せやさかい、主はどこでどんだけ飲みはっても、かならずその日のうちにはお帰りでした」

「それが帰ってこんかった……」

「ご寮さんはえろうお怒りでな、翌朝早うに、わてを連れて、お手懸はんのとこへ乗り込みはりましたんや」

「主はおったんか」

「それが……」

寝ぼけ眼で出てきた女中は、

「千鳥屋はん、昨夜はお見えやおまへん」

そう言ったのだ。そんなはずはない、手懸を出せ、あてがじかにきく、と千鳥屋の嫁は大騒ぎし、まだ眠っていた妾《めかけ》をむりやり起こさせたが、答はおなじだった。

「きのうは千鳥屋はんもうちの旦さんも来てはりまへんで。お鍋をする？　いいえー、そんなことちいとも聞いてまへん」

見たところ、部屋のなかはきれいに片づいており、鍋を囲んで遅くまで飲食したような様子はなかった。番頭たちもそれ以上強く押すこともならず、狐《きつね》につままれた思いのまま帰宅したが、主は戻らない。

「きのう一日待っても戻らんかったら、お奉行所に願い出よかとご寮さんと話しとったとこだんねん」

「そこへわしが来た、ちゅう寸法か」

番頭はうなずいた。

「この手拭いは、主のもんにまちがいないな」

「へえ。出かけるときに、ふところへねじ込んではりました」

千三は、道頓堀の小舟の一件を番頭に話した。番頭は蒼白になり、

「ほ、ほたら主はもう……」

「まだわからん。けど、なんぞ事件に巻き込まれたんかもしれんなあ」

「どどないしまひょ」

「バタバタすな。この『蛸足の千三』が引き受けたからには悪いようにはせん。そのかわり……」

千三はぐっと声を落とし、

「今月は東町の月番やけど、向こうには言うたらあかんぞ」

それだけ言うと、飼い鳥屋を出た。なかにいる間ずっと、けたたましい鳥の声を浴びていたせいか、耳がきんきんした。身体に鳥の糞と羽毛の臭いが染みついたような気がして、朝風呂に飛びこみたかったが、今はそれどころではない。その足で千三は、三津寺町にある喜多村陽三郎の妾宅をたずねた。このあたりは長屋といっても日本橋《にっぽんばし》辺にある貧乏長屋とは異なり、二階建てなどの小洒落《こじゃれ》た造りのものが多く、そのうちの一軒に、

喜多村与力は女を囲っていた。みつというその手懸は、二十歳をちょい過ぎたぐらいの若さだそうだが、下ぶくれでおちょぼ口の、肉付きのいい女だった。

「さきおとといの晩から、千鳥屋の主が行き方知れずになっとんねん。あんた、なんぞ知らんか」

「知りまへん。こないだも千鳥屋はんのご家内が来て、なんやかんや怒鳴って帰りはりましたけど、ええ迷惑だす。うちら、なんも知らんもん」

「ほんまにその日、千鳥屋は来とらんのやな」

「へえ」

「おまえの旦那もかい」

「来てはらしまへん。近頃ずっとお見えやないですわあ」

「鍋をするから来い、てな使いを出したこともないねんな」

「おまへんて」

木で鼻をくくったような返答しか戻ってこない。千三はじっとみつの目をのぞきこんだが、そこにはなんの感情も見いだせなかった。しかたなく今度は女中を呼んで質問した。そばかすの多いその女中も、女主人同様、だれも来なかったというだけだった。

ふと思いついて、千三は女中にきいた。

「喜多村の旦那はん、奥方はいてはるんかい」

「いてはります。薹《とう》のたった古女房、顔も見たらぞっとする、ていつも悪口言うたはりますわ。お子さんは、いてはりまへん。もう、ええ歳やさかい、そろそろ養子を取らなあかんなあ、てまえに言うてはりました」

「これ！　いらんこといいなさんな」

さすがにみつに叱られ、女中はぺろりと舌を出した。口の軽い女のようだ。

「邪魔したな」

千三は外へ出たが、帰ると見せかけてそのまま長屋の芥溜《ごみた》めへと向かった。もしかすると「鍋物」の名残りがあるかもしれないと思ってのことである。

（うわっ、きちゃないなあ……）

芥溜めには、「五目」と呼ばれる芥屑《ごみくず》がたまっていたが、鍋料理の材料などは見あたらなかった。顔を突っ込んですみずみまで探したが、食品の残骸は一切ない。

（おかしいな……）

四軒長屋である。日々の暮らしのなかで、魚の骨や野菜の切れ端など、なんらかの残飯が出るものだ。それがまったくないということは、

（だれぞが始末しよったんとちゃうか）

根拠はないが、なんとなくそんな気がした。そのあたりは役木戸としての「嗅覚」としか言いようがない。

千三はなおも長屋の周辺をくまなく調べたあと、探索の範囲をすこし広げることにした。大黒橋《だいこくばし》のたもとまで来たとき、草むらに茶色いものが見えた。なぜか、ぴん、ときた。

昨夜から、不審な男たちを見かけたことにはじまり、千鳥屋の手拭いを見つけたことも、千鳥屋の主が行き方知れずだと聞きこんだことも……千三はその場の思いつきで動いているのに、そのどれもがつながってきている。ぴん、ときたときは、あとさき考えずに動くべし。それが千三のご用のやり方だった。彼は、ためらうことなく草むらに踏みこんだ。

近づくに連れ、異臭が漂ってきた。千三は顔をしかめた。それは犬の死骸だった。まだ死んで間もないらしく、乾ききっていない。そのまわりをうろつくと、もう一匹、赤犬も死んでいた。カラスなどにつつかれたらしく、腹部からはらわたが飛び出ている。

(一匹ならともかく二匹も……どういうこっちゃ。こら、なんぞあるで)

千鳥屋の主の失踪に関わりがあるのだろうか。木の枝ではらわたをこわごわつついてみたが、それだけではなにもわからない。千三は思いきって、はらわたの一部を切り取った。

(うわあ、気持ちわるっ……。けど、これがご用ちゅうもんや)

懐紙に包んでふところに入れる。なおも、二匹の死骸を検分していると、ふと影が差

した。だれかが背後に立っている。振り向こうとしたとき、聞き覚えのあるガラガラ声が聞こえた。

「またか、うるさい青蠅《あおばえ》め」

白いものが一閃《いっせん》し、千三の頭のなかで大輪の花火があがった。

◇

二度目の殴打により、千三はまたしても気絶した。今度は、通りがかったものが介抱してくれたので、短時間で意識を回復した。ふところを探ると、懐紙にくるんだものはそのままだ。

(気づかんかったんやな)

それには安堵したが、後頭部の出血がとまらない。応急に血止めをしたあと、町駕籠を雇って、奉行所の検死ご用も務めている旧知の赤壁傘庵のところへ転がり込んだというわけだ。

「ふうむ……おもしろい!」

大邉久右衛門は目を細めた。

「飼い鳥屋の主人が失踪し、犬の死骸が二つか。これは判じものだのう」

奉行は、与力岩亀三郎兵衛をちらと見ると、

「その方はどう判じる」

「と申しますと」

「千三に手傷を負わせた下手人の素性じゃ」

「これだけの材料では、まだなんとも……」

　総髪に白髪のまじった赤壁傘庵が顔をあげ、

「お奉行さまにはお初にお目どおりいたします。それがし、大宝寺町にて医業を営む赤壁傘庵と申します。――二度目の千三の怪我はなかなかの深手で、おそらくは刀による峰打ちかと存じます」

「であろうのう。わしも、武家の仕業であろうとは思うておった」

　勇太郎は、ぎくりとした。言われてみれば、最初の殴打の際の「たわけ！」という言葉は町人のものではない。

（あなどれんお方だ……）

　勇太郎は、酒で顔面をてかてかにした目のまえの親爺《おやじ》を見つめた。

「もうひとつ、お報せすべきことがございます。千三が切り取ったはらわたを調べてみて、犬の死因がわかり申した」

「ほほう、なんじゃな」

「――フグ毒でございます」

◇

その夜は朝まで奉行所で泊まり番を務めたあと、明け番を同僚に代わってもらい、岩亀与力の指揮のもと、調べをはじめた。家に戻れなかったので不精髭が伸びているのを、勇太郎は手のひらでじゃりじゃりとこすった。

今のところは飼い鳥屋の主がいなくなっただけで、あとは犬が二匹死んだだけだ。盗賊吟味役の与力や同心も加わらず、あくまで定町廻りの範疇《はんちゅう》での調べであるが、勇太郎は、なにかあるとの確証を持っていた。

長吏、小頭、目明かし、下聞《したぎき》たちも動きだしていたが、勇太郎はいつもの流儀で、役木戸の千三だけを連れて、喜多村陽三郎の妾宅へ向かった。

「また来たで。今日は定町廻りの旦那もお越しや。隠し立てしたら、容赦なくしょっ引くで」

上がりがまちに腰をおろし、そばかすの多い女中をおどしつけることで、そのうしろにいる手懸をもびびらせる。

「ほんまに千鳥屋の主は来とらんのやな」

「こないだ申しあげたとおりです。千鳥屋はん、あの日はお見えやおません。だれが、そんな嘘言うてはりますの」

手懸は無表情にそう言った。

「おまえの旦那も来とらんのやな」

「はい」

「つぎは、いつ来はるんや」

「さあ……気まぐれなお方やさかい、わかりまへん。用がおすみやったら、お引き取りいただけますか。今から、三味線のお稽古に行かなあきまへんのや」

それまで黙っていた勇太郎が、

「あんた、料理はできるんか」

「へえ……日頃はこの子にやらせてますし、旦さんが来はるときは仕出しを取りますけど、お酒の肴ぐらいはちょこちょこっと」

「ふーん、魚なんかもさばけるのかな」

みつは、用心した顔つきになった。

「フグ、料理したことあるか」

「そ、そんな危なっかしいもん、素人がようこしらえますかいな」

「そうか、また来る」

勇太郎が立ち上がると、みつの顔に安堵の色が浮かんだ。

表へ出た勇太郎は、千三に言った。

「おまえはフグ、食べたことあるのか」

「おまっせ。うまいもんだ。旦那はおまへんのか」

「ないな。フグは食いたし命は惜しし、だ」

「わても命は惜しおまっけどな、あの味はくせになりまっせ」

「どうやって食うのだ」

「汁もんにするか、味噌炊きでっしゃろか。刺身もいけまっせ」

「『蛸壺屋』でも出してるのか」

「とんでもない。フグだけは、専業の板前がおらんとあきまへん」

「素人の手料理ではむりか」

「しとるやつもおりますやろけど、それこそ『鯛もあるのに無分別』ゆうやつですわ」

勇太郎は腕組みをして考えこんだ。

「どないしはりましたん」

「いや……ちょっと落語のことを考えていた」

「落語って、落とし噺《ばなし》のことでっか」

勇太郎はそれに応えず、

「千三……おまえ、すぐに戻って、みつの家に張りつけ。なにか動きがあったら報せてくれ」

「承知」

千三は身をひるがえすと、今来た道を戻っていった。勇太郎は、千三が怪我を負わされたという大黒橋界隈《かいわい》をひとりぶらぶらと聞き込みを続けた。武士がひとり、関わっていることはまちがいない。あと、筵でくるんだものを小舟に積んだ数人の男たちも加わっているはずだ。彼らは金で雇われた連中かもしれないが、こつこつ探していけばいつかは見つかるにちがいない。しかし、彼が気になっていたのは以前に聴いた、ある落語のことだった。

◇

足を棒にしただけで、なんの手がかりも得られぬまま、夕刻、勇太郎は「大西の芝居」を訪れた。木戸には、ちがう男が座っていた。

「千三は……？」

「千三兄貴だっか？　今日は顔見てまへんなあ」

妾宅になんの動きもなく、まだ張り付いているのだろうか。そろそろ引きあげさせるか。勇太郎がふたたび三津寺町へ足を向けようとしたとき、向こうからちょうど千三が歩いてきた。疲労でどろどろになっている。

「今までずっと張り込んでたのか」

千三はぶるぶるっとかぶりを振り、

「大坂中走りまわっとりましたわ」

あのあとすぐに妾宅から走り出たものがいたという。三味線の稽古に行くと言っていたみつではなく、そばかすの女中だ。千三は尾行をはじめたが、女中はなかなかの健脚で速いこと速いこと、途中でなんども息切れしそうになった。三津寺から東へ東へ、島之内を端から端まで横断すると、九ノ助橋《くすけばし》を使って東横堀を渡り、なおも東へ東へ。谷町筋《たにまちすじ》に出ると、今度は北へ。上町《うえまち》を縦断し、京橋口の西側にある武家屋敷の裏門で足をとめた。走り詰めに走った千三が、全身から滝のように汗を流しながら、心の臓のばくばくをなだめていると、くぐり戸が開き、ナマズのようにぬるっとした顔つきの武士が顔を出した。

「なんじゃ、おまえか。ここへは来るでないと申しつけておいたはずだ」

ガラガラ声である。忘れもしない「あの声」である。

(こいつかっ……!)

女中はなかに招き入れられた。だれの屋敷か、ナマズ顔の侍はだれか、近所で聞き込みしようかと思っていると、女中はすぐにくぐり戸から出てきて、またしても脱兎《だっと》の勢いで駆け出した。あわてて千三はついていくのがやっとだったが、彼女は結局、もとの妾宅へ帰っただけであった。その時点で勇太郎につなぐことも考えたが、それでは仏造って魂入れずだ。千三は疲れた身体に鞭打《むちう》ち、もう一度同じ道をたどって京橋口までとんぼ返りした。屋敷の向かいでうどん屋を営む老婆《ろうば》にきいてみると、これが「どしゃべり」でいくらでも話してくれた。そしてわかったのは、そこが鉄砲奉行の筆頭与力、喜多村陽三郎の屋敷であり、喜多村は与力という役職には似つかわしくないほど暮らしが派手であること、酒に呑まれるたちであること、ナマズ顔の侍は喜多村の家老、中山頼《なかやまたの》母《も》であること、中山頼母は東軍流《とうぐんりゅう》の達人で、朝日明神裏にある居酒屋「案山子《かかし》」の常連であること……などなどであった。

「よし、おまえはその『案山子』を当たれ。目明かし連中も」

千三に指図を与えてから、夕刻、勇太郎は奉行所に戻った。

「ふむ……やはり喜多村陽三郎のまわりが臭いか」

岩亀与力は、勇太郎の報告を渋い顔で聞いていた。

「町方が、鉄砲奉行の与力に踏んごむわけにはいかんからな」

「やりようはあると思います」

江戸とはちがい、大坂町奉行所は町人に関わる事件であれば武士を取り調べたり、裁いたりすることもあった。ただし、そのときはいちいち江戸表の許諾を取る必要がある。

「それよりも、気になることがあるのです。『河豚《ふぐ》鍋』という落とし噺をご存知ですか」

「いや……知らぬ」

物堅い岩亀は遊里はおろか寄席や講釈場にも近寄らぬ。勇太郎は、寄席で聴いたその噺の概要を説明した。

ある商家の旦那が出入りの男に鍋料理をすすめる。男は、それがフグ鍋だと知って、食べるのを拒む。旦那は、きちんとした板前がこしらえたものだから食え、と無理強いするが、自分では食べようとしない。ふたりともフグを食べたことがなく、当たるのが怖いのである。そこへひとりの「おこもはん」がお余りをもらいにくる。ふたりは一計を案じ、そのおこもはんに、食材を教えずにその鍋の中身を与え、ねぐらでゆっくり食べるように言う。男はおこもはんのあとをつけ、彼がフグを食べ、その後も無事であることをたしかめて、旦那に報告する。どうやらだいじょうぶのようだ。ふたりは覚悟を決め、フグ鍋を食べるが、はじめて味わうその美味さに驚嘆し、争うようにして平らげてしまう。そこへまた、さいぜんのおこもはんが来て、

「おふたりともおめしあがりにならはりましたかな」

「このとおり、すっくり食べてしもたで」

「ほな、わたいもこれからゆっくり食べさせてもらいまっさ」

というのがオチである。

「おもしろそうな噺だな。だが、それがどうした」

「この落語と同じようなことが起こったのではないでしょうか」

「というと」

「喜多村陽三郎の妾宅でフグ料理が出されたのですが、だれも怖がって箸をつけません。いやがる千鳥屋の主に喜多村がむりやり食べさせたところ……」

「見事に当たってしまった、というわけか」

いくら町人でも、一家の主が死んだとあっては、喜多村も関わり合いで、ただではすまぬ。下手《へた》をするとお役御免になるかもしれない。ここは内済《ないさい》で済ませぬか、と家老の中山頼母が知恵を出した。筵にくるみ、夜陰に乗じて道頓堀から小舟に乗せ、川中に捨てれば、後腐れはない。長屋の芥溜めに捨ててあったフグの身やはらわたは、浚《さら》ってよそに埋めた。あとは、その夜千鳥屋は来なかった、と知らぬ存ぜぬを決め込めば、なんとかなる……。

「ありえぬことではないな。よし、おまえはその線で調べを進めい」

岩亀がそう言ったとき、

「ようできた筋書きじゃが、ひとつ穴があるな」

廊下からいきなり声がかかった。いつから聞いていたのか、障子が開き、大邉久右衛門が立っていた。岩亀と勇太郎は頭を下げる。

「穴、と申されますと……」

「内済で済ませる気ならば、まず手を打つべきは、千鳥屋の家族であろう。大金をつかませ、主の死を納得させて口をふさいでおかねば、喜多村の妾宅から主人が帰らぬ、と騒ぎだし、奉行所に訴えるのは必定じゃ。それを放置してあるのは解せぬ」

勇太郎は赤面した。自信をもっていた推量だったが、新奉行にかくもたやすく穴を見いだされてしまった……。

「おまえたちは、フグを食うたことがあるか」

岩亀と勇太郎は顔を見合わせ、ふたりともかぶりを振った。

「お頭はございますので？」

「あるとも。ずんと美味きものじゃ。猛毒があるゆえ、たびたび法度《はっと》が出されたが、フグは唐土《もろこし》でも美食として珍重され、『一身よく百味の相をそなえ、天界の玉饌《ぎょくせん》とはこの魚なり』と王侯も激賞した。わが朝でも「布久《ふく》」「ふくべ」などと称されて、古来より食べられてきた食材じゃ。正しき調理をほどこせば、危ないものではない。血とはらわたと卵に毒があるゆえ、それを除けばよい。素人がさばくのがいちばんいかん。薄き刺身に造りてよし、汁にしてよし、味噌で炊いてよし、焼いてよし、煮付けてよし。白子を煮たり焼いたりすると豆腐に似て豆腐より濃厚な味わいでこれもまたよし。皮もぷりぷりとして珍味だし、ヒレをこんがり炙《あぶ》って熱燗《あつかん》の酒に漬ければヒレ酒となる。近頃はちり鍋にするのが流行《はや》りと聞くが、わしはまだ試したことはない。ああ……フグのちり鍋が食いたいのう！」

「………………」

「長門《ながと》のほうではフグは不遇につながるとしてフクと呼ばれ、銚子《ちょうし》では当たるかどうかわからぬの意からトミ、長崎では棺桶《かんおけ》の異名であるガンバ、そして、ここ大坂では鉄砲、略してテツなどと呼ばれるが、これもまた、当たれば死ぬることからきた呼び名であろう」

久右衛門のフグの蘊蓄《うんちく》はとどまるところを知らぬ。そのあとも、旬は冬だが春の彼岸までは美味く食える、だの、フグの目にはまぶたがある、だの、フグは鳴く、だの、フグに当たったとき身体を地面に埋めれば毒が抜けるというのは嘘だの、とさんざん知識を披露し、その合間に「フグが食いたいフグが食いたい」と呪文のように言い続けるのだった。

「ああ、なれど今夜フグを喰らうというわけにはいかぬ。料理方に命じて、カワハギでも造らせるか。カワハギの肝なら当たる気遣いはない」

よだれを拭き拭き、ふたりに背を向けつつ、

「なにしろ武士は、フグに当たって死んだら家名断絶だからのう」

そう言い残して歩み去っていった。

（武士は、フグに当たって死んだら家名断絶……）

奉行のその言葉が、勇太郎の耳に残った。

豊臣時代、文禄慶長《ぶんろくけいちょう》の役の際、兵士のなかにフグを食べて死ぬものが相次いだために、秀吉が全国にフグ食を禁ずる旨の触れを出した。徳川の世になっても、譜代大名を中心にフグの食用が禁止され、売買はもちろん、もらうだけでも取り締まりの対象となった。とくに厳しい定めを敷いていた長州毛利家では、フグを食した家臣の家は断絶の処分を受けた。庶民の町である大坂では、売買の取り締まりは緩いほうであったが、さすがに「当主がフグを食べて死んだ場合、相続人がいても家禄没収、家名断絶」という決まりは、他国同様厳然として存在した。これは、一朝ことあるときは、主君のもとにはせ参じ、命がけで奉公すべき身であるのに、おのれの食い道楽で命を失った、武士《もののふ》の規範にもとる輩《やから》という意味合いがある。

(なるほど……)

勇太郎は、あることを思いつき、岩亀与力に言った。

「それがし、今からもう一度、喜多村陽三郎の妾宅へ行ってみます」

「よかろう」

奉行所を出ると、すでに暗かった。西町奉行所から三津寺町まではかなりの距離である。松屋町筋《まつやまちすじ》を下り、途中で朝日明神にさしかかったとき、ふと思い出して、勇太郎は中山頼母が常連客だという居酒屋「案山子」を探した。店はすぐに見つかった。入ろうかどうしようか迷っていると、なかから顔を火照らせた千三が出てきた。相当酔っているらしく、「蛸足」のふたつ名のとおり、足がぐにゃぐにゃだ。内骨屋町筋《うちほねやまちすじ》を北へあがろうとしたので、

「千三……！」

と声をかけると、小走りに寄ってきて、

「ええとこで会うた。旦那……今、奉行所までお報せにあがろうと思てましたんや。この店に入り浸ってる破落戸《ごろつき》まがいの連中のうち何人かが、日頃から中山頼母から小遣いをもろて、いろいろ裏でやらかしとるらしいですわ。たぶん小舟を出したやつらが、それやおまへんやろか」

「中山はいるのか」

「今日は来とりまへん。旦那は、なんでここに？」

勇太郎は、みつの長屋に向かうつもりだと告げた。

「やっぱりあの手懸が怪しい、ゆうことだっか。もう千鳥屋は東横堀あたりに沈んどるんだっしゃろか」

「まあな……」

それだけ言うと、勇太郎は先に立って歩き出した。

みつの家は明りがついていたが、千三がいくら声をかけてもなかから返事はない。

「かまわん、開けろ」

勇太郎が命じたので、千三は戸に両手をかけた。心張りがかってあるようだったが、潰すつもりで思い切り力をこめると、なんなく開いた。みつと女中はおびえたように寄り添って、勇太郎たちをにらんでいる。

「まだ、なにかおますのか」

勝ち気なみつがそう言うと、勇太郎は緋房《ひぶさ》の十手を抜き、

「俺は、千鳥屋の主がここでフグを食べて死んだものだと思っていた。その死骸を、喜多村与力とその配下が筵にくるんで小舟に載せ、どこかに捨てたんだろう、とな。でも、どうやらそうじゃなかったようだ」

「な、なにを言うてはりますのん」

「ここは二階もあるんだな」

勇太郎は二階へとつづく階段に目を走らせた。みつの顔が硬直した。勇太郎は、雪駄《せった》を脱ぐとずかずか家に上がり、階段の下から大声で呼ばわった。

「二階にいる居候《いそうろう》さん、そろそろ降りてきてもらおうか！」

二階からはなんの物音も聞こえてこない。

「降りてこないなら、こちらから上がっていくぞ。あの焼き餅焼きの女房を連れてこようか」

途端、どたんばたんと大きな音がしたかと思うと、なにかが階段を転がり落ちてきた。

「こいつは……？」

千三の問いに、勇太郎は答えた。

「千鳥屋の主だよ」

◇

当夜、この家で起こったことのあらましは次のとおりである。

喜多村陽三郎からの呼び出しを受けて妾宅に来た千鳥屋主人は、喜多村からフグの手料理を食べるように強要された。喜多村の料理の腕に信を置けなかった「ビビリ」の千鳥屋は涙ながらに拒み、みつと女中も食べようとしなかったので、怒った喜多村は、腹立ちまぎれに自分がそれを食べ、

「どうだ、なんともなかろう」

そう言って顔を上げると同時に苦悶《くもん》しはじめたという。あわてて皆で介抱したが、ついにはこときれてしまった。やむなく三人は、喜多村の家老である中山頼母に相談すべ

く、女中を走らせた。すぐに飛んできた頼母は苦渋に満ちた顔つきで、

「これはたいへんなことになった」

喜多村家はこどもがおらず、養子縁組も整っていなかった。相続人がいない武士が急死した場合、病気届を出しておき、その間に急遽《きゅうきょ》養子を探し、それが成立したあとで、死亡届を出すというやり方が普通だ。そうしないとその家が断絶してしまうからであり、「家」の存続をなによりも大事に考えていた武士社会においては、主人がすでに死んでいるとわかっていても見て見ぬふりをするのが不文律であった。しかし、妾宅でフグを食して、死んだことがわかれば、救いようがない。中山頼母は、喜多村与力の遺体を筵でぐるぐる巻きにしてわからぬようにした。日頃から手なずけてあった無頼の徒に頼み、死骸を小舟に乗せると、道頓堀から東横堀を北上させ、思案橋あたりで上陸させて、喜多村家に運び込んだのだ。しかし、積み込む現場を千三に見られてしまった。

一方では、長屋の芥溜めに捨てたフグの残骸をあわてて回収して証拠の隠滅をはかったが、すでに犬がそれをあさっていたことには気づかなかった。

喜多村家では鉄砲奉行に病欠届を出し、必死で養子を探した。それがようやくなんとか整いそうなのだという。町方にうろうろされて、いらぬことを嗅ぎだされては困る。すべてを知っている千鳥屋の主人は、養子縁組が整い、それが公儀に認められて、ことが無事におさまるまで、この家の二階に幽閉されていたのだ。幽閉といっても、毎日毎

晩、飲み次第の食い次第で、みつからもちやほやされ、うるさい女房の顔も見ずにすみ、

「極楽でしたなあ」

と彼はしみじみ述懐した。

◇

みつの長屋を出た勇太郎と千三は、西町奉行所に戻るべく箒屋町筋《ほうきやまちすじ》を北上した。ちょうど安堂寺橋《あんどうじばし》にさしかかったときであった。このあたりは昼間でも薄暗く、人通りが少ない場所である。千三が足をとめた。

「だれぞ、ついてきとりまんなあ」

「気づいたか。手懸の家からずっとだぞ」

「ええーっ、そうでおましたか」

「いつ来るのかと身構えているが、なにもしてこない。ちょっと炙りだしてみるか」

「へ」

勇太郎と千三は橋の手前で左右にわかれた。尾行者が一瞬うろたえたのがわかったので、勇太郎は振り向きざま、

「なにがしたいんだ。いつまでも金魚のふんみたいにくっついてるつもりか」

相手は覆面の武士だった。無言で刀を抜くと、いきなり勇太郎に斬りつけてきた。勇

太郎は十手でそれを受け流すと、

「東軍流か……」

とつぶやいた。そのつぶやきが耳に入ったらしく、相手は一歩退いた。千三が、

「おまえやな、わてに怪我させたんは」

「あのとき殺しておくべきだった」

侍はガラガラ声で言った。勇太郎は十手を顔のまえで斜めに構えると、

「我々も、なんでもかんでもこじあけて、暴きたてようというわけではない。すべてを正直に打ち明けてくれれば、奉行所にもそれなりの慈悲はある。内々にすませることもできるかもしれない」

勇太郎のその言葉を聞いて、武士は刀を納め、大急ぎで橋を渡っていった。

「旦那は甘いわ。あんなやつ、しょっぴいて、牢《ろう》にぶちこんだらな目ぇさめまへんで」

「『家』というのは武士にとってかけがえのないものだ。喜多村がフグに当たって死んだのは自業自得。千鳥屋の主も生きていた。だれも悪くないのだ。俺は、岩亀さまに、この件を穏便にすませていただくよう申しあげるつもりだ」

「ほな、わてが怪我したのはどつかれ損でっか。けっ、アホらし」

千三は足もとの小石を蹴った。

◇

翌日、鉄砲奉行所属の与力喜多村陽三郎の養子相続願いが受理され、その日のうちに、喜多村の病死が届け出られた。勇太郎は、なにもかも万々歳に終わるかと思っていたが、喜多村の家老である中山頼母が、西町奉行大邉久右衛門に呼び出されたのはそのまた翌日のことであった。非公式の呼び出しであり、中山も薄気味悪く思ったのだろう。警戒心をあらわにしながら、役宅の小書院の座に着いた。同席したのは、岩亀与力と勇太郎の二名だけである。

中山は、巌《いわお》のようにでかくてごつい奉行に圧倒されながらも、ガラガラ声で言った。

「本日はなにごとでござるかな。それがし、町方に詮議を受ける覚えはござらぬが」

久右衛門は、中山を不動明王のような眼力で見据えると、

「与力喜多村陽三郎がフグ毒に当たって死亡した件については、そこにおる同心村越から報を受けておる」

「いや、それは……」

「武士は相身互《あいみたが》い。喜多村の家を守ろうというその方の家老としての気持ちもわかる。そのことについてわしはなにも言うつもりはない」

中山頼母がホッと顔をゆるめ、勇太郎も心のなかでうなずいたとき、

「なれど……」

久右衛門の声が鋭さを増した。

「喜多村陽三郎が鉄砲奉行筆頭与力の地位を利用して、鉄砲の横流しをしていた件については見逃すことはできぬ。中山頼母、貴様もそれに加担しておったであろう！」

勇太郎は耳を疑ったが、中山の顔は土気色になっている。

「貴様が市中の無頼の徒に金銭を渡して一味となし、大坂城の鉄砲蔵から銃器を運びだし、小舟に乗せて堀から川へと水上を往来し、西国へ売りさばこうとしていたこと、すべて調べがついておる」

「なんの証拠があって……」

障子がガラリとあき、いつのまにか佐々木喜内がそこに座っていた。

「私が、お奉行の命で鉄砲奉行吉岡《よしおか》加賀守《かがのかみ》さまのもとにおもむき、許しを受けて、帳簿を残らず調べあげました」

勇太郎はあっけにとられ、喜内のにこにこ顔を穴のあくほど見つめた。岩亀与力も同様であった。

「鉄砲を横流ししていたものが鉄砲に当たって死ぬとは皮肉だのう」

久右衛門の言葉に中山頼母は立ち上がりざま、刀架けの愛刀をひっつかみ、

「もはやこれまで！」

そう叫んで奉行に斬りかかった。勇太郎は身体ごと中山頼母にぶつかると、十手をその額に二度、三度と叩きつけた。中山は勇太郎に向き直り、刀を真横に薙《な》いだが、勇太郎は一間《けん》ほど飛びしさり、なおも斬りつけてきた中山の鳩尾《みぞおち》に十手の先をぶちこんだ。中山頼母は、右脚を軸にくるり、と一回転し、床の間の掛け軸に激突して、そのまま伸びてしまった。

久右衛門は扇子を開き、

「天晴《あっぱ》れじゃあっ」

そう言って、勇太郎をはたはたとあおいだ。その扇子には、ぷーっと膨れたフグの絵に添えて、「あらなんともなや　きのふはすぎて　ふくと汁」という芭蕉《ばしょう》の句が書かれていた。

「われながら名裁きであった！」

久右衛門は自画自賛して、にやりと笑った。

◇

久右衛門は、喜多村陽三郎が薄給にもかかわらず羽振りがよく、妾を置いていることに疑いをもち、ひそかに喜内に調べさせていたのだという。せっかく養子を迎えた喜多村家は断絶となり、中山頼母は公儀の指図で切腹を仰せつかった。勇太郎は、かつて学んだ懐徳堂で加藤景範《かげのり》という学者が、フグに毒があることは誰もが知っていても、自分だけは当たらないだろうと思うから、食べるものはあとをたたぬ、悪事も同様である、と説いていたことを思いだした。中山が使っていた無頼人たちは、皆、西町奉行所役人によって捕縛され、それぞれに罰をうけることになった。勇太郎は新任奉行の手腕に舌を巻くしかなかった。

「さあ、これは一件落着の祝いじゃ」

奉行所の奥で、岩亀と勇太郎が招かれての祝宴がはじまらんとしていた。目のまえにはしゅんしゅんしゅんと熱くたぎる鍋がある。野菜や豆腐に混じって、白い身がはじけている。

「これはまさか……」

勇太郎がたずねると、

「そうじゃ。鉄砲じゃ」

久右衛門は大きく合点した。

「武家はフグを食うてはならぬと……」

「ここは大坂ではないか。堅いことを言うな。それに、そのフグは『西照庵《さいしょうあん》』から、フグ捌《さば》きの名人が捌いたものを取り寄せたのじゃ。心配いたすな」

「いや、なれど……」

久右衛門は、骨つきのいちばん大きな肉をがぶりと頰張り、

「うーむ、美味いのう。これで死んでも悔いはないわい」

いかにも美味そうに咀嚼《そしやく》し、嚥下《えんげ》する。大碗三杯ほどお代わりをしたあと、

「どうじゃ、岩亀。その方はフグを喰うたことはなかろう」

「御意にございます。この歳まで、当たるのが怖《こわ》あて、食したことはございませぬが……」

言いながらも岩亀与力の喉はぐびりと鳴っている。

「もし、このフグに毒があるなら、わしはとうに死んでおるはずじゃが……見よ、このとおりぴんぴんしておろうが。さあ、岩亀……喰うてみよ」

「わ、わかり申した」

岩亀は思いきって小片に箸をつけ、それを口に投じた。

「う、う、う……」

岩亀が唸りはじめたので、勇太郎が、

「岩亀さま、どうなさ……」

「美味いっ！」

岩亀与力は、自分の碗に大きそうなフグの肉を三つ、四つ放り込むと、野菜や豆腐には見向きもせずに一心に食べはじめた。

「いやあ、まさしく『フグ喰はぬ奴には見せな不二の山』でござるな。こんな美味いも

のとは知りませなんだ。——おい、村越、おまえも食え」

「は、はい……」

勇太郎は、鍋のなかで煮えている白い肉を凝視した。たしかに美味そうではある。しかし……。

「早う食わぬとなくなるぞ」

「煮えすぎは味が落ちますからな」

「は、はい……はい」

勇太郎は箸と碗を持って固まったまま、ひたすら鍋を見つめつづけた。その頭には、

フグは食ひたし命は惜しし

という言葉が去来していた。

第二話

ウナギとりめせ

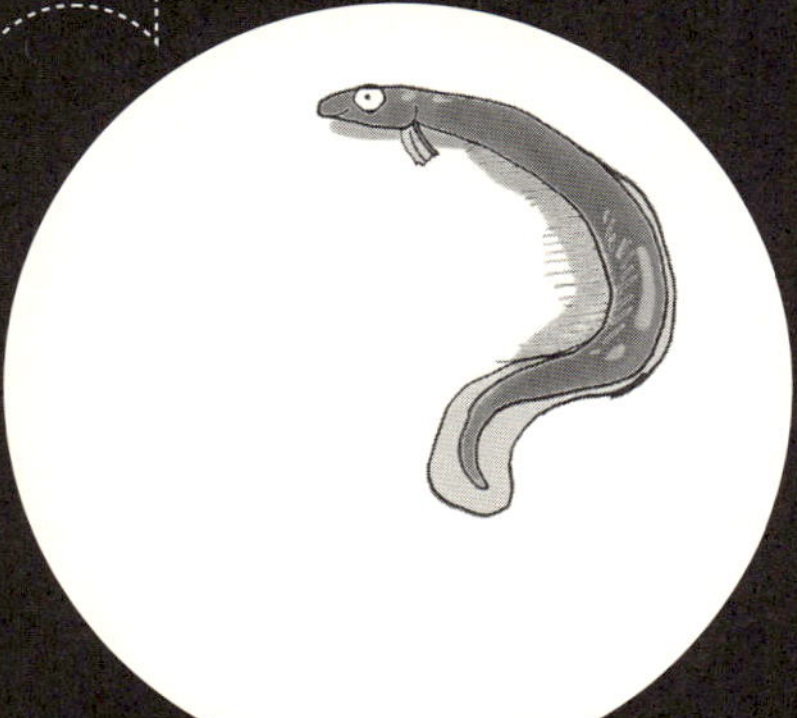

1

「さあさあ、評判や評判や。久々の大歌舞伎でっせえ。今ちょうど切り狂言、名左衛門が腹切ったところ。そのあと、桝蔵《ますぞう》と友九郎の道行きや。これ見逃したら生涯悔やむ。銭惜しんだら浪花《なにわ》っ子やないでえ。さあ、評判評判、入ったり入ったり」

芝居小屋が軒を連ねる道頓堀の南側、いちばん西にある「大西の芝居」の入り口で、一段高いところに座り、真っ赤になってしゃがれた声を張り上げているのは、木戸番を務める「蛸足《たこあし》の千三」だ。ひょっとこ顔をゆがめて大声を出している千三に、客のひとりが言った。

「千三、えらい真っ赤やな。蛸足改め茹《ゆ》で蛸か」

「じゃかあしい！　入るんやったら入れ。冷やかしやったら、とっとと去《い》ね」

「入るわい。銭、ここへ置くで」

「ありがとうさんで！　ずっと奥へ、ずずっと奥へ」

千三はここぞとばかりに声を一段高くした。

櫓《やぐら》の下には座本《ざもと》の紋を染めぬいた櫓《やぐら》幕《まく》が三方に掛かり、木戸の左右にある床几《しょうぎ》には札売りがいて、しゃかりきになって札を渡し、ざるに銭を集めている。櫓下看板には、切り狂言の題名と座頭、名題、二枚目、女形などの名前が並んでいる。押し寄せる客は道頓堀が通れぬほどにひしめいており、浜側に無数にひるがえる色とりどりの茶屋の幟《のぼり》、船で来場する金持ちやその連れている芸子・舞妓《まいこ》たちの歓声、水茶屋と小屋を忙《せわ》しく行き来する赤い前垂れのお茶子たち、ほかの座の呼び込みの声などがあいまって、芝居行きの気分がいやがうえにも盛りあがる。

「千三どん、菱鷹《ひしたか》にあつらえたウナギが届いとるで。ここはわいがやっとくさかい、今のうちに食うてきてんか」

小屋の若いものがそう声をかけた。

「おう、すまん。すっかりラハ（腹）が北山（空腹）や。ちょっとの間、たのむで」

「せやけど、できるだけ早《はよ》う戻ってきてや。おまはんの口上やないと客が来んのや。わいはどうも口べたでなあ……」

「わかったわかった」

飯もゆっくり食えん。千三はぶつぶつ言いながら台から降り、裏にまわって出前のウナギの蒲焼《かばや》きとどんぶり飯、それに香の物を受け取ると、それらを抱えて小屋脇に立てかけてある葦簀《よしず》の陰に入り、地面にしゃがみこんだ。ここなら少しは涼しい。夏の炎天下に、木戸番は地獄である。朝から夕方まで陽《ひ》にさらされ、毎日、首筋の皮がべろんと剝《む》ける。蒲焼きをひと囓《かじ》りする。冷め切っており、肉も硬くなり、脂も白く固まって、すこぶる不味《まず》い。だが、文句は言えぬ。冷たくなっていてもウナギはウナギだ。飯のほうはまだすこし温《ぬく》い。

茶の支度もないので、茶碗《ちゃわん》の水を飲みながら千三が端からかっこんでいると、

「千三、えらい繁昌だな」

うえから声がかかった。見上げると、村越勇太郎が微笑《ほほえ》みながら汗を拭っている。早逝した父親のあとを継ぎ、西町奉行所の定町廻《じょうまちまわ》り同心となってまだ数年だが、「役木戸」として奉行所のご用を務める千三は、年の近い勇太郎と馬が合い、彼の下で働くのが近年の決まりとなっていた。

「おかげさんで、大入りですわ。飯食うひまもおまへん。ようやっと、今が昼飯ですねん」

「忙しいのはなによりだ。――近頃、珍しいのではないか?」

「そうだんねん。ここんとこずっと、負けどおしでしたさかいな。久々の大当たりで、座本一同張り切っとります」

千三が属する「大西の芝居」は、かつての竹本座である。竹田出雲《たけだいずも》によって創設され、

近松門左衛門を座付き作者として隆盛を極めたが、人形浄瑠璃《じようるり》がしだいに不人気になったうえ、火事で小屋を焼くなどして、借金がとてつもない額に膨らんだ。そこへ、大坂町人にとって莫大《ばくだい》な負担となる「家質《かじち》奥印差配所」が設置されることになり、竹本一族が冥加金《みようがきん》目当てにその勧誘にかかわっていたとみなされ、庶民の怒りが爆発した。竹本座は打ち壊しの標的となったのである。こうして、竹本座の名代《みようだい》（興行権）は売りに出されることとなる。近松半二の尽力でなんとか再興したもののながくは続かず、天明七年（一七八七年）、ついに伝統ある竹本座は人形浄瑠璃の小屋から歌舞伎の芝居小屋となる。これが「大西の芝居」である。

しかし、まだ歌舞伎小屋に転じてまもないこともあって、中《なか》の芝居や角《かど》の芝居、角丸《かどまる》の芝居などの集客には及ばずにいた。今回の狂言は、大西の芝居としてははじめての大当たりといっていい。千三ら裏方たちをはじめ、小屋にかかわる全員が目の色を変えて働いているのもむりはない。

「それにしても、ウナギとは豪儀だ。大入りでふところが重いようだな。うらやましいかぎりだ」

「そらたしかにウナギは高《たこ》おますけどな、こう暑いうえにこう忙しいと、脂っ気を入れんと身体《からだ》が持ちまへんわ」

「ふむ、夏負けにはきくらしいが……俺はもう二年ほどウナギの顔は見ておらぬ。ドジヨウで我慢しておくよ」

「お気の毒さま。せやけど、わいは好物やさかい、借金してでも食いまっせ。それに、鳥久《とりきゆう》あたりの高い店ならともかく、菱鷹のウナギなら百文ほどですよって、ちょっとむりしたら手ぇ届きます」

「ウナギを食べて太っても、勘定を見たら痩せてしまう。俺は野菜でよい」

「情けないことを言いなはんな。けど、野菜でも、ニラのおすましとかニラの卵とじは夏負けにええそうだっせ」

そう言いながらも、千三はがつがつとウナギを食べる。勇太郎は声をひそめると、

「ところで、なにか聞き込みはないか」

千三も低い声で、

「それがおまんねや。長吏《ちようり》の弥助《やすけ》からのネタですけどな……」

ここでもう一段声を落とすと、

「くちなわが大坂に来とるらしいですわ」

「くちなわ……？　くちなわの瓢吉《ひようきち》か」

「はいな。春先からセンプクしとる、いう……あくまでも噂《うわさ》ですけどな」

千三はめずらしく漢語を使った。

くちなわの瓢吉は、名高い盗賊組の頭《かしら》である。残虐な性質《たち》で、ひとを殺すとき、相手

の心の臓を匕首《あいくち》で二突きする癖があり、それが毒蛇の噛《か》み痕に見えることからそういう異名がついた。本人もその呼び名を気に入っていて、太ももに蛇の刺青《いれずみ》を入れているそうだ。江戸の生まれで、豪商ばかりを狙って悪事を働いていたが、二年まえに浅草で大しくじりをした。手下の大半が捕縛され、獄門に処されたが、瓢吉本人は座頭に化けて捕り手をやりすごし、まんまと逃亡した。その後、ひとりで中山道《なかせんどう》あたりをこまめに稼いでまわっているという話だけは、勇太郎も耳にしていたが……。

「ほんとうなら一大事だな。岩亀殿の耳にも入れておこう」

「あいつの手口は、押し入った家の主から内儀、番頭、手代、丁稚《でっち》、女子衆《おなごし》にいたるまでひとり残らず皆殺しでっさかい、顔を見たものがおまへんのや。ほんま、むごたらしいやっちゃで」

「座頭や按摩《あんま》に化けるのが常だと聞いたが……」

「ひとりになったらやり口も変えとるかもしれまへん。油断は禁物でっせ」

「そうだな」

勇太郎は素直にうなずくと、

「おまえも芝居が大当たりで忙しかろうが、そちらの当たりのほうも引き続き頼むぞ」

「心得とります。見慣れん江戸ものには気ぃつけときます」

「千三どーん、そろそろ戻っててんか！　客が引きも切らんのや。わいの手に負えん」

表のほうから悲鳴に近い声が聞こえた。

「わーかった、今行くわ」

千三はそう言うと、残りの蒲焼きを口に放りこんだ。

「じゃあ、俺も行くか。邪魔したな」

「旦那はおつとめだっか」

「いや、今日は非番だ。親爺《おやじ》の墓参りに行こうと思ってな」

「ご信心でんな。お気をつけて」

千三は頭を下げたあと、

「旦那……出前のウナギを熱々のまま食う工夫はおまへんか」

「はあ？　どういうことだ」

「せっかくのウナギも、冷めたら値打ち半分ですがな。なんとか熱いうちに食いたいんですわ」

「うーん……おからのなかに埋めて運ばせる、という話を聞いたことがあるが……」

「それ、やってみました。けど、食べるときにおからをとってもとりきれんさかい、味が落ちまんねん」

「豆腐のうえに載せて、鍋で温めるとか、酒で蒸すとか……」

「家ではできますけど、木戸番のときは忙しすぎて、そんなことしとるひまがおまへんわ」

「そりゃそうだな」

「ええ知恵出しとくなはれ」

「あきらめろ」

「千三どーん！　なにしとんねん。ええかげん早来《はよ》てんか！」

かなりキレた怒声が聞こえ、千三はしぶしぶ立ち上がると、

「あーあ、ウナギを熱いまま食えるやり方考えてくれたら、そいつに一両出してもええんやけどな」

その顔があまりに真剣だったので、勇太郎はぷっと噴きだした。

◇

「うわあ、馬がかわいそうやわ。今にも潰れそう」

「どないしたら、あないに肥えられるんやろ」

「見てみ、あの顔。鍾馗《しょうき》さんか仁王さんみたいに怖いがな。今晩夢見そう」

「化け物の絵双紙《えぞうし》に、あんなやつ載ってたで」

「裃《かみしも》がはちきれそうや。破けるんとちがうか」

沿道を埋めつくす物見高い町人たちが、口々に言い合っている。最前列だけは形ばか

りの土下座をしているが、そのあとはみな、ずぽっと立ったまま、ちょいと頭《こうべ》を垂れる程度である。本人たちはひそひそ話のつもりだが、大坂の人間は遠慮知らずである。いつのまにか大声になっている。それを聞きつけた差配の与力・同心たちは、しっ、しっ、と幾度も静謐《せいひつ》をうながすのだが、なかなかおさまらぬ。与力衆・同心衆が考えることは同じであった。

（お頭の耳に入ったら一大事……）

冷や冷やしながら、馬上の大邉久右衛門のほうをちらちらうかがうのだが、当の久右衛門は知らぬ顔でまっすぐまえを見つめている。七、八名の与力と同心が徒歩《かち》で先導し、そのうしろに東町奉行水野若狭守忠通の乗った馬、そして、西町奉行大邉久右衛門の乗った馬が続く。槍《やり》持ち数名と足軽、小者らが末尾を固めていた。差配する役の与力・同心たちは行列から離れて前後左右を動きまわり、油断なく警護に当たっている。新任奉行の「初入り式」は東西両町奉行が公衆のまえに並んで登場する、めったにない行事なのだ。なにかあったら大ごとである。総勢三十数名が、しずしずと市中をまわっていく。

岩亀はかつて二度、新任奉行の「初入り式」に同行した経験があるが、これほどの人出ははじめてである。それは大邉久右衛門に人気がある、というわけではない。大食らい・大酒飲みで牛のように肥えているという「怪物」をひと目見ようという、見せ物小屋にでも行くつもりの野次馬ばかりだ。

「休憩はまだか」

そんなことを知ってか知らずか、久右衛門は、かたわらを歩く与力の岩亀三郎兵衛に言った。大兵肥満《だいひょうひまん》の久右衛門は、馬に乗るのが苦手だった。左右に揺られていると気分が悪くなってくるし、そもそも馬の長い顔が嫌いなのだ。それに、馬のほうでも久右衛門を嫌っているらしく、ほかのものが乗ってもなにごともない馬が、なぜか久右衛門が乗ると機嫌を損ねて、突然駆け出したり、逆に、叩《たた》いてもびくりとも動かなくなったりすることはざらであった。しかし、「初入り式」だけは駕籠《かご》や徒歩というわけにはいかぬ。大坂を初視察するという目的のほかに、新奉行の威厳を町中に知らしめるという意味合いもあるのだ。

「あと少しでござります。しばしご辛抱を」

「もう夕刻ではないか。疾《と》く終わらせろ。でないと、わしはここから帰る」

岩亀はあわてた。本当にやりかねない人物なのだ。

「天満宮《てんまんぐう》へのお詣《まい》りがすみましたら、与力町へ向かいます。そちらでご休息ということで……」

「神社など行かずともよい。さきに与力町へ行け」

「なりませぬ。順路は決まっておりまする。初入り式の折、東西両奉行が天満天神《てんまてんじん》と東照宮にそろって詣るは恒例にござりまするゆえ」

大邉久右衛門はぶすっとした顔になり、あとは口もきかなくなった。

新任奉行は、着任してすぐに、三度にわたって市内を巡視する。これを「初入り式」と呼び、案内役をもうひとりの町奉行が務めることになっていた。一度目は大川の川廻りを含む北組二百五十町、二度目は南組二百六十一町、三度目は天満組百九町である。これを大坂三郷という。すでに一度目は二十日まえに、二度目は十二日まえに多少ごたごたしながらもつつがなく済んでおり、今回が三度目、天満組を巡見する番だった。天満組は大川の北側に広がる一角をいい、与力・同心町や天満の青物市、総会所、天満宮、川崎東照宮などがあった。大坂三郷としてはもっとも北に位置する。

「くそ暑いわい」

「は？」

「暑いと申したのじゃ。なんとかせい」

岩亀は困惑した。たしかに暑い。しかし、ぶくぶく肥えた大邉久右衛門は、それでなくても汗かきなのに、今日は朝から、小袖の上に裃を着け、陣笠《じんがさ》をかぶり、籠手脛当《こてすねあ》てをつけている。ずっと馬に揺られているのも重労働であり、全身が汗まみれのはずだ。しかし……どうせよというのだ。

「汗が目に入る。ぬぐえ」

「かしこまりました」

「陣笠の紐《ひも》が喉に食い込んで痛い。ゆるめよ」

「かしこまりました」

「雨を降らせろ」

「かしこま……それは無茶でござります」

「天満宮は天神を祀《まつ》っておる。天神ならば、照らせるも曇らせるも自在であろう」

「あの……水をお持ちいたしましょうか」

「また、水か。もうよい。飲めば飲むほど汗をかく。それより、水に濡《ぬ》らした手拭いを持ってこい。五本、いや、十本じゃ」

岩亀は馬の横を離れると、ため息をつきながら中間《ちゅうげん》を呼んだ。五十五歳の定町廻りとしては最古参の与力を、丁稚かなにかのように顎で使うのはやめてもらいたい……そう思いながらこっそり振り返ると、東町奉行の水野若狭守は涼しげな顔で一滴の汗も流していない。にこやかだが威厳のある顔つきで、あたりまえのように職務を果たしている。

(うちのお頭も見ならうてほしいものだ)

もちろん口には出さない。出したら最後、

「そんなに若狭が好きなら、うちを辞めて東町に雇うてもらえ」

と言い出すに決まっている。

大坂天満宮と川崎東照宮への参拝をすませたあと、ようやく一行は、東照宮のすぐ東にある与力町へと入っていった。ふたりの奉行は下馬して、天満橋筋を歩いていった。

「このあたりが、与力の組屋敷が並ぶ一角でござる。四軒が向かい合っておるゆえ、天満の四軒屋敷などと申してな……」

水野忠通があれこれ説明しているのも耳に入っているのかどうか、大邉久右衛門は手拭いで汗を拭きつつ、きょろきょろとなにかを探している。

「どうなされた」

「内藤彦八郎の役宅がござるはずじゃ」

内藤彦八郎は、久右衛門が江戸から着任するにあたって迎え方を務めた古参与力である。

「そちらで休息すると聞いておる。見れば、若狭守殿もたいそうお疲れのご様子じゃ。そろそろ足も痛むのではありますまいか」

水野は呆《あき》れた。「たいそうお疲れ」なのは、大邉久右衛門のほうではないか。

「そう言われれば、朝から馬に揺られていささか疲労いたしました」

「おい、岩亀。水野殿が疲弊しておられるのがわからぬのか。ちいと気をきかせ。すぐに内藤の屋敷にて休息じゃ、休息じゃ」

岩亀はすぐに小者を走らせた。一行はぞろぞろと内藤与力の役宅に向かった。屋敷の

まえにはすでに内藤彦八郎が迎えにでており、

「ようこそおいでくださいました。どうぞお入りくだされ」

一同は、書院に案内された。涼しい川風の入る座敷で、冷えた麦茶を飲み、茶菓子をつまみながら、岩亀与力はじめ皆は生き返った思いだったが、大邉久右衛門だけはそうではなかった。

「暑いわい暑いわい。暑い暑い暑い暑い」

はだけた首まわりに、扇子をやたらと動かして風を送り込みながら、暑い暑いを連発する。岩亀は、

(言うても涼しくなるわけでなし……言うたほうがかえって暑かろうに)

と思ったが、だまって下を向いていると、

「おい、岩亀」

「――は？」

「こちらへ参れ」

久右衛門は、真面目《まじめ》な顔で岩亀与力を柱の陰に招いた。なにかしくじりでもあったか、と岩亀がおそるおそる近寄ると、久右衛門はほかのものに聞こえぬほどの小声で、

「これで終わりか」

「と、申されますと」

「休息というのは茶と菓子だけか。酒肴《しゅこう》は出ぬのか。内藤にたずねてみよ」

「酒などめされますと、よけいに汗をかきまするぞ」

「冷や酒でよい。それに腹も減った。なんでもよい。支度させよ」

「そうは参りませぬ。『巡見手続書』には、天満組の巡見では、迎え方与力の役宅にて暫時《ざんじ》休息し、茶の接待を受けるとのみ書かれておりまする。酒肴などは先例これなく……」

「亀は堅いのう。ま、そうでなくては亀の値打ちがないが……」

そう言いかけて、なにかひらめいたような顔つきになり、

「うむ、よきことを思いついた。与力町ということは、同心町も近いのだろうな」

「御意。すぐ隣町でござりまする」

「ならば、同心村越勇太郎の役宅もあろうな」

岩亀は、久右衛門のだいたいの腹の内が読めたような気がしたが、一応たずねてみた。

「ございます。——それがなにか」

「村越の屋敷で、なにか食わせてもらおう。どうじゃ、名案であろう」

すぐにも内藤邸を出ようとする大邉久右衛門のたもとにすがり、岩亀は言った。

「なりませぬ。水野さまはどうなさるおつもりですか」

「一緒に行ってもよいし、行きたくなければ行かずともよい」

「そうは参りませぬ。だいいち村越は平《ひら》同心でござる。両奉行突然の訪問とあっては、村越の家のものが迷惑いたしましょう」

「なぜじゃ。町奉行所に奉職するものとしては、名誉なことところえるべきであろう。喜ばぬのはおかしいのではないか？」

「は、いえ……それは……」

「このあとの順路はどうなっておる。奉行所に戻るだけであろう。ならば、ここで解散してもよかろう」

ぐいと肩をそびやかし、岩亀をつきのけて出て行こうとした大邉久右衛門のまえにまわり、

「それぱかりはお許しくだされ」

「どうしてもだめか」

「だめ、でござる。もし、なにがなんでも村越宅へ参られるならば、それがしを斬ってからおいでなされませ」

「ふん……亀の甲羅は硬いのう」

やむなく、久右衛門は座に戻り、何杯目かの麦茶のおかわりをしながら、暑い暑いと呪文のように繰り返しはじめた。ほっとした岩亀は、庭に出ると、控えていた同心たちに帰りの道順についてあれこれ指図をしたあと、ふたたび書院に戻った。

「お頭は……？」

水野忠通のとなりに大邉久右衛門の姿はなかった。

「さきほど、ちょっと失礼いたす、と申されて出ていかれた。おおかた厠《かわや》にでも参られたのであろう」

東町奉行がそう言ったのを聞いて、岩亀与力は、

（しまった……！）

と思った。

（どうすればよい。大邉久右衛門は所用で出かけましたゆえ、このまま水野さまおひとりで東町奉行所までお戻りくだされ、とは言えぬ。というて、わしがここを離れて、お頭を捜してまわるわけにも参らぬ。どうすれば……）

岩亀与力は、きりきりと胃の腑《ふ》が痛むのを感じた。

「どうした、岩亀」

なにも知らぬ水野忠通と内藤彦八郎は心配そうに彼を見つめている。その視線がますます岩亀の胃を締めつけるのだ。

◇

内藤与力の屋敷を抜け出した久右衛門は、ひとりで同心町までやってくると、

「ここのようじゃな」

そうひとりごち、門をくぐった。敷地に入ると、左手に二軒長屋があり、右手に小さな武家屋敷がある。そのあいだに狭い庭があり、猫の額ほどの畑に各種の野菜が植えられている。折しも、ひとりの初老の男が右手の屋敷からひょこひょこと現れ、ぴっと手《て》洟《ばな》をかんだ。

「そこの下郎《げろう》」

久右衛門が声をかけると、男はじろりとこちらを見、

「だれが下郎や。身の程知らずに高慢な口のききかたさらしやがったら、ただではおか……」

そこで言葉を切った。目を数倍に見開くと、

「ひゃ、ひゃ、ひゃひゃひゃ……ひゃあああっ」

その場に尻餅をついた。

「騒がしいやつじゃな。貴様、名はなんと申す」

「村越勇太郎の家僕、厳兵衛と申します。あ、あ、あなたさまはもしかするとお奉行さま……」

「西町奉行大邉久右衛門釜祐である。村越は在宅か」

「わ、若は……いえ、その旦那さまは他出中でございます」

「文鶴……村越の母御はおられるか」

「へえ」

「大鍋食う衛門が参った、と伝えてくれい」

「しししししばらく……しばらくお待ちを」

厳兵衛は蹴鞠《けまり》のようになかへ転がりこんだ。ほどなく、丸髷《まるまげ》を結った中年女性が顔を出した。おそらく四十の坂は越えていようが、ほっそりとした顔立ちからは上品な色香が感じられた。

「お殿さま、お久しゅうございます」

深々と腰を折った女は、屈託なくにっこりと微笑んだ。久右衛門は女の全身をしみじみ見つめ、

「おお……文鶴。まこと、久しいのう」

「また懐かしい名前を……今は同心村越の妻、村越すゑにござりますれば」

「そうであったな。息災そうでなによりじゃ。あのころとまるで変わらぬ。人魚の肉でも食ろうたのではないか」

「お殿さまこそ、お元気そうで安堵《あんど》いたしました。お噂は、せがれ勇太郎よりかねがね……」

「はっはっはっ……どうせろくでもないことであろう」

「とんでもございません。せがれはお殿さまにすっかり感化されたようで、近頃は食べ物やお酒の味などをああだこうだとうるさく申すようになり、閉口しております」

「わしは食うことと飲むことがなにより好きじゃ」

「おっほっほっほっ、よう存じております」

　廊下で聞き耳を立てていた厳兵衛は、すゑが町奉行をまえにしても、まったく物怖《ものお》じする様子がないことに驚いた。このあたりのとぼけっぷりは若とよう似てはるな、と彼は思った。

「そうであったな。このまえのぼた餅は美味《うま》かったぞ。またこさえてくれい」

「お恥ずかしい。あんなものでよろしければ、いつでもお作りいたします」

「勇太郎は出かけておるそうじゃな」

「本日は非番ゆえ、父親の墓参りに行くと申しまして……」

「感心じゃのう。末が楽しみじゃ」

「ところで、今日はなにかこのあたりにご用事でも？」

「おお、そのことよ。本日は初入り式でな、あまりに暑いので途中で抜け出してまいった」

　厳兵衛は仰天し、こっそり立ち聞きしていたことも忘れ、襖《ふすま》をあけてなかに飛び込んだ。

「そ、そんな、えらいこっちゃおまへんか。初入り式を抜け出して、うちに来はるやなんて、いまごろ大騒ぎになってるんとちがいますか」

「なんです、厳兵衛。お殿さまに失礼やないか」

町人が武士の、それも町奉行の話を立ち聞きしていたのみならず、その座敷に勝手に入ってくるなど、本来ならとても許されることではないが、すゑのたしなめかたは、さほど怒っているようではない。いたずらしたこどもをとがめる程度だ。

「そやかて、あとでうちにどんなおとがめがあるかしれまへんで」

「おまえは心配性やな。だんない、だんない」

久右衛門も、

「だんない、だんない」

とすゑの口まねをしたので、厳兵衛は黙るしかなかった。久右衛門は顔の汗を手拭いでごしごし拭くと、すゑに向き直り、

「じつは、おまえにちと頼みがあるのじゃ。聞いてくれるか」

「そりゃもう、お殿さまのお頼みならばなんなりと」

その「頼み」の内容に、厳兵衛は呆れるしかなかった。

◇

「お頭、なにをなさっておいでです！」

だんない
だんない

岩亀与力は、村越家の屋敷の敷地に足を踏み入れた途端、大声をあげた。

「見てわからぬか。行水を使っておる」

「それはわかりますが……なにゆえこのようなところで……」

「村越の母御に頼んで、盥《たらい》と糠袋《ぬかぶくろ》を借りたのじゃ。ようやく汗が引いたわい。おまえもどうじゃ」

「そ、それがしはけっこうでござる」

あまりの巨軀《きょく》に大盥が壊れそうだが、久右衛門は悠々と手拭いを使って身体を洗っている。

「水野殿はどうなされた」

「お頭の帰りが遅いので、東町奉行所の役宅に戻られました」

「気の短い御仁じゃ。きちんとお送りしたであろうな」

「それはもう……」

岩亀は、おまえが言うか、という恨みがましい目で久右衛門を見つめたが、奉行は気にもとめず、

「残りの与力・同心や小者どもはどうした」

「いまだ内藤殿の屋敷に控えさせております。一刻も早いお戻りを……」

「待たせておけ」

久右衛門は前を隠そうともせずに盥から立ち上がると、相撲取《すもうと》りのように便々《べんべん》たる腹を、ぱん！　とひと叩きして、草履を履いた。そして、水の滴る身体を拭き拭き、のっしのっしと村越の玄関へと入っていった。上がり口に、下帯や肌着、足袋《たび》などは真新しいものが用意されており、その横に彼が着てきた小袖、羽織袴《はおりはかま》がきちんと畳んで置いてあった。久右衛門は下帯を身につけると、そのうえに浴衣《ゆかた》を着た。浴衣は、勇太郎のものらしく、丈がまるで合わず、久右衛門が着ると小児のようだ。

「お頭、浴衣とは……裃をお召しくだされ」

「すぐに着ると、また汗をかく。しばらくはこれでよい」

久右衛門はそう言うと、書院に入っていった。するが微笑みながら、

「汗を流されましたか」

「うむ、すっとしたわい。これは……？」

するが久右衛門のまえに出したのは、ざるに盛ったそうめんだった。

「お殿さまが行水なさってるあいだに湯がきました。ありあわせもんで恥ずかしおますけど、虫養いにしとくなはれ」

「おお、これは美味そうじゃ」

並べられた小鉢には、錦糸卵《きんしたまご》、ネギの小口切り、千切りにした茗荷《みょうが》、すり下ろしたワサビ、細かく刻んだ生姜《しょうが》、干しシイタケの甘煮、ちぎった焼き海苔《のり》などの薬味が入って

いる。どれも、きらきらと輝いているようで、食欲をそそる。岩亀は感嘆した。これだけ多種の薬味を短いあいだにそろえるのは並大抵の腕ではない。

久右衛門はつゆに茗荷を入れ、そうめんをたっぷりつけると、一気にすすりこんだ。

「うーむ、よう冷えておるわ。暑いおりにはなによりの馳走《ちそう》じゃ」

ずるずるっ、ずるずるっ。

「冷やしそうめんの具には、茗荷がいちばんだと思う。しゃきしゃきして、ひりっとして、少々苦みもあって……」

ずるずるっ、ずるずるっ。

「なれど、海苔もよいのう。ぱりっとあぶった食感も美味いが、つゆにひたすと、少ししんなりする。磯の香りがなんともいえぬわ」

ずるずるっ、ずるずるっ。

「おい、岩亀。おまえも相伴《しょうばん》させてもらえ」

すゑがあわてて、

「これは気のきかんことで……岩亀さまの分もすぐに支度いたします」

「な、なにを申されます。それがしはよろしゅうござる」

岩亀は頭を下げると、

「内藤殿が首を長《なご》うして待っておられます。なにとぞ早《はよ》うお戻りを……」

「そうめん食うぐらい待てぬはずがあろうか。おまえも食え」

そう言いながらも、ずるずるっ、ずるずるっ。その食い方があまりに美味そうだったので、岩亀がごくりと喉を鳴らした途端、目のまえに彼の分のそうめんが供された。

「せっかくお支度いただいたものをお断りするのもかえって失礼。では……ほんの一口だけ……」

言い訳めいたことをつぶやくと、上等の白糸のように美しいそうめんをつゆにずぶりとつけ、勢いよくすすった。

「たしかによう冷えておりますな。これは……？」

「冷たい井戸水で締めたのでございます」

「でもござろう。井戸水でなくては、こうは冷えぬ。それに、湯がき加減も絶妙じゃ。湯がきすぎると、いかに高価なそうめんでも駄麺と同じになる。芯があるかなきかの塩《あん》梅《ばい》で引きあげねばならん。あと、もみ洗いも肝要でな、手の脂がつくと台なしだが……これは美味い」

ずるずるっ、ずるずるっ。

「岩亀、そのほうもなかなか言うではないか」

「じつはそれがし、そうめんには目がないので……」

岩亀与力は頭を掻《か》くと、すゑに向かって、

「これは三輪《みわ》そうめんだな。そうであろう。三輪の大古《ひね》ものでのうては、このコシは出ぬ」

あっというまに平らげてしまうと、すっくと立ち上がった大邉久右衛門は、すゑに手伝わせて、手際よく裃などをつけると、籠手脛当てを身につけ、陣笠をかぶり、

「いかい馳走になった。また来る」

そう言うと、巨体を揺すりながら屋敷を出ていった。岩亀三郎兵衛はすゑにぺこりと一礼すると、急いであとを追った。外まで見送ったすゑに、厳兵衛が言った。

「どえらいおひとですなあ……」

「おもしろいおかたやろ。私は大好き」

すゑはにこにこ顔で奉行の広い背中を眺めていた。

2

勇太郎は、先祖代々の墓がある下寺町《したでらまち》の菟念寺《ずくねんじ》の門をくぐった。戒壇石《かいだんせき》には「不許葷酒入山門《くんしゆさんもんにいるをゆるさず》」の七文字が刻まれていることでもわかるように、ここは曹洞宗《そうとうしゆう》の禅寺である。うっかりすると見過ごすようなたいへん小さな寺で、年老いた住職がひとりで本尊を守っている。勇太郎はこどものころからここに親しんでいるが、人手がない

ため、一時は庭なども荒れ放題で、墓地の周辺も背の高い雑草が生い茂っていた。しかし、今日は庭木の手入れも行き届き、雑草もほとんど見あたらぬ。手桶《ておけ》と仏花を持った勇太郎は、すがすがしい気分で石畳のうえを歩いていった。井戸から水を汲《く》んでいると、手拭いで頬かむりをした、寺男らしい五十がらみの町人が笑顔で会釈し、

「お参りでございますか」

「ああ、父の墓にな」

「ご参詣なされませ。——失礼ながら、あなたさまは孝行ものでいらっしゃいますな」

「そうかな」

「この炎天の本日、当寺にお参りのかたはあなたさまおひとりでございますぞ」

そう言うと、塀際の歪《ゆが》んだ卒塔婆《そとば》を一心に直しはじめた。なかなかの働き者のようである。勇太郎は村越家代々の墓をきれいに掃除し、仏花を生け、線香をたむけると、墓前にぬかずき、

「父上、勇太郎でございます。ご無沙汰して申し訳ございません。言い訳をするわけではございませんが、御用繁多《はんた》でございまして……」

まるで生きた人間を相手にするように話しかける。

「先日、新しいお頭が着任されました。大邉久右衛門というおかたで、もしかすると父上もお名前をご存知かもしれませぬ。母上が昔、芸子をされておられたころの贔屓筋《ひいきすじ》の

ひとりだったそうでございます。このおかたが来られてからというもの、いらぬ用事が増えて、奉行所は目の回るような忙しさです。それと、たいそうな食い道楽で、大酒飲みで、手に負えない、始末に困るおひとです。こう申しますと、ろくでもない御仁のように思われるかもしれませんが……あ、いや……たしかにろくでもない御仁なのですが、どうも憎めないのです。怖いおかたではありますが、お話をうかがっているとたいそう楽しく……そう、こちらの心持ちがうきうきとしてまいるのです」

彼はまだ知らなかったが、その久右衛門はほぼ同じ時刻、初入り式の最中に突然勇太郎の家を訪れ、行水をつかい、そうめんをたらふく食べているのだ。

「父上……もう少し長生きして、私に同心ご用のなんたるかをお教えいただきたかった」

勇太郎は持参の酒を墓にかけまわすと、

「また参ります」

そう言って立ち上がり、本堂に向かった。まだ若い僧が現れた。唇光《しんこう》というその僧は、この寺の住職眉光《びこう》禅師の唯一の弟子で、勇太郎とも顔見知りであった。

「これはこれは村越さま……よろしゅうお参りを」

「ご住職はご在宿かな」

住職は、勇太郎とは旧知の間柄だった。

「奥で昼寝をしております」

「以前参ったときは、身体の具合がよろしくないと承ったが、近頃はいかがかな」

昏光は困ったような顔つきで、

「どこが悪いということはないのですが、連日のこの暑さ……夏負けでございましょうな。食も細うなって、痩せ細る一方でございます」

「それはいかんな。ご挨拶させていただけますか」

「住持もさだめし喜ぶことでしょう。さあ、こちらへ」

昏光の案内で、勇太郎は本堂の裏手にある住職の住居へ向かった。

「おお、勇太郎殿か。久しいのう」

眉光和尚は煎餅《せんべい》布団から起きあがり、薄い胸をかき合わせると、勇太郎に頭を下げた。白い顎ひげを山羊《やぎ》のように垂らしている。

「熱でもおありか」

「いやいや、そういうわけではないのじゃが……なんとはなしに身体に力が入らぬ」

声もか細く、力がない。もともと蒲柳《ほりゆう》の性質《たち》ではあったが、しばらく見ぬうちにすっかり痩せ衰え、頬もこけ、肌や唇もうるおいがない。

「それはいけません。わが叔父が大宝寺町で医師をしておりまする。一度、診療を……」

「ははは。医者には幾度も診《み》てもろうたが、皆一様に、歳《とし》が歳ゆえしかたないと申すわい。滋養のあるものを食して、精をつけよというが、寺方《てらかた》にはそのような食い物はない。わしゃ、暑さには弱いが、今年の暑さは格別じゃ。なにをしてもすぐに疲れ、根気が続かぬ。そろそろお迎えが近いのかもしれんのう」

「なにを気弱なことを。お上人にはまだまだ長生きをしてもらわねば……」

「いや、冥土へ参ってそなたのお父上とつもる話をする日も遠くはなかろう。なにしろ、近頃では声に張りがなく、肝心の読経ができぬ。ちっとばかり長い経文になると息があがり、痰《たん》がからみ、檀家からはお経が小さくて聞き取れぬと文句を言われる始末。目もうとうなり、耳も遠なった。いや、歳はとりともないものじゃ。立ち上がるのも難儀でのう、それゆえ寺内の仕事はもとより、法事もほとんどは唇光にやらせておる」

「新しい寺男がおりましたな」

「佐五平《さごへい》か。このまえ雇うたのじゃ。手抜きということを知らぬ男でな、朝から夜中までくるくるとこまねずみのようによう働くわ。口が達者で、わしの話し相手にもなってくれるし、檀家の評判もよい。唇光の修行がもうすこし進んだら、佐五平とふたりでこの寺を守っていけよう。わしはもう隠居するわい」

　勇太郎は、蛸足の千三とのやりとりをふと思い出した。

「ウナギの蒲焼きが、たいそう身体に精をつけるという話ですが……」

「これは妙なことを。坊主がウナギを食うわけにもまいるまい」

「聞いた話ですが、僧侶のなかには、滋養をつけるための方便として、カミソリと称して鮎《あゆ》を食したり、シロナスと称して生卵を食したりするかたもおられるとか……」

　眉光は、くわっと目を見開き、

「馬鹿をおっしゃるな、勇太郎殿。出家得度した僧が生臭《なまぐさ》を喰らうなどもってのほか。この眉光、たとえ心身は衰えようとも、仏の道にそむくことだけは行わぬ覚悟じゃ」

「これは失言でした。あいすみません」

　そうだった……飲酒、女犯《にょぼん》、肉食《にくじき》はあたりまえという破戒堕落の売僧《まいす》坊主の多いなか、この住職はひたすら仏道修行にはげみ、戒律を尊び、身を律しているのだ。

（堅さでいうと、岩亀さまとよい勝負かもしれんな）

　しかし、ここで引き下がるわけにはいかぬ。

「野菜ならばよろしかろう。たしか、ニラの吸い物は夏負けの妙薬とか……」

　眉光はため息をつき、

「そなたはなにも知らぬな。入り口の『葷酒山門に入るを許さず』の『葷』とは葷菜《くんさい》、つまり、臭気の強い野菜のこと。古来、五葷というて、ネギ、ニンニク、ヒル、ニラ、ラッキョの五つを禅門では嫌《きろ》うておる。ネギやニラは、修行僧の淫心を誘発するのじゃ」

「はあ……そうでござったか」

「禅寺では、玄米でもあれば上等。わしが若いころ修行した寺は貧乏寺のうえ住職がケチでな、粟《あわ》や稗《ひえ》の飯ほんのちょっぴりに、豆のかすをすりつぶした汁、それに香の物二切れが常食であった。それを思えば、今どきの坊主の食事は贅沢《ぜいたく》……ううっ、げえっ、げほっ」

痰がからんだらしく、眉光は激しく咳《せ》き込んだ。あわてて骨の浮いた背中をさすりながら、なんとかしなくては……と勇太郎は思った。

「そういえば、新しいお奉行は大邉久右衛門さまだそうじゃの。わしが堺の南閣寺におったころ、あのおかたが堺奉行をなすっておいでで な、ときどき寺にお越しになり、烏鷺《うろ》を争ったものじゃ。眉光がよろしく申しておったと伝えてくださるか」

「かしこまりました。それでは失礼いたします」

「これはおかまいもせず……」

住職が立ち上がって見送りに出ようとしたのを押しとどめ、勇太郎は寺を出た。門をくぐるときに振り返ると、佐五平という寺男は参詣人がつまずきそうな小石を拾ったり、地面をならしたりと、忙しそうに働いていた。

◇

最初の事件は、東町が月番のときに起きた。

空気がぬるりと黴《か》びているような暑い夜、唐物町《からものちょう》の一丁目で、主家へ戻る途中の和菓子問屋の番頭が殺され、所持していた十両を奪われた。番頭は、得意先から集金したあと、その家の主人の謡《うたい》を聞かされ、酒肴をふるまわれ、かなり酩酊《めいてい》していたらしい。丁稚に提灯《ちょうちん》を持たせ、千鳥足で歩いているところを正面から襲われた。番頭が目のまえで刺されるのを見た丁稚はあわてて逃げようとしたが、相手の動きはすばやく、猿のような動きで追いすがってきた。丁稚は背中から一突きされたが、それでもすぐには絶命せず、農人橋《のうにんばし》のたもとにある会所に駆け込んだ。会所守が東町奉行所の盗賊改めに報《しら》せ、ただちに同心たちが出張ってきた。彼らは丁稚を問いただしたが、農人橋の界隈《かいわい》は昼でも暗い場所であるし、その夜は月がなく、また、犯人も頭巾《ずきん》で顔を隠していたため、人相風体はわからなかった。しかも、その丁稚も出血がひどく、手当ての甲斐《かい》なく息を引き取った。

盗賊吟味役（盗賊改めともいう）というのは、凶悪犯の取り締まりに当たる与力・同心で、江戸でいう火付け盗賊改めと同様の役割を担っていたが、江戸の火付け盗賊改めが町奉行所とは別組織になっていたのにくらべ、大坂の盗賊吟味役（ならびに盗賊方御役所定詰方《じょうづめがた》）は町奉行所に所属していた。彼らが着目したのは、殺された番頭の心の臓に、匕首《あいくち》でえぐったような刺し傷が二箇所あったことであった。

（くちなわの瓢吉……？）

だれの胸にも同じ考えが去来した。

つぎの凶行はその四日後だった。

生温かい雨がしょぼしょぼと降る夜半、長堀にほど近い茂左衛門町《もざえもんちょう》で、若い女が殺され、手文庫の底にしまってあった二十五両を盗まれた。女は、海苔屋の隠居の囲いもので、妾宅《しょうたく》は三軒長屋の真ん中だったが、両端の家の住人は昼の疲れでぐっすり眠っていて、なにも気づかなかったという。普段は、女中がひとり、身の回りの世話をしているのだが、その日は宿下がりをしていて、昼過ぎから留守だった。女の死骸を見つけたのも、翌朝早くに戻ってきたその女中で、手文庫の金が消えていることも彼女が言い出したのだ。最初、東町の同心たちは、女中が隠し男とでも共謀して女主《おんなあるじ》を殺し、二十五両を盗んだのではと疑ったが、死骸を検分すると、またしても心の臓に二箇所の刺し傷が見つかったのだ。

ここで、月番が西町奉行所に移った。西町の与力・同心衆、とくに盗賊吟味役や定町廻りは気合い十分であった。

「われらの手でくちなわの瓢吉を召し捕るぞ」

口々にそう言い合って、朝晩の見回りにも熱を入れた。ふだんの町廻りは四名の定町廻り与力が、それぞれに同心、惣代《そうだい》、役木戸、長吏、小頭、それに若いものなどのうち数名を従えて行うのだが、これでは四組しか編成できず、広い浪花の地をあまねく巡回するには手が足りぬ。このたびは盗賊吟味役や手の空いている他役の与力・同心、それに東町奉行所の定町廻り、盗賊吟味役も加え、「人立繁き《ひとだちしげき》」場所を中心に出役《でやく》が行われた。これは、祭礼や神事、法会、相撲といった行事ごとのほかは、火事やよほどの大事件の際にしか組まれぬ非常時の態勢である。無論、牢《ろう》屋敷の下働きを兼務する床髪結やその手下《てか》の髪結たち、また「猿」や「下聞《したぎき》」などと呼ばれる目明かしたちも総出で町から町を巡り、くちなわの瓢吉にかかわるネタを集めていた。その成果か、しばらくは凶報は聞かれなかった。

「これだけの布陣を敷けば、さすがのくちなわも動けぬようだな」

岩亀三郎兵衛は得意げに言い切った。

「もはや大坂での仕事をあきらめて、よそへ移ったのではないか」

大坂町奉行所が治安維持や防犯の責を負うのは、支配所である大坂三郷と支配国である摂津、河内、和泉、播磨に限られる。そのほかの地でいくら凶行を行おうと正直どうでもいいのである。しかし、勇太郎はそこまで楽観できなかった。

（このままなにごともないとは思えない……）

不安を抱きつつ、日々の町廻りに精を出していた。

しかし、部下たちの努力をよそに、奉行である大邉久右衛門はなにをする様子もなかった。毎日、暇そうに鼻毛を抜き、暑い暑いと大声で周囲を怒鳴りつけ、あとは美味いものを食い、酒を飲んで眠っていた。

そして、第三、第四の事件が立て続けに起こった。祭の季節を間近に控え、浪花の地全体が浮き足だっているようなある夜、高津《こうづ》新地の南詰、沖田橋近くの裏長屋で、金貸しの老婆《ろうば》が殺された。凶行は深夜で、悲鳴を聞いた近所のものがおそるおそる家に入ってみると、虚空をつかむような姿勢で老婆は絶命しており、畳と床板が外されて、土中からなにかを掘りだした跡があった。どうやら老婆は、集めた金を瓶《かめ》に入れ、土に埋めていたらしい。駆けつけた西町の同心は同じ長屋のものが怪しい、と考えた。近隣のものならば瓶の隠し場所を知っているだろうからだ。しかし、皆一様に、金が土のなかにあったなんて知らなかったと、関与を強く否定した。老婆は因業《いんごう》で、近所付き合いはほとんどなく、金をどこに置いているかだれにも話さなかったらしい。そして、死骸の心の臓には、ふたつの刺し傷が並んでいた。

ただちに大勢の与力、同心、長吏、小頭たちが沖田橋界隈に集結した。町々の木戸は閉められ、木戸番が立って、通行人の往来を取り締まった。

「うむ、これならば、くちなわも高津からは出られまい。あとは、潜んでいそうな場所をしらみつぶしに当たれ」

岩亀与力が一同にそう指図したとき、驚くべき報せ《しら》が届いた。朱座《しゅざ》の近くにある古手《ふるて》屋《や》がむすめ破り（押し込み強盗）に襲われ、主とその妻と子、番頭、丁稚の五人が惨殺されたというのだ。死体はどれも、心臓のうえ二箇所を深々とえぐられており、しかもわざわざ胸をはだけ、だれのしわざかを見せつけているらしい。

「朱座だと？　奉行所のすぐそばではないか！」

朱座というのは、朱や朱墨の商いを独占した商人たちの組合で、西町奉行所からは本《ほん》町橋《まちばし》を渡れば目と鼻の先だ。

「これではっきりした。彼奴《きやつ》は我々をあざ笑い、からかい、もてあそんでおるのだ」

岩亀与力は激昂《げきこう》した。たしかに、高津で事件を起こし、そこに役人たちを引きつけておいて、同じ夜に奉行所近くでべつの犯罪を犯すというのは、町奉行所を愚弄しているとしか思えない。

「許せぬ。これは公儀の威信にもかかわることじゃ」

いつも温厚な岩亀が、こぶしを握り締めてそう叫んだ。勇太郎も同じ思いだったが、といって、どうすればくちなわを召し捕れるのか、その手がかりさえないのだ。

◇

大坂町民の、東西両奉行所への風当たりが一気に強まった。もともと大坂は武士の少ない町人の町であり、自治の気風がある土地だ。「お奉行の名さへ覚えず年暮れぬ」という小西来山《こにしらいざん》の俳句があるとおり、もともと奉行所に関心を払っていないし、それほど期待もしていないのである。そこへこの立て続けの兇悪《きょうあく》事件である。

「奉行所の連中、なにやっとんねん」

「盗賊ひとり召し捕れんやなんて、情けないにもほどがある」

「わしら、枕高くして眠れんやないか」

「わいはだいじょぶや。なんせ盗《と》られる金がない」

「与力も同心も高い扶持米《ふちまい》取っとるくせに、なーんも働いとらんなあ。ご立派な十手が泣いとるで」

「西町の鍋奉行にはがっかりしたわ。もそっと能あるかと思たけど、ただの大食らいやった」

そんな風潮を瓦版や講釈師が面白おかしく煽《あお》るので、奉行所への不信感が日に日に増長していく。

「お奉行、岩亀殿と村越殿が、本日の町廻りの首尾について報せに参っておりますが」

一番星がまたたきはじめたころ、奉行所内の役宅で、ごろりと牛のように横になり、扇子を動かしている大邉久右衛門に、用人の佐々木喜内が言った。

「どうせ、今日もなにもわかりませんでした、という報告であろう。いらぬ」

「そうは参りませせぬ。これは決まりでございますゆえ」

久右衛門は舌打ちしたが、寝そべった姿勢を崩そうとせぬ。

「あの……お奉行」

「なんじゃ」

「よろしゅうございますか。その格好……」

久右衛門は下帯ひとつの裸身に、浴衣を羽織っただけの姿である。

「かまわぬ。暑いときはこれがいちばんじゃ」

「せめて公用の際はきちんと衣服をお召しくだされ」

「町人どもは縁台での夕涼みの折、裸で将棋などさしておるではないか。わしも今日は町人どもに習《なろ》うて、庭に縁台を出し、冷《ひ》や奴《やっこ》に枝豆で冷やした酒でも飲もう。いや、うざくがよいかもしれぬ。うむ、それがよい。料理方の源治郎に申しつけて、作らせよ」

「なにを気楽なことを……世間では奉行所はなにをしておるのか、と非難の声が囂々《ごうごう》とあがっておりますぞ」

喜内は、長い八の字髭《ひげ》を震わせた。

「言わせておけ。やることはやっておる」

しばらくして、岩亀与力と勇太郎がやってきた。部屋に入るとき、だらしなく寝そべっている久右衛門を見て、ふたりとも「おっ」という顔をしたのがおかしくて、喜内は笑いそうになるのをこらえた。

「お役目大儀。なにか実りはあったか」

顔に疲労の色を浮かべた岩亀は、弱々しくかぶりを振り、

「なにもございませなんだ。江戸から来た旅人や江戸言葉の余所者《よそもの》に狙いをしぼり、西町東町の総力をあげて、大坂の町の隅々まで念を入れ、心を配って探しており申すが、あやつ……天にのぼったか地に隠れたか……いまだ糸口ひとつなく……まことに申し訳ありませぬ！」

律儀な岩亀は四角く頭を下げ、その横で勇太郎は岩亀よりも深く平伏した。

「岩亀……そのほう」

「はい」

「痩せたのではないか」

意外なことをきかれたように、岩亀は顔をあげたが、勇太郎もそのことはすこしまえから感じていた。

「頬骨が浮き、目がくぼんでおるぞ。夏袴《なつばかま》と帷子《かたびら》もだぶついておる。いかがいたした。なんぞ心配事でもあるのか」

勇太郎は呆れた。今、東西奉行所にかかわるものひとり残らず、心配事といえば、くちなわの一件に決まっているではないか。その頂点に立つ奉行が口にする台詞《せりふ》ではない。

「一同勤め怠りなけれど、くちなわの捕縛にいたらず、奉行所への怨嗟《えんさ》の声日々強まり、お頭にもご迷惑をかけておると思うと夜も眠れませぬ。口惜しさ、申し訳なさに連日の

疲労が重なり、食が喉を通らず、かくのごとく痩せ細った次第にて……」

「放っておけ。庶民は口さがなきもの。盗賊を召し捕れば、手のひらを返したようにわれらをほめだすわい」

「ではございましょうが……」

「わしもこの暑さで参っておるが、目方は減らぬな。かえって太ったようだわ。夜もよう眠れるわい」

「はあ……」

「こういうときなにをすべきかを申しきかせる」

勇太郎は、久右衛門がくちなわ召し捕りのための妙案を出してくれるのかと期待した。

「ウナギじゃ」

「は？」

「高麗橋の北に、五春《ごしゅん》という安うてそれなりに美味いウナギ屋がある。今からそこへ蒲焼きあつらえるゆえ、それを食え。食うて精をつけよ」

「いえ、われらは今からまた町廻りに戻りまして……」

「よいから食え。これは奉行の命《めい》とこころえよ」

「ははっ」

ふたりは頭を下げた。

「喜内、喜内！　五春へ小者を走らせよ。中串を四人前じゃ。疾《と》く行かせよ」

「四人前ということは、私もご相伴させていただけますので？」

「馬鹿者っ！　わしが二人前食うのじゃ」

「ほほう、私も近頃夏負けで……」

「嘘《うそ》を申せ。ううむ……わかった、五人前にせい。向こうの出前のものにくれぐれも……」

「わかっております。走って持ってこい、と念を押すのでございましょう。——ありがたや、久々にウナギにありつける」

佐々木用人はいそいそと部屋を出て行った。三人が酒を飲んで待っていると、

「来たな」

久右衛門がそう言って身を乗り出した。勇太郎にもわかった。蒲焼きの香ばしい匂いが廊下からただよってきたからだ。喜内が満面の笑みで、

「お待たせいたしました。たった今、届きましたぞ」

三人のまえに蒲焼きを四人前並べた。なんともいえぬ香りが立ちのぼり、食欲をいやがうえにも刺激する。肉厚なので、身がはじけて反り返り、中の白い肉が露出している。透明の脂がうっすらと全体を覆い、濃厚なタレが赤黒く輝いている。

「さあ、食え。冷めぬうちに食え。早う食え」

久右衛門は皆を急《せ》かしながら、自分も猛烈な勢いではぐはぐと蒲焼きを食べた。

「蒲焼きというものは、こう、待ちかまえていて、届いたら一心不乱に、大急ぎで食わねばならぬぞ。ちんたらちんたら食べていては、ウナギに失礼じゃ」

「なるほど、たしかに急いで食べると、旨味がいっそう増すように思えますな」

あれほど食が進まぬと言っていた岩亀が、奉行と同じようになりふり構わず蒲焼きを口に放り込んでいるのを横目で見て、勇太郎はホッとした。

「上塩梅《じょうあんばい》じゃ。この端っこがカリカリと焦げたところも、また美味い。江戸のウナギもよいが、上方の焼き方も格別じゃ」

「江戸と上方では焼き方がちがいますので？」

岩亀が言うと、

「うむ。江戸では背開きにして、頭を落とし、竹串を打つ。はじめ、白焼きにしてから蒸しにかけ、そのあとタレの壺《つぼ》につけて焼きあげる。串打ち三年焼き八年と申してな、なかなかむずかしいものらしい。上方では腹から開き、頭を落とさず、蒸しにもかけず、金串に刺して、何度もタレを柄杓《ひしやく》でかけては焼き、タレをかけては焼きを繰り返す。味わいは異なれど、どちらもそれぞれに美味い。江戸の焼き方ではウナギの皮が柔らかく、箸で楽々ちぎれるようになるが、上方はパリッとしていて香ばしい」

「さきほど、佐々木殿に『走って持ってこい』と念を押させたのは……？」

「蒲焼きは熱いのが身上じゃ。冷めては、いかなる名店のものも値打ちが下がる。料理方に焼き直させてもよいが、タレの味がなくなるし、ウナギも固《かと》うなる。酒で蒸すと、逆に身が柔らかくなりすぎて不味うなる。というて、ウナギは本職でないとうまくさばけぬし、焼けぬものよ。うちの料理方は達者だが、ウナギだけは『手前焼き』はむずかしい。店まで食いにいければよいが、それができぬときは、近くのよき店から出前させることになる。なるたけ冷めぬよう、走って持ってこさせるのが道理というものじゃ」

勇太郎は、この情熱をおのれの職にも向けてほしいと思った。

「ああ……おいしゅうございました」

岩亀が箸を置き、

「なにやら、身体の隅々まで脂が行き渡ったようで、力が戻ってまいりました。これでまた、張り切ってお勤めができまする」

「よう言うた。いくら好物でも、そうめんだけでは活力がつかぬ。精をつけるにはウナギが一番じゃ。大伴家持《おおとものやかもち》公の古歌にも『石麻呂《いしまろ》に吾《われ》もの申《まお》す夏痩せに良しと言ふ物ぞむなぎ取り食《め》せ』とある。万葉の当時から、ウナギは夏負けや夏痩せの妙薬とされておったのじゃ」

「万葉のころも、蒲焼きがあったのでしょうか」

勇太郎が奉行にたずねると、

「筒切りにして、味噌などつけて食うていたらしい。蒲焼きができたのは近年のことじゃ。ウナギは蒲焼きのほかにも、白焼きのままワサビ醬油《じょうゆ》で食うても美味であるし、玉子焼きに入れたう巻きやゴボウに巻いた八幡巻き、キュウリと酢の物にしたうざくなどいろいろと賞味できるうえ、捨てるところがない。骨は油で揚げて骨せんべいになるし、肝は肝吸いや肝焼きにできる。頭も、江戸では捨ててしまうが、こちらでは焼き豆腐と一緒に煮て味わいつくす。上方の民の始末心がようわかるではないか」

久右衛門は上機嫌で盃を重ねた。

「そのほうら、『山芋《やまいも》変じてウナギとなる』という言葉を存知おるか」

岩亀与力が、

「山の芋が水中に落ち、ウナギに変じるという説でございましょう」

「そのとおりじゃ。雀《すずめ》海中に入って蛤《はまぐり》となる、また、田鼠化《でんそか》して鶉《うずら》となるの類でな、古代人は山芋がウナギになると考えた。ウナギの卵や稚魚が見あたらぬところから出た説らしい。おもしろいことを思いついたものよのう。——まあ、飲め。今日はたんと飲め」

かなり酔ってきているようだ。勇太郎はその酔いに乗じて、

「そういえばお頭は、菟念寺の眉光和尚《おしょう》をご存知ですか」

「眉光……？　おお、堺の南閣寺におられたおかたじゃな。よう囲碁の相手をしてもら

「眉光和尚がひどい夏瘦せなので、先日もウナギやニラをおすすめしたのですが、叱られてしまいました」

「であろうのう。あの御仁はたとえ拷問を受けても生臭ものを食したり、酒を飲んだりなさるまい。頑固なおかただからのう」

「なにか夏痩せを治すよい思案はありませぬか」

「ウナギがだめとなると……ううむ……」

久右衛門は太い腕を組み合わせて沈思していたが、なにも思いつかなかったようだ。

「本日は過分にちょうだいし、まことにありがとうございました。ウナギで大いに精がついたように感じまする」

岩亀がそう言って盃を伏せた。久右衛門はうなずくと、

「うむ。ウナギはよいぞ。明日から毎日食するように」

「ま、毎日は無茶でござる」

岩亀はかぶりを振ったが、勇太郎は思わず口を挟んだ。

「それがし、毎日ウナギを食しおるものを知っておりまする」

「ほほう、豪傑だのう。なにものじゃ」

「役木戸の千三でござる」

「おお、あやつか。覚えておるぞ」

「暑いうえに、芝居の大入りが続き、忙しいことこのうえなく、ウナギを食わねば身体が持たぬ、とこう申しておりました」

「そのとおりじゃ。あやつ、岩亀よりようわかっておるではないか」

「しかし、出前を取っても食べるひまがなく、せっかくの蒲焼きが冷めてしまう。いろいろ試したがうまくいかぬ。ウナギを熱いまま食えるやり方を考えたものに、一両進呈するものを、などと真剣に申しておりました」

「うはははは。おもしろい男だのう。——村越、それがあるのじゃ」

「な、なにがでござります」

「蒲焼きを熱きまま食するよき思案が、じゃ。わしが堺にいたころ思いついて試してみたら、存外うまく行ってのう……」

そのあと奉行が口にしたその「思案」に、勇太郎はすっかり感心してしまった。

「なるほど、それはなかなか……明日にでも千三に教えてやりまする」

「うむ、そういたせ。——亀よ」

久右衛門は岩亀与力に向き直ると、親しげにあだ名で呼んだ。

「おなじ家持の歌に、『痩す痩すも生けらば在《あ》らむをはたやはたむなぎを捕ると河に流るな』ともある。夏痩せしたとしても生きていればまだよい、ウナギを獲りにいって川に落ちるなよ、という意味であろう。くちなわの瓢吉を捕縛しにいくのもよいが、それで身体を壊してはなんにもならぬ。今日は、召し捕りのことは忘れて帰宅し、ゆるりと休め」

「お頭はそこまでわれらのことを……ありがたき幸せでござる」

岩亀は感激して頭を下げたが、勇太郎は、

（酒の相手が欲しかっただけでは……）

と疑っていた。

奉行所を出た岩亀は、勇太郎に向かって、

「お頭のお気持ちに応えねばならぬ。なんとしてもくちなわを捕らえるのじゃ」

強い口調でそう言った。

3

翌日早くから、勇太郎は岩亀与力とともに心斎橋《しんさいばし》界隈の町廻りをしていた。同行しているのは長吏と小頭がひとりずつ、それに今日は千三も加わっていた。芝居が、新しい狂言に変わった途端、人気がガタ落ちし、すっかり暇になったのだという。勇太郎にとってはありがたいが、本人にとっては困ったことである。

「へええ……そんな妙案がおましたか！」

千三は、勇太郎が教えた「蒲焼きの冷めない思案」に驚愕《きょうがく》の表情を示した。

「熱々の飯に埋めこんで、うえからタレをかけるとは……蒲焼きもいつまでも温《ぬく》いままやし、飯もタレが染みて美味《うも》うなる。一石二鳥や。あのお奉行さまは、食うことについてはえげつない執念だすなあ」

「これ、口をつつしめ」

勇太郎がたしなめると、

「ほめてまんねんで。そこまで食べることにこだわる、ゆうのは、途方もないえらいおかたか……底なしのドアホか、どっちかですわ」

「どこがほめているのだ。——お頭は堺奉行だったころにこのやりかたを思いつかれたそうだ。名前も決まっていてな、温飯《ぬくめし》の間で蒸すので、『間蒸《まむ》し』と名付けたそうだ」

「そらまた、けったいな名前だんなあ」

ふたりのやりとりを聞いていた岩亀が、

「なんだかウナギが食いとうなってまいったな。ちょうど昼飯刻《どき》じゃ。千三、このあたりにウナギ屋はないか」

「おまっせ。すぐそこに、柴柳《しばりゅう》ゆう店がおます。店も広いし、安うて美味いゆう評判ですわ」

「では、景気づけに皆でウナギを食うか」

「え？　とおっしゃいますと、旦那、その……」

「無論、わしがおごるぞ」

岩亀がそう言ったので、一同は盛り上がった。勇太郎は岩亀与力にこそっと、

「よろしゅうございますか。昨夜もその……」

「かまわぬ。お頭の申されたとおり、毎日でもウナギを食うて、くちなわを召し捕る元気をつけねばならぬ」

千三が踊るような足取りで、道に面した一軒のウナギ屋に入っていった。

「女将《おかみ》、五人連れや。中串のええとこ、頼むで」

五人が入れ込みに座ると、なかは夏痩せを取り戻そうという客たちであふれていた。

「それにしても、『まむし』とはおもしろい名前だんなあ。わて、気に入りましたわ」

座ってからも、千三のおしゃべりはとまらない。

「そうだっしゃろか、千三兄さん、まむしやなんて蛇みたいだっせ。ウナギやのうて、くちなわを使《つこ》うとると客が思たらどうします」

小頭を務める忠五郎《ちゅうごろう》という男が言った。

「そのほうが、洒落《しゃれ》がきいてておもろいやないか。これは流行《はや》るで」

そのとき、彼らに背を向けてウナギを食べていた男が、すっと立ち上がり、

「銭はここに置くぜ」

そう言うと、顔を隠すようにして出て行った。それだけのことだったが、勇太郎の心になにかが引っかかった。その「なにか」を確かめるため、勇太郎が千三に、男のあとをつけるよう指図しようとしたとき、

「腹開きとは、武士に対して無礼であろう！」

店の奥のほうから、怒鳴り声がした。月代《さかやき》を長く伸ばし、髭もいつあたったのかわからぬほどぼうぼうの武士が、入れ込みに座ったまま大声をあげている。いわゆる豪傑風の浪人で、諸国武者修行でもしているのか、分厚い野羽織や裁着袴《たつつけばかま》も擦りきれ、大小の鞘《さや》も塗りが剝げかけている。

「そのような気持ちはまったくございませぬ。うちは昔からこういうやりかたをしておりまして……」

店の主とおぼしき、前垂れをした中年の町人が、へこへこと米つきバッタのように頭を下げている。

「いいや、侍を侮辱するつもりであったろう。このウナギ、さきほど板前が自慢げに申しおったが、腹から開いておるというではないか。忌むべき切腹に通じる。われら武士がもっとも忌むべき切腹に通じる。わしに、腹を切れという呪いであろう」

「め、め、滅相もない。腹を割って話すのが商売人の美徳、腹から開くのはそういった

げんを担ぐ意味もございます。けっしてお武家衆を呪ったりしているわけでは……」

「嘘を申せ。他所《よそ》では、かかるさばきかたは見たことがないぞ」

「いいえ、そんなはずは……」

「ええ、くどい。わしはぜーったいに許さぬぞ。そもそもわしを誰だと思うておる」

「どなたでございます？」

「ならば名のりをいたさん。やあやあ、遠からんものは音にも聞け。近くば寄って目にも見よ。われこそは、小田原に道場を構えて、門弟あまたあり、日本一の名も高き剣術の大名人、神風奔走流嵐《あらし》山風右衛門《やまふうえもん》である。ただいまは一念発起して道場をたたみ、野に伏し、山に寝る武者修行の最中ゆえ、かかるみすぼらしき姿をしておるが、数年にわたる血の滲《にじ》む苦心の甲斐あって、天狗《てんぐ》より秘術を授かり、ただ今、小田原へ帰るところじゃ。狒狒《ひひ》を投げ飛ばし、狼《おおかみ》をひしぎ、猪《いのしし》を打ち殺すなど朝飯前。まごまごしておると、この店、根太ごと引き抜いてしまうぞ。武士は切り捨て御免じゃ。貴様らの心の臓、端から順番に脇差しで突き刺して、肝焼きのようにこんがり焼いてやってもよいのだぞ」

岩亀与力が、配下に目配せした。もともと大坂は武士が少ない町だ。両町奉行所や大坂城、蔵屋敷などに勤めるものたちを除くと、浪花の地に仕事を持ち、代々住まっている侍はあまり数は多くない。だから、他国から見知らぬ武士がやってくるとたいへんに目立つのである。

「とは申せ、わしも鬼ではない。謝罪の気持ちとしていくらか包むというならば、許してやらぬでも……」

岩亀が、

「召し捕れ！」

皆が一斉に黒緒黒房の十手を引き抜いた。それに気づいた豪傑は目を白黒させ、

「な、なんじゃ、なにごとじゃ」

岩亀は一歩進み出ると、

「小田原に帰るとか申したが、そうではなかろう。江戸は背開き、大坂は腹開き。貴様、江戸から来たな」

「そ、そ、それがどうした」

「貴様、武士ではなかろう。切り捨て御免と申すのは、武士が百姓・町人より耐え難い慮外なるふるまいを受け、その謝罪がなされなかったときのみに行われる。ウナギのさばきかたが気に入らぬというて、好き勝手に町人を斬るなど、とうてい許されることではない。下手《へた》をすれば切腹もしくは斬首じゃ。武家ならば、それを知らぬものはおらぬ」

「ぬぬ……ぬぬぬ」

「まんまと侍に化けたつもりだろうが、くちなわの瓢吉、化けの皮が剝がれたぞ。神妙にいたせ！」

豪傑はあわてて立ち上がると、腰のものに手をかけた。雲突くほどの大男である。ずらり、と引き抜いたのは、だんびらのような幅広の大刀だった。ほかの客たちは悲鳴をあげて逃げだし、店のものたちも厨房《ちゅうぼう》に隠れ、姿を消してしまった。勇太郎は十手を懐中にしまい、刀を抜いた。荒々しさは微塵《みじん》もない、舞のように優雅な動作である。太刀は細身のこしらえだ。それを青眼《せいがん》につけると、

「いざ……」

と静かに言った。豪傑は顔面を閻魔《えんま》大王のようにゆがめると、汗を垂らしながら、大刀を上段に構えた。

「だ、大事《だいじ》おまへんやろか……」

千三が震える声で言うと、岩亀がうなずきながら、

「まあ、見ておれ」

勝負はすぐについた。ぐわあああっ、と怒声をあげ、熊のように突進してきた豪傑の肩を、刀の切っ先で「ちょん」と突いた。突く瞬間に刀を返し、峰打ちにしたことは言うまでもない。それだけで相当の打撃だったらしい。大男は大刀を取り落とし、肩を押さえて、苦痛に涙を流しながらうずくまった。千三たちが十手を振りかざして豪傑に群

がった。

「よかった……これでくちなわの瓢吉を召し捕ることができた」

岩亀与力は安堵の表情を浮かべたが、勇太郎はどうもそうは思えなかった。

◇

くちなわの瓢吉召し捕りの噂は大坂中に広まった。岩亀は、豪傑男を高手小手《たかてこて》に縛りあげ、意気揚々と奉行所に引きあげた。沿道は大勢を殺した稀代《きたい》の大悪党を見ようと、黒山の人だかりであった。

「ええぞ、岩亀はん！」

「日本一！」

群衆は口々に岩亀を褒めそやした。

その後、盗賊吟味役の与力が厳しい詮議を行った。その結果、豪傑嵐山風右衛門はくちなわの瓢吉ではないとわかったのである。

武士ではない、というところまでは的中していたのだが、盗賊でもなんでもなく、旅回りの役者なのだ。図体《ずうたい》が大きいところから、英雄豪傑の役を多くこなしていた。巡業先で不入りのために一座が解散し、路頭に迷ったが、芝居の衣装のままで旅を続けていると、武者修行の侍と勝手に勘違いされ、宿での扱いが変わることに気づいた。味をしめた嵐山風右衛門（もちろん偽名である。本名は弥作、芸名は嵐山花之丞）は、路銀がつきると、宿代を踏み倒したり、無銭飲食を繰り返す小悪党に堕《お》ちた。文句を言われると、だんびら（これも芝居の小道具で、人斬りの役にはたたない）を抜いて脅せば、たいがいの無理難題は通ってしまう。今回のように飲食店に難癖をつけて小銭をゆすりとれば、小遣い銭にも不自由はない……。

「功を焦ったあまりの勇み足にて、まこと面目次第もござらぬ。岩亀三郎兵衛、この中し訳に腹を切り申す」

岩亀は、大邉久右衛門のまえで畳に額をすりつけていた。その後ろで、勇太郎も三つ指を突いて控えていた。

「つまらぬことを申すな。もうよい。腹開きのウナギのことでそのほうが腹を開いてどうするぞ」

「は……」

「瓢吉でなかったのは残念じゃが、庶民を悩ます破落戸《ごろつき》がひとり捕縛できたのじゃ。勇み足などではないぞ」

「なれど……大坂の町人どもは、われらを嘲弄しましょう」

佐々木用人が、待ってましたとばかりに書状の束を示し、

「お奉行や西町の与力・同心衆を非難する匿名《とくめい》の投げ文が、すでにこれだけ来ておりま

すぞ」

勇太郎はそれを見て、胸のつぶれる思いだったが、久右衛門は露ほども気にしていないらしく、一番上の投げ文を手に取ると、それで洟をかみ、

「そのほうらは、これまで殺されたものどもは皆、ゆきずりに危害を受けたと思うておるようじゃが、はたしてそうかな」

「と、申されますと」

「はじめの和菓子問屋の番頭と丁稚は出会い頭かもしれぬし、朱座近くの古手屋が襲われたのは町奉行所へのあてつけのつもりかもしれぬが、二番目の妾の件、いつもはおるはずの女中がその日宿下がりをしていたのは、たまたまかのう」

「では、あの女中が怪しいと……？」

「そうではない。そのつぎの金貸しの老婆の件、土中に金を入れた瓶を埋《い》けていたことを長屋のものも知らぬ。くちなわの瓢吉はなぜそれを知り得たのか」

「ふむ……」

岩亀は唸《うな》った。勇太郎は顔を上げ、

「おそれながら、それについて申しあげたき儀がございます」

勇太郎は自分の考えを述べた。岩亀が四角い顔をいっそう四角くして、

「なぜそれを早《はよ》う言わぬのじゃ」

「たった今、思い当たったのでございます」

「すぐに裏を取れ。いや……わしも行く」

岩亀は、すぐに立ち上がり、奉行に一礼するとあわただしく部屋を出て行った。急いであとを追おうとした勇太郎に久右衛門が声をかけた。

「岩亀は気が逸《はや》っておる。急《せ》いてはことを仕損じると申す。おまえがしっかり補佐し、最後の詰めはわしに任せよ」

「かしこまりました」

勇太郎は頭を下げた。

◇

翌朝、大邉久右衛門は騎馬で菟念寺《ずくねんじ》に赴いた。同道したのは、別当、小者などの従者のほか、岩亀与力、勇太郎、千三、そして奉行所料理方の源治郎と真吉である。一同が、前触れなしに訪れたので、昏光は目を丸くして驚いていた。

「お奉行さまじきじきのお越しとは……今日はいったいなにごとでございますか」

昏光がうろたえながらも挨拶をすると、久右衛門は笑いながら、

「和尚に会いにまかりこした。夏痩せによしというものを持ってまいったぞ」

「は、はあ……」

昏光が、住職に報せにいこうとするのを久右衛門は制して、

「出迎えはいらぬ。われらのほうから参る」

そう言うと、案内も乞わずにあがりこみ、みしみしと廊下を軋《きし》ませながら住職の居室へと進んだ。眉光は、久右衛門の突然の来訪に大喜びをした。昏光に手伝わせて、汗くさい寝間着からこざっぱりした僧衣に着替えると、

「お久しゅうござる。本日は思いもかけぬ旧友の来訪にて、愚僧もうれしさに舞い上がる心持ちがいたす」

「十年ぶりかのう。堺におったころは、わしもまだ四十の坂をあがったばかりであったが、もう六十じゃ」

「互いに歳を食いましたな。愚僧などはもう、このとおり老いさらばえ、骨が浮くほどに痩せこけて、あとはお迎えを待つばかりにて……」

「それよ。ここなる同心村越勇太郎から、御坊が夏負けと聞いてな、すっとんで参ったのじゃ。夏痩せによう効くものを持参した」

「ほほう、それはどのようなものでござるかな」

久右衛門はいたずらっぽく笑うと、住職に耳打ちをした。眉光は膝を打ち、

「なるほど、それはよい。できあがりが楽しみじゃ」

「御坊、ちと台所を借り受けるぞ」

久右衛門が顎をしゃくると、ふたりの料理人が材料を持って庫裡《くり》へ向かった。奉行と住職がつもる話をするのを、勇太郎たちはほほえましく聞いていた。

やがて、その「夏痩せによしというもの」が運ばれてきた。大皿に載せられていたのは、まだ湯気のあがるウナギの蒲焼きであった。うえに木の芽をあしらい、はじかみを添えてある。源治郎がそれを一人分ずつ取り分けていく。

「おお、これは美味そうじゃ」

住職は目を細め、

「それではちょうだいいたします」

箸をつけると、断面はもっちりと白い。ぱくりと食って、住職の両眼が輝いた。

「美味い！」

「それはようござった。——そのほうらも相伴いたせ」

そう言うと、久右衛門はみずからも食べはじめた。

「なるほど、美味いのう」

「思うたより淡泊で、味わいがありますな」

「皮がカリカリとしておる」

そのうちに住職が唇光に、

「飯が炊けておったはずじゃ。持ってまいれ」

「かしこまりました。では、碗に軽く一膳……」

「軽くではない。てんこ盛りにしてまいれ」

久右衛門が破顔して、

「御坊、食が戻りましたな」

「この蒲焼きで精がつき、五体に若きころのような活力がみなぎってまいりました。なぜか、腹が減ってたまらぬ。どんぶり飯を何膳も平らげたき気持ちじゃ。これもお奉行のおかげでござる」

「いやいや、御坊が元気になり、わしもうれしい。――ところで、こちらに佐五平と申す寺男がおるそうじゃが」

「ようご存知で。佐五平はどこにおる？」

昏光が、

「庭で落ち葉を掃いておると思いまするが……呼んでまいりましょうか」

「うむ。わしが呼んでおるといわず、蒲焼きを食わせてやるというて連れてまいれ」

久右衛門の言葉に、昏光はなにかあると悟り、顔を引き締めて立ち上がった。

「佐五平がなにかしでかしたのでござろうか」

眉光が心配げにたずねたが、久右衛門は笑って、

「心配めさるな。ちょっとした座興でござる」

やがて、唇光が寺男を伴って戻ってきた。佐五平は土まみれの両手を手拭いで拭くと、廊下で手をつかえた。

「そこでは話が遠い。なかに入れ」

「そんな……卑しい身分のあっしらがお歴々と同室するなんて、恐れおおいことでございます」

「かまわぬ。今は無礼講じゃ」

千三が、いやがる佐五平の背中を後ろから押した。寺男はやむなく入室し、隅のほうでカエルのように平伏した。

「後ろの障子をぴしゃりと閉めよ」

久右衛門はそう言うと、蒲焼きを佐五平のまえに出させた。

「食うてみよ」

「へ、へえ……」

佐五平は室内の妙な空気を感じながらも、一口食べた。

「どうじゃ、佐五平」

「美味うござんす」

「さようか。それはなによりじゃ。――村越」

奉行は勇太郎に合図をした。勇太郎が立ち上がり、佐五平に話しかけた。

「佐五平、西町奉行所同心村越勇太郎である。俺の顔を覚えているか」

「へえ、先日この寺にお参りくださいましたな」

「今日で、会うのは三度目だな」

「え……？　二度目ですぜ。おからかいになっちゃ困ります」

「ほう、そうだったかな。こないだ心斎橋筋のウナギ屋で顔を見たように思ったがな」

「あっしをですか。いや、そんなはずは……」

「俺たちは、ウナギの蒲焼きを熱い飯に埋める『間蒸し』の話をしていたのだが、あのときおまえはまだ食事半ばなのに出て行ったな。まむし、と言われて、くちなわのことかと思ったか」

「な、なんのことですかい」

「どこかで見た顔だと思うたが、昨夜になってようよう思い出したのだ。菟念寺の寺男佐五平……くちなわの瓢吉だったとはな」

佐五平は蒼白《そうはく》になった。目つきがにわかに鋭くなり、柔和だった顔つきが醜く変じている。

「なにを言いやがる。言いがかりもたいがいにしやがれ」

「言いがかりとはご挨拶だな。調べてみると、茂左衛門町で殺された海苔屋の妾が雇うていた女中は、この寺の檀家だそうだな。あの日は、親の祥月命日で宿下がりをしていたのだ。それに、沖田橋近くの裏長屋で殺された金貸しの老婆も、同じくここの檀家であった。おまえは、墓参りに来た老婆と世間話をしているうちに、金の隠し場所をなんとなく勘づいたのだろう」

「けっ、なにを言いやがる」

「だが、同じ日に西町奉行所に近い商家に押し入ったのはやりすぎだったな。あそこまで露骨に屈辱を受けて、ああそうですかとのほほんとしておるほど奉行所は甘くはないぞ」

なにかを言いかけた佐五平、いや、くちなわの瓢吉をさえぎると、久右衛門がここぞとばかりに大音声《だいおんじょう》をあげた。

「盗んだ金は、庭木の下にでも埋めておったのか。わしの来訪にあわてて、金を掘り出して逃げようとしたのだろうが、そうはいかぬ。くちなわの瓢吉、神妙に縛につけい」

「てやんでえ、べらぼうめ！」

佐五平は立ち上がると、ふところから匕首を取り出して腰骨のまえに据え、

「こちとら江戸っ子だ。てめえらみてえな贅六《ぜえろく》に捕まってたまるけえ」

そう叫ぶと、久右衛門目掛けて体当たりした。

「慮外もの！」

久右衛門の落雷のごとき怒声が飛び、勇太郎が瓢吉の小手を十手でぴしりと打った。

瓢吉は苦痛に顔を歪めると、その場に転がった。着物がはだけて、太ももの刺青があらわになった。なおも突っかかろうとする瓢吉の匕首を、勇太郎は十手の先端で弾《はじ》き飛ばした。

「今じゃ、召し捕れ！」

岩亀が叱咤《しった》して、千三が豹《ひょう》のように飛びかかり、瓢吉の手に縄をかけた。

「天晴《あっぱ》れじゃあっ」

久右衛門はそう叫ぶと、扇子を広げて勇太郎をあおいだ。その扇子には、ぬめぬめとしたウナギの絵に添えて、「あなうなぎ何処《いづく》の山の妹《いも》と背をさかれてのちに身をこがすとは」という大田南畝《おおたなんぼ》の狂歌が書かれていた。天下一の狂歌師蜀山人《しょくさんじん》こと大田南畝はちょうどこのころ、大坂銅座に赴任していたのだ。

瓢吉は、寺男としての柔和な表情は嘘のように消えはて、まさに蛇そのもののような恨みがましい面相で一同を見据えると、

「これが年貢の納め時か。でもよう、俺ひとりでは行かねえぜ。道連れを作ってやる。

——おう、住職」

瓢吉は、眉光和尚に言った。

「てめえは禅寺の坊主のくせに、ウナギを食ってやがる。殺生戒を破った坊主は、唐笠《からかさ》一本で寺を追い出されるそうだな。おいらはお白州《しらす》でも、てめえの生臭坊主ぶりを声高

にしゃべってやらあ」

久右衛門は哀れみの目で瓢吉を見据えると、

「貴様は、扇子に書かれたこの狂歌をなんと心得る」

「なんのこってえ」

「山の妹というのは山芋のことじゃ。今、貴様が食ろうたのは、蒲焼きは蒲焼きでも精進料理の『ウナギもどき』である」

「もどき……？」

「知らぬのか。すり潰した豆腐にたっぷりと山芋を混ぜ、ウナギの蒲焼きそっくりに形をととのえ、タレをかけて焼いたものよ。皮は湯葉を用い、焦げ目は海苔を使う。包丁にて巧みにウナギを模した模様をつければ、このとおりの出来映えとなる」

「おいらが食ったのは山芋かい。ゆすり、盗人、人殺し、これまで数かぎりねえ悪事を働いてきたおいらをだますたあ……お奉行さん、あんた、おいらより一枚上手の悪党だねえ。ちっ、くちなわの瓢吉もやきがまわったもんだ」

「やきがまわった？　はてさて、焼くのはむずかしいものだのう」

それを聞くと瓢吉はがっくりと頭を垂れ、おとなしく引っ立てられていった。

「あの、よう働く優しげで木訥《ぼくとつ》な男が大盗人だったとは……おそろしいことじゃ」

震えだした住職に、久右衛門は言った。

「彼奴も寺男に化けておったが、ウナギに化けた山芋には気づかなんだわけだから、おあいこであろう。御坊の夏痩せ、ウナギを食さずとも、山芋で治るにちがいない。明日からは毎日、とろろ汁、短冊、白煮、かるかんなどを召し上がられい。さすれば眼力も回復し、盗賊かどうかなど、ひと目で見破れようぞ」

「うむ、承知いたした」

眉光は強くうなずいた。

◇

その夜、大邉久右衛門の役宅の一室で、くちなわの瓢吉捕縛を祝した宴席が設けられ、主だった与力・同心衆が集められた。岩亀と勇太郎も参加した。異例なことだが、役木戸の千三も、召し捕りへの功少なからずということで臨席を許された。皆のまえには、蒲焼きをはじめ、う巻き、八幡巻き、鍋、佃煮《つくだに》、塩焼きなど、ウナギを使った料理がこれでもかとばかりに並べられていた。

「これはたいへんなご馳走でございますな」

「そう思うか」

久右衛門はにやりと笑い、

「よう見てみい。全部、精進料理じゃ」

「えっ、まさか……」

岩亀は驚いて、料理をひとつひとつ注視した。

「嘘じゃ嘘じゃ。うはははは、岩亀は真面目だのう」

「お頭も、おひとが悪い」

岩亀与力はぶすっとしてそっぽを向いた。

「では、はじめようぞ。どれも、料理方が腕によりをかけた一品じゃ。ひとつも残してはならぬぞ」

佐々木用人の音頭で祝宴がはじまった。皆、大いに食べ、大いに飲んだ。宴たけなわのころ、久右衛門が言った。

「此度《こたび》も、われながら名裁きであった！」

あいかわらずの自画自賛だな、と思って勇太郎が聞いていると、

「千三……苦しゅうない。こちらへ参れ。貴様、なにか忘れておりはせぬか」

「へ？　なにをでございます」

「蒲焼きが冷めぬ工夫を教えてやったではないか。一両よこせ」

そう言って、芭蕉の葉のような大きな手のひらを千三に突きつけた。

「へっ、へえええっ」

千三は真っ赤になって平伏した。

「うははははは。冗談じゃ。よき工夫ゆえ、皆に教えてやれ。うっはははは」

千三はホッとした表情で苦笑いを浮かべている。

かなり酩酊《めいてい》しているらしい久右衛門は、列席した一同に言った。

「山芋変じてウナギとなる。山芋も、ウナギ同様、精がつく食材じゃ。だがのう、もっと精のつくものを存知おるか。――ふふふ、わからぬならば教えてつかわす。まむしじゃ」

「お奉行さま、まむしはウナギ飯のことやおまへんのか」

千三が思わず口を出すと、

「そのまむしではない。知らんのか、黒い蛇じゃ。古来、まむしの黒焼きやまむし酒は、ウナギや山芋どころではない効き目の回春薬とされておる。夏痩せなど、吹っ飛んでしまうぞ。――どうじゃ、皆のもの、そろそろ効いてきたか」

一座がざわついた。岩亀与力が、皆を代表して、おずおずときいた。

「お頭……効いてきたか、とはどういうことでござるか」

「わからぬのか。そのほうらがさっきから飲んでおる酒は、まむし酒じゃ。わしが、皆が達者でおれるようはからって、夕刻、薦被《こもかぶ》りの底に、高津の黒焼き屋から取り寄せたまむしの黒焼きを放り込んでおいたゆえ、もっと……もっと飲め」

久右衛門は大声でそう言うと、自分も大杯を干した。

「あの……お頭、それもまたご冗談で……」

岩亀が言いかけたが、勇太郎はそのとき気づいた。自分の盃のなかに、小さく黒いウロコのようなものが浮いているのだ。

「冗談？　わしは冗談は嫌いだ」

久右衛門が断言したとき、台所のほうから料理方の厚紙を破るような悲鳴が聞こえてきた。

（注）大坂における「まむし」、つまりウナギ丼は堺の金満家が、芝居見物のときに蒲焼きが冷めるのを防ぐために考えついた工夫とも、大坂の料理屋柴藤《しばふじ》の初代が考案したとも言われている。江戸においては、日本橋の堺町で芝居小屋を経営していた大久保今助《いますけ》が、幕間《まくあい》の忙しいときに出前の蒲焼きを熱いまま食べるために考えついたという。いずれも大邉久右衛門が堺奉行をしていた時代よりも少しあとのようだが、東西でほぼ同時期に、おなじような食べ方が発生したことは興味深い。また、ウナギ丼をなぜ大坂で「まむし」と称するかについては、「飯の間で蒸すから」とか「飯にまぶすから」とか「鰻飯《まんめし》の転」など諸説あるが、ヘビのマムシとは関係ないというのが通説のようだ。

カツオと武士

第三話

1

「おお、そうでござんす、気弱《きよお》うては仕損ぜん、鬼になってと夫婦は突っ立ち……」

義太夫節《ぎだゆうぶし》を語りながら、蜆橋《しじみばし》を渡るひとりの侍がいる。身なりはわからぬが、よい声だ。さすがにこの時刻ともなれば夜風もひいやりとして、日中の暑さも橋桁《はしげた》あたりにしか残っていない。

「妻が嘆けば夫も目をすり、せまじきものは宮仕えと、ともに涙にくれいたる……」

太い声が川面《かわも》に当たってはねかえり、夜気のなかへと吸い込まれていく。

「かかるところへ春藤玄蕃《しゅんどうげんば》、首見る役は松王丸」

侍の姿は、闇に溶けるように消えていった。そのすぐあと、ひとりの武家が橋を渡りはじめた。居酒屋のはしごでもしたか、ほのかに顔が赤いが、足取りはしっかりしている。心得があるようで、その歩き方には少しの隙もない。身なりや腰のものから見て、卑しからざる身分の侍と思われた。

「なかなか達者じゃな。『寺子屋』か……よほど稽古しておるとみえる」

漏らした言葉は、さっきの浄瑠璃《じょうるり》への所感だろう。おのれの酔いを自覚しているらしく、一歩一歩踏みしめるようにして橋を渡りきったとき、なにかが眼前の暗闇のなかから飛び出してきた。ぶつかりそうになった瞬間、相手はまるで天狗《てんぐ》のように跳躍し、武家はその動きを目で追おうとして、首を動かした。ほぼ同時に、右手は刀の柄《つか》にかかり、半ば抜きあわせていたのは、よほどの腕前であろう。しかし……そのときすでに、彼の頭部はおよそ一寸ほどの深さに割られていた。声を出すいとまもなく、武家は橋のたもとに横たわっていた。

「病苦を助くる駕籠《かご》乗物、門口に舁《か》き据《す》ゆれば……」

どこか遠くからまた、浄瑠璃の一節が切れぎれに聞こえてきた。しかし、武家の耳はそれを聞き取ることは永久にできなくなっていた。

◇

「ほんまに、若にも困ったもんだす」

家僕の厳兵衛が番茶を啜《すす》りながら、ため息をついた。彼が言う「若」とは、この家の主で、西町奉行所定町廻《じょうまちまわ》り同心村越勇太郎のことである。

「あの子、またなんぞしでかしましたか」

到来物の薯蕷饅頭《じょうよまんじゅう》を一口食べて、勇太郎の母すゑがたずねた。

「お奉行さまのまえで居眠りでもしたのでは？」

勇太郎の妹きぬが言うと、すゑは笑いながら、

「そんなしょうもないことならよろしいけど」

奉行のまえで同心が居眠りするのは「しょうもないこと」ではない。

「きのう、順慶町《じゅんけいまち》で長吏《ちょうり》が女のチボ（掏摸《すり》）を捕まえたんで、会所《かいしょ》に引っ立てて、たまたま近くを廻ってはった若に吟味を願《ねご》うたそうでおます。ところがその女チボがまだ若い娘で、色の白い、ちょっとした別嬪《べっぴん》らしゅうてな、若は顔を真っ赤にして、へどもどへどもど、唾ばっかり飲みこんで、よう吟味できん。しゃあないさかい、わざわざ盗賊吟味役の旦那を奉行所から呼んだそうでおます」

「おほほほほ……なにかと思たら、そんなこと」

「笑いごとやおまへんで。女子《おなご》と面と向かって話せんようでは、お役目にもいろいろ差し障りがございましょう」

「そういえば、兄上は初心《うぶ》なところがありますね」

きぬの言葉にすゑは、

「生意気なことを……」

厳兵衛が大仰に手を振り、

「いえ、きぬお嬢さまのおっしゃること、ごもっともやと思います。若は、妙にカタブツなところがおまっさかいなあ。あの歳なれば、親がいくら諫《いさ》めても女子に夢中になるのが男ゆうもんだ。それが、寄席で落とし話や講釈を聴くだけが楽しみやなんて……ちょっとおかしおまっせ。わしがなんぼ誘《さそ》ても、色街へ足も向けん」

「ふーん、あんた、うちの子を色街に誘てなはったんか」

めだかの厳兵衛と異名をとるほど小柄な身体《からだ》をいっそう縮め、

「あ、いや、世間を知っていただくために、心を鬼にしてでっせ。まさか、若は女嫌い……」

「それは……ないと……思うけどなあ……」

この時代、衆道《しゅどう》はごくあたりまえのたしなみではあったが、勇太郎がそちらの方面に耽溺《たんでき》しているとも思えない。でも、確証はない。

「とにかく、あのままやったらあきまへん。出世にも響きまっせ」

「なんで色街へ行かなんだら、出世に響きますのんや。アホなこと言うてんと、早《はよ》うお饅《まん》食べてしまいなはれ」

「うわあ、いらんこと言うてしもた。こら、えらい失礼を」

もちろんすゑは本当に怒ったわけではない。そもそも同心の役宅で、家僕が主人家《しゅじんけ》と並んで茶を飲んでいること自体がおかしいのだが、厳兵衛は先代から村越家に仕えており、家族同様の間柄なのだ。また、すゑはもともと難波新地の芸子であり、武家の女房としてはありえないほどさばけた考えの持ち主だった。

「私の子やのに、なんであんなに堅《かと》うなったんやろなあ。亡くなった主人も、柔らかい柔らかいひとでした」

「よう存じております」

勇太郎の父柔太郎は、馴染《なじ》みになった芸子のすゑを落籍《ひか》して、妻にするほどの遊び人だった。

「でも、近頃は兄上も角が取れてきたように思います」

きぬが言うと、すゑもうなずき、

「そうですな。ちょこちょこ、柔らかいところもでてきたような……」

おそらく新任の町奉行大邉久右衛門の感化のおかげだろう、とすゑは思っていた。

「ひっくしょう」

噂《うわさ》になっている当人は、そのころ、市中見廻りの最中だった。まだ残暑の厳しい難波橋のうえで、大きなくさめをひとつして立ち止まると、

「お風邪ですか、旦那」

役木戸の、蛸足《たこあし》の千三がきいた。

「いや、そんなはずはないが……へえっくしょう!」

「一にほめられ、二に憎まれと言いまっせ。だれぞが旦那の悪口を……」

　そのとき、

「おい、勇太郎ではないか！」

　勇太郎たちが振り返ると、月代《さかやき》を青々と剃《そ》り上げた長身の武士が立っていた。きちんと羽織袴《はおりはかま》を着け、小者をひとり連れている。

「これは……藤川《ふじかわ》さんでしたか」

　勇太郎は頭を下げた。藤川正十郎《せいじゅうろう》は、大坂城の門を警護する玉造《たまつくりぐち》口定番付き同心である。勇太郎とは、岩坂三之助の道場でともに一刀流を学んだ間柄だ。藤川のほうが五歳ほど年上だが、入門が同じ時期だったため、格別に昵懇《じっこん》の仲であった。だから、口調も改めることなく、親しげである。

「あいかわらず町廻りか。精勤だのう」

「藤川さんこそお役目ご苦労にございます」

「はっはっはっ、すまじきものは城勤めとか申すが、我ら定番の武士はまさに城勤め。なにやかやとたいへんだわい。——ところで貴公、近頃まるで道場に来ぬが、たまには顔を出したらどうだ」

　藤川は屈託のない笑顔でそう言った。勇太郎は頭を掻《か》き、

「剣術には向いてないと悟って、やめたのです。いくら稽古しても、まるで上達しませ

んでしたから」

岩坂道場は常盤町二丁目にある。西町奉行所とはさほどの距離ではない。それなのに、長いあいだ訪問しなかったのは、おそらく歓迎されないだろうという思いがあったからである。

「なにを言うのだ。岩坂先生はずっと、勇太郎は素質がある、今は壁にぶつかっているようだが、このまま続ければひとかどの剣士になれる、とおっしゃっておられたのだぞ」

「――え？」

寝耳に水の驚きだった。師の岩坂三之助は、勇太郎にはずっと、おまえの太刀筋《たちすじ》はひどすぎる、見こみがないからやめてしまえ、と言い続けていたのだ。

「あと一、二年辛抱すれば、どこへ出しても恥ずかしくない腕前になる。そうなったら、うちの師範代もかなうまい。先生は常々そう申されていた」

「そうでしたか……」

勇太郎は、他人の批評を素直に受け入れる性格である。岩坂三之助は、奮起をうながすつもりだったかもしれないが、勇太郎は叱責《しっせき》をそのまま受け取ってしまったのだ。

「勇太郎には剣士に欠くべからざる、ひとと争う心、ひとより先に出る心、相手に勝とうとする心がない。それゆえあえて厳しく言い立てるのだ……それが先生の本心だったのだ」

急に懐かしさがこみあげてきた。

「先生はどうしておられます」

「それがな……」

藤川は顔を曇らせた。

「一年ほどまえに患いつかれてな、肝の臓に悪い腫れ物ができたらしい。すっかり痩せなされた。まるで枯れ木のようだわ」

勇太郎の知っている岩坂三之助は、巌《いわお》のようにがっしりした体軀《たいく》の剣客だった。

「あれほどいた門人も今では半数に減ってしまった。先生は寝たり起きたりなので、師範代の山城《やましろ》さんやわしが稽古をつけてはいるが、先生のようにはいかぬでな」

岩坂三之助は妻を早くに亡くし、ひとり娘を男手ひとつで育てあげた。炊事・洗濯・掃除といった奥向きのことは門人たちが手分けして行っていたが、病人の看護となると容易ではあるまい。

「どうだ、貴公の非番の日にでも、道場をたずねてくれぬか」

師の気持ちも知らず、こちらの思いこみで勝手に出入りせぬようになったのだ。少し敷居が高かったが、

「わかりました。近々うかがいます、と先生にお伝えください」

「それはよかった。先生もめっきり気が弱くなられてな、勇太郎に会いたいと幾度も申しておられた。――頼むぞ、必ず近々に、だぞ」

その言葉には、近々でなくては手遅れになる、という意味がこめられていた。勇太郎は、橋上を遠ざかる藤川正十郎に向かって頭を下げながら、かつての師と疎遠になっていたことを、今更ながら悔やんでいた。

「旦那、岩坂三之助とおっしゃるのは……」

千三の問いに、

「俺の剣術の師だ。先生がご病気とは……まるで知らなかった……」

「それやったら、どこぞで旦那の陰口叩《たた》いてる連中に礼言わんとあきまへんな」

「どうしてだ」

「さっき、くさめが出て立ち止まったさかいに、今のお武家はんと会えたんとちがいまっか」

「それもそうだな」

もう、くさめは出そうになかった。

◇

「おはようござりまする」

　用人の佐々木喜内が声をかけると、大邉久右衛門は、うが……とも、ふご……ともつかぬ呻《うめ》き声を発した。朝ではない。もう昼近い。久右衛門は役宅内の寝所で、寝崩れた浴衣《ゆかた》姿のまま、ごろり、ごろりと寝返りを繰り返す。汗の匂いが部屋に籠《こ》もり、空気が粘っている。身体が大きいので暑苦しさもこのうえない。

「なにか用か」

　喜内は無言で、分厚い紙の束を差し出した。受け取った久右衛門は、ぺらぺらとめくったあと、それを布団のうえに放り出し、

「暑いのう」

「暑うございまするな」

「残暑じゃのう」

「残暑でございまするな」

「暑さ寒さも彼岸までと申すが、そろそろ涼しゅうなってもよいのではないか」

「さようでございまするな」

「昨年の今時分は、もっと涼しかったように思うがのう」

「そうでございましたかな」

　久右衛門は喜内をにらみつけ、

「口先ばかりで返答しよって。ほかに応えようはないのか」

「ござりませぬな。こう毎日毎日、暑い暑いと同じことばかり聞かされては、いいかげん私もダレてまいりまする」

「貴様、天下の町奉行に向かってその雑言はなんじゃ」

「天下の町奉行ならば、勤めを果たされませ」

そう言って、紙束を拾って、久右衛門につきつけた。それは、先月の月番だった東町奉行所からの、一カ月間に起きた犯罪や訴訟事、公事事《くじごと》、入牢者《じゆろうしや》の数、仕置きされたものの数などをまとめた書留、つまり引き継ぎ書である。

「面倒くさい。かわりに読め」

「だれぞ与力を呼んで、読み上げさせましょうか」

「貴様が読めばよい。大事の箇所だけをわしに聞かせよ」

喜内は聞こえよがしにため息をついたあと、重要な部分を抜き読みした。久右衛門は、扇子をせわしなく動かしながら、巨体を丸めるようにして聞いていたが、

「ちと待てい。今、辻斬り《つじぎ》と申したな」

「はい。先月、市中にて三件ござりました。いずれも西横堀、長堀、阿波座堀《あわざぼり》などにかかる橋のたもとで、橋を渡りきった侍が正面から斬られておるようで……」

「侍ばかりか。三件とは、多いな」

「いえ、先々月、うちの月番のときにも二件ございましたゆえ、全部で五件かと」

「二カ月で五件か。奉行所はなにをしておるのだ」

昼間から浴衣姿で寝そべっているとも言えず、喜内は苦笑いをした。

「なにゆえ、わしの耳に届かなんだ」

「いずれも大身《たいしん》の侍ゆえ、家中の面目やら跡継ぎのことやらで、届けを内々に済ませておるものと思われまする」

「亀と鶴を呼べ」

亀とは、定町廻り与力岩亀三郎兵衛、鶴とは、盗賊吟味役与力鶴《つる》ヶ岡雅史《おかまさふみ》のことである。

「あのふたりは、鶴亀ならぬ犬猿の……」

「わかっておる。なれど、此度《こたび》はやむをえぬ」

「かしこまりました。さっそく呼んでまいります」

行こうとした佐々木喜内に、

「腹が減った。そのまえに茶漬けの支度をせよ」

「あいにく料理方が出払っておりまして……女中に調えさせまする」

「女中を呼びつける手間で、貴様がやれ」

「はいはい」

奉行の食の好みをもっともよくわきまえているのは喜内であり、それをいちいち女中なり小者に伝えるよりは自分で作るほうが楽なのである。喜内はぶつぶつ言いながらも、勝手向きに行くと、お櫃《ひつ》に残っていた飯を使って、手際よく茶漬けを調えた。冷や飯をざるに取ってねばりを洗い、大茶碗《おおぢゃわん》に盛る。そこに手早く掻いた鰹節《かつおぶし》をたっぷりと載せ、おろし生姜《しょうが》と梅肉《ばいにく》をあしらうと、井戸で冷やしておいた冷たい茶を注いだ。

「これでよろしいか」

「うむ」

久右衛門が箸を取ったのを見てから、喜内は与力の溜《た》まりへと向かった。ほどなく鶴と亀が役宅にやってきた。二名の与力は、寝所まえの廊下でかしこまって控えている。布団のうえにあぐらをかいた久右衛門は茶漬けをがさがさと食いながら、

「わしが東町からの書留を熟読したところ、辻斬りが市中を横行しておるとあった。そのほうら、存じ寄りを申せ」

「その儀なれば、申しあげます」

岩亀が口を切ろうとすると、鶴ヶ岡が甲高い声で制した。

「待て、辻斬りのことは盗賊吟味役から申しあげるのが筋じゃ」

「なにを申す。市中見廻りはわれらが役じゃ。貴公、口を出すな」

「なんだと」

「なにが」

久右衛門も、このふたりが日頃から張り合っていることを承知してはいるが、辻斬りとなると、彼らに話を聞かざるをえぬ。

「ふたりとも黙れ。まずは、岩亀から申せ」

普段は物静かな岩亀与力も、なぜか鶴ヶ岡にだけは競う気持ちが働くらしい。にんまりとしてにじり出ると、

「五件の辻斬り、いずれも橋のたもとで起きているところから、『橋鬼』などと申すものもおり、侍のなかには勤めに向かう際、橋を迂回《うかい》して遠回りするものも多く、一刻も早い召し捕りをとの声が高まっておりまする」

大坂は八百八橋というほどに橋が多く、それらが使えないとなると、諸人の迷惑はこのうえない。皆が夜間の遠出を控えれば、繁華街は干上がってしまうだろう。

「であろうのう。なれど、町人どもはあまり騒いでおらぬようじゃ」

「斬られたるものが今のところ武家に限っておりまするゆえでございましょう」

「鶴、下手人は同一人と思うか」

鶴ヶ岡が顔を上げ、

「東町からの文書にもございますとおり、斬られたものたちは皆、それぞれ斬られ方がまったく異なりまする。それゆえ、下手人は数名いるのではないか、との意見も添えられておりました」

「であったな。わしも読んだが……そのほうの考えをきいておるのじゃ」

鶴ヶ岡雅史は、鶴のように口先が尖《とが》り、首の長い古参与力だが、直心影流《じきしんかげりゅう》の免許皆伝の腕前であった。

「金が目当てではないようで、死んだもののふところに大金が残されている例がいくつかござった。殺された侍たちは、夜半にいずれもただ一太刀にて殺害されており、よほど腕のたつものの仕業と思われまするが、脳天を幹竹《からたけ》割りに割られているもの、横胴を深くえぐられているもの、袈裟《けさ》懸《が》けに斬られているもの、心の臓を槍《やり》のごとくひと突きにされているもの……太刀筋はいずれもちがい、五人の下手人がいたとしてもおかしくはござらぬ」

「ふうむ……斬ったほうも侍か」

「われらが月番であった先々月の二件についてはそれがしも死骸を検分いたしましたが、下手人の流儀は馬庭念流《まにわねんりゅう》、もしくは本間流、もしくは新陰流、もしくは小野派一刀流……」

「もうよい。つまりは、なにもわからぬということか」

鶴ヶ岡が申し訳なさをにじませて、

「ははっ……今のところ手がかりはございませぬ。まるで雲をつかむような話にて……」

「そうでもなかろう」

「と、申されますと」

「大坂は、江戸と異なり、武士の数はいたって少ない。まず、両町奉行所、船奉行、大坂城代、定番、蔵屋敷勤めのもの……などは身持ちがはっきりしておるゆえ、深夜に他出すればすぐにだれかの知るところとなろう。それらを除くと、あとの数は知れておる。浪人や町道場の主《あるじ》、商家の用心棒などをしらみつぶしに当たってみい。そのうちになにかが見えてこよう」

深々と頭を下げた岩亀と鶴ヶ岡に、久右衛門は言った。

「どうじゃ、そのほうらも茶漬けを食わぬか。汗が引くぞ」

亀と鶴は顔を見合わせ、

「茶漬けで汗が引くとは……」

「これはわしが考案した鰹節茶漬けじゃ。冷えた茶をかけるので、二日酔いの朝などに重宝するぞ。まあ、食うてみよ。——喜内！」

「はいはい、わかっております」

すでに支度ができており、喜内は二人分の茶漬けを差し出した。

「なるほど。これはうまい。米粒がしっかりと冷えていて、喉ごしもよい」

「鰹節が利いておりますな。味にコクがある」

「生姜のぴりりと梅干しの酸っぱさが食欲をそそりまするな」

「身体にも良さそうじゃ」

与力たちが茶漬けを食うさまを、奉行はうれしそうに見つめた。

「お頭《かしら》、甚《はなは》だ申しあげにくいことながら……」

鶴ヶ岡がおずおずと空の茶碗を差し出した。ほぼ同時に岩亀も茶碗をまえに出し、

「お代わりを願えませぬか」

「よしよし。——喜内」

ふたりの与力は二杯目を食べていたが、岩亀が突然一人合点して、

「ははあ……そういうことか」

鶴ヶ岡が横目を使って、

「なんのことだ」

「この茶漬けの美味《うま》さのわけがわかった。——お頭、鰹節でござろう」

久右衛門は膝を叩き、

「ようわかったの。そのとおりじゃ。鰹節は、土佐のものを第一とし、つぎに薩摩《さつま》、そして伊豆、清水、紀州と続くが、これは土佐節の最上等じゃ。三度のカビ付けを行い、叩きあわせるとカンカンという乾いた音がする。削り方も肝要での、江戸では厚く削るが、上方では薄く薄く削る。そこが料理人の腕じゃ。それを山のように載せたところへ

ぬ」

冷茶を注げば、ほどよく出汁《だし》が出て、旨味が増す。中等、下等の鰹節ではこうは参ら
「恐れ入りました」

「また、鰹節は『勝男武士』などと申して、武士《もののふ》にとってはいたって縁起のよい食品じゃ。武運長久を祈るため、あの赤穂《あこう》浪士も討ち入り前夜に食したと申すぞ」

「ほほう。それを聞くと、いっそう美味さが引き立ちますな」

「そもそも鰹という魚は、江戸では初鰹などというて珍重し、将軍家も食される。大商人や役者のなかには見栄《みえ》をはって、一尾を二両の三両のという高値で買い求める馬鹿者もおる。分厚い刺身にして、辛子《から》醬油《しじょうゆ》をつけて食うとうまい。土佐では、土佐造りと称して、皮つきのままワラ火であぶり、すぐに水にとって冷やす焼き霜造り、いわゆる『あぶり』が好まれる。ネギやヒル（ニンニク）、大葉、茗荷《みょうが》、生姜などの薬味をたっぷり載せて食うが、これもうまいものじゃ」

「なれど、今は鰹の季節ではありませぬゆえ、刺身も土佐造りも味わえませぬな」

「なにを申す。今こそ鰹の旬じゃ。貴様ら『戻り鰹』を知らぬのか」

「戻り鰹、と申しますと……？」

「初夏から夏にかけて、鰹は黒潮に乗って北上し、陸奥国《むつのくに》あたりまで至る。これが初鰹じゃ。江戸の町人どもはその清冽《せいれつ》な味わいをありがたがるが、秋になると鰹は一転南下

して上方や土佐、薩摩に戻ってくる。これを戻り鰹と呼ぶが、そのころの鰹は脂が乗って、また格別の味わいとなるのじゃ」

「ほほう、それは美味そうじゃ」

「初鰹は、ハラカワの皮が薄いゆえ銀皮造りにし、戻り鰹はそのまま平造りにするのがよい。ああ、こう申しておると戻り鰹が食いとうなってきたわい。——喜内、今日は料理方に申しつけて……」

「もう、源治郎に申しつけ、雑喉場《ざこば》に向かわせました」

「うむ、でかした」

鶴ヶ岡与力が目を丸くして、

「お頭は、出入りの魚屋ではなく、わざわざ雑喉場に買い付けにいかしておられるのか」

「あたりまえじゃ。美味きものを安う購《あがな》うには、魚屋が来るのを待っておっては果たせぬわい」

そして、一礼して退出しようとする両与力の背中に向かって、

「そうそう、言い忘れておった。鰹は刺身やあぶりだけでなく、なまり節を薄味でさっと煮るのもよし、また、塩辛や酒盗《しゆとう》にすると酒の肴《さかな》にはこのうえない。生姜を入れた角煮や、飯に混ぜ込んで手こね寿司にしてもよく、すり身にして味噌《みそ》仕立ての汁もま

にした。

まさに「鍋奉行」だわい、とふたりの与力は目と目で会話しながら奉行の役宅をあとにした。

た……」

◇

同心町にある老舗《しにせ》の和菓子屋「堪忍堂《かんにんどう》」でみやげの練り羊羹《ようかん》を買い求め、勇太郎は常盤町に赴いた。こどもには、駄菓子屋で見つけた独楽《こま》とお手玉を渡すつもりだった。かつては毎日のように通っていた道場だが、これだけ間があくと緊張してしまう。

（まずは、無沙汰の詫《わ》びからだな。今日参ろう明日参ろうと思っておりましたが、御用繁多《はんた》で延び延びになり、すっかり無音《ぶいん》を重ねてしまいました。まことに面目次第もございません。——よし、これで行こう）

道々、挨拶の文言を心中で繰り返す。気がついたら、屋敷のまえを通り過ぎていた。あわてて立ち止まったところを、

「勇太郎、どこへ参る」

顔を上げると、藤川正十郎だ。今日は非番らしく、この間のようないかめしい装束ではなく、稽古着姿である。勇太郎はあわてふためき、

「あ、いや、今から、その……」

藤川は、勇太郎の腕をつかみ、

「ここまで来て道場のまえを素通りはなかろう。先生に会《お》うていけ」

勇太郎が弁明しようとするのも聞かず、ぐいぐいと屋敷のなかに引っ張っていく。玄関に引きずり倒され、

「藤川さん、ちょ、ちょ、ちょっとお待ちください。俺ははじめからこちらへ参るつもりで……」

「嘘《うそ》をつけ。わしが声をかけねば、行き過ぎるところではないか」

「いや、それはですね……」

そのとき奥から、

「藤川さん、なにを騒いでいるのです！」

凛《りん》とした女性の声だ。正十郎はすぐにしゃんと立ち、

「お嬢さま、村越勇太郎を捕らえましたぞ」

「捕らえるなどと物騒な……」

声のほうを見て、勇太郎は目を見張った。そこに、薄桃色の小さな花が一輪、咲いていたように思ったのだ。

「村越さま、お久しゅうございます」

その場に座って手をつき、頭を下げたのは、道場主の娘小糸《こいと》だった。しかし、勇太郎

の知っている小糸は、もっと幼い「こども」で、下世話な言い方をすれば「小便くさい」小娘で、かくれんぼやままごとに付き合わされた記憶がある。今、目のまえにいる小糸は、少なくとも半分は「女」になっているように見えた。まるで、いつのまにかふくらんで、人知れず咲いた桃の花のように。

「こ、こ、これはお嬢さま……」

勇太郎はしゃちほこばり、両手を身体の線に沿ってまっすぐに伸ばすと、深々とおじぎをした。

「父がいつも、村越さまの話をしております。本日はわざわざお越しくださってうれしゅうございます」

両手をそろえてしっかりと挨拶をする小糸の姿に、庭を裸足《はだし》で走りまわっていたおもかげはほとんど残っていない。

(むりもないか。小糸殿ももう十五になられるのだ)

たしかに長らくここを訪れていなかった、と勇太郎は実感させられた。勇太郎のふところで、お手玉がずしりと重くなった。

「なにを言われる、勇太郎はわざわざ来たわけではなく、わしが捕まえたのですぞ。すこしは手柄をほめてくだされ」

正十郎が不服そうに言うと、

「いえ、村越さまははなから当家へ来られるおつもりだったのです。おみやげをお持ちくださっておられるのがその証《あかし》です」

小糸はそう言って、勇太郎の手にした風呂敷を見やった。「堪忍堂」の包み紙が合間からのぞいている。

「どうせ、よそに持っていくみやげでありましょう」

「ちがいます。『堪忍堂』の練り羊羹は父の大好物。村越さまはそれを覚えておいでだったのです。そうですよね、村越さま」

「そのとおりです。それなのに藤川さんは信じてくれなくて……」

「村越さま、お気遣いいただきほんとうにありがとうございました」

瞬間、小糸の勇太郎を見つめる目にかすかな「火」が感じられた。しかし、その火はすぐに消えた。勇太郎はなぜか自分の鼓動が速まっていることに気づいた。

「ふうむ、そうだったのか。村越、ならばもっと早く言え」

「言いましたよ」

廊下を挟んで左手が道場になっており、剣戟《けんげき》の音が聞こえてくる。門人が減ったせいか、以前よりも気合いの声や打ち合う響きは少なかったが、それでも勇太郎には懐かしかった。廊下の床板が割れていたり、壁に亀裂があったりと、老朽化が目立つ。勇太郎は胸を突かれる思いだった。全盛期の岩坂道場ならば、少しの破れや漏れもすぐに繕っていただろう。

　突き当たって右に折れたところに寝所がある。

「父上、村越さまがお見えになりました」

「おお、通せ」

　障子をあけると、病床特有の匂いが漂っていた。岩坂三之助は布団のうえに起き直り、背筋を伸ばして座っていた。勇太郎は廊下で正座して頭を下げ、

「今日参ろう明日参ろうと……」

　言いながら顔をあげて、言葉に詰まった。「まるで枯れ木のようだわ」という正十郎の言葉からある程度は予想していたのだが、師のありさまはその予想を超えていた。幼少のころから鍛えあげた堂々たる体軀は、すっかり瘦せて、かつての三分の一ほどに縮んで見えた。顔の皺《しわ》も増え、喉も筋ばっている。肩から胸にかけての筋肉も落ち、風が吹いたら飛んでしまいそうな老人に見えた。まだ、五十歳に届かぬ年齢のはずなのに、だ。目頭が熱くなり、涙がこぼれそうになったが、それを悟られてはならぬ。勇太郎は必死に言葉を絞り出し、

「長らくご無沙汰をいたしまして……」

「無沙汰は互いじゃ」

「ご壮健そうで、安堵《あんど》いたしました」

「無理をいたすな。見たままを言うてくれ。かくも病み衰えては、剣客としてはおしまいじゃ」

「そんなことは決して……」

「なれどのう、この身体になってはじめてわかる剣の機微もある。これまで、おのれがいかに筋力と体力に頼り、力任せに打っておったかと、恥じ入るかぎりじゃ。いろいろと工夫を重ね、今のわしは、以前の半分、いや、四半分の力でおなじ打撃ができるぞ。病もまた修行じゃ」

　三之助の目が若者のように輝いている。それに気づいて、勇太郎は胸を打たれた。久々に師の一喝を受けたように思ったのだ。

「病は、わしの剣を変えてくれた。感謝しこそすれ、恨むなどという気持ちはない。わしは、あらためておのれの剣の法を皆に伝えたいのじゃ。——村越、御用繁多はわかるが、たまには顔を見せてくれ。腕を磨け、とは言わぬ。定町廻りのお役目のためにも、腕を保て」

　横合いから藤川正十郎が、

「勇太郎、先生はいつも貴公の勤めぶりを心配なさってな、盗賊や無茶もの、暴れ浪士を相手にして、怪我《けが》はしておらぬか、刺されたり斬られたりしていぬか、と……」

「藤川、いらぬことは言うでない。村越はこどもではないのだから、おのれはおのれで守れよう。わしは、心配などしておらぬ」

正十郎は素直に頭を下げた。

「今度来られたお奉行は、噂ではなかなかに面白き御仁だそうだな」

「はい、豪放磊落《ごうほうらいらく》なご気性で、細かいことにこだわらず、ものごとを善悪にわけぬ、柔らかき考えを持つおかたです」

「それはよい。しっかりお勤めせよ」

「はい」

「藤川と立ち会うていけ。太刀筋が見たい」

そう言うと、三之助は杖《つえ》にすがってよろよろと立ち上がった。もう逃げられぬ。腕の衰えを笑ってもらうしかない。勇太郎は覚悟を決めて、道場に向かった。七、八名の門人が掛かり稽古をしていたが、三之助はそれをやめさせ、藤川正十郎と村越勇太郎の試合を行うと宣言した。

岩坂三之助は、中西子武《なかにしたねたけ》のもとで一刀流を学んだ。一刀流というのは、伊東一刀斎にその流れを発し、将軍家指南役にもなった小野次郎右衛門忠明《ただあき》が大成した剣法の一流派である。中西子武は、小野家四代小野忠一《ただかず》の門人で、竹刀《しない》と面や籠手《こて》などの防具による打ち込み稽古を本格的に取り入れた人物として知られており、その流派はたんに「一刀流」と称されていた。当時の剣術界では木刀による形稽古と、竹刀と防具を使った打ち込み稽古のいずれが優れているか、その是非が問われていた。古風を愛する剣客には、軟弱《なんじやく》怯懦《きようだ》と非難される竹刀稽古だったが、岩坂三之助は形稽古以上に打ち込み稽古を重要視した。なぜなら、

「打ち込み稽古には『速さ』がある」

からだという。それゆえ、岩坂道場では面・籠手・胴を着け、竹刀を使用している。

正十郎と勇太郎も、簡略な防具を身につけ、正面に飾られた神棚に柏手《かしわで》を打ったあと、道場の中央に進み出た。岩坂三之助が審判を務める。その立ち居振る舞いには、布団から立ち上がったときの衰弱は微塵《みじん》も感じられず、背に鉄の板が入ったかのごとく矍鑠《かくしやく》としていた。

「勇太郎、貴公がなまけておるあいだも、わしは日々ここに通い、稽古を積んできた。わしが負けるわけがない」

右上段に構えた藤川正十郎がそう言い放った。青眼《せいがん》に構えた勇太郎も、

（俺は負けるだろう）

と思った。頻繁にここに来ていたときも、正十郎には三本に二本はとられていたのだ。

だが、同時に、

（なまけていた、というのはひどい）

とも思った。珍しく、むらむらと敵愾心《てきがいしん》が湧いてきた。

「はじめ！」

岩坂の声とともに、ふたりは動いた。勝負はあっけなく決まった。正十郎の裂帛《れっぱく》の打ち込みを、勇太郎は「切り落とし」ていた。正十郎の竹刀が半寸ほど右にそれ、次の瞬間、勇太郎の竹刀の先端は、正十郎の額から毫毛《ごうもう》のところでとまっていた。

「それまで」

切り落としというのは、一刀流の極意である攻撃と防御が一体となった太刀のことである。相手が打ってくるところをかわすことなくそのまま真っ直《まっす》ぐに打ち据える。微妙な手首の動きで、敵の太刀筋をほんの少しだけ左右にそらし、同時におのれの太刀は真っ向から相手をとらえ、「切り落とす」のだ。

「どういうことだ、勇太郎。この嘘つきめ。貴公、じつは日々、隠れて鍛錬を積んでいたのだろう」

一瞬で汗まみれになった正十郎が、息を荒らげてそう言った。

「まぐれ勝ちです」

勇太郎は、本心からそう応えて、師に向かって一礼した。

「そのとおり、まぐれ勝ちじゃ。わしの見るところ、勇太郎は正十郎の半分にも届かぬ。今の勝負は、正十郎に油断があったな。踏《ふ》ん込んだとき、足が滑ったのであろう」

「面目次第もござらぬ」

「よい。これを教訓に、精進せよ。——勇太郎、まぐれはまぐれなれど、得るものはあったはずじゃ。おまえも今の手応えを忘れぬよう、いっそう努めよ。よいな」

「はい」

自分が勝ったことより、師の表情がいきいきとしていることにうれしさを感じた。三之助は、長期の稽古不足で勇太郎のなまっている箇所をことごとく指摘した。

「このままではいずれ、捕り物の折、悪党に斬り殺されることになろう。今いちど鍛え直すがよいぞ。わしが言いたかったのはそれだけだ」

勇太郎ははっとしてその場に座り、道場の床に額をすりつけた。

「親身なるご指導、身に染みまする。本日は久しく謦咳《けいがい》に接し、このうえない喜びであります」

「うむ。わしも今日は会えてうれしかったぞ。——また来い」

勇太郎は道場を出ると、小糸に送られて玄関へと向かった。小糸がそっと近づき、

「村越さま、おめでとうございます」

「は？　なにがです」

「藤川さんに勝ちを取られました」

「先生もおっしゃっておられたとおり、あれはまぐれ勝ちです」

「わたくしも幼いころより父に手ほどきを受けておりますゆえ、少しは見る目もござい

ます。あれはまぐれなどではありませぬ」

勇太郎は顔を赤くして、

「そんなことより、先生の病の具合はいかがでしょう」

小声でそう言うと、小糸は顔を暗くして、

「何人かのお医者さまに診《み》ていただいたのですが、肝の臓のできものは治せぬと……」

「わかりました。俺の叔父が大宝寺町で医師をしています。俺が言うのもおかしいですが、腕もいい。一度、叔父に先生を診させましょう」

「ありがとうございます」

いろいろなものを得て、勇太郎は道場をあとにした。

2

「勇太郎、ただいま戻りました」

声をかけて我が家に入ると、奥からなにやらしゃべり声が聞こえる。女たちがさんざめく声だ。

（客かな……）

ちらりと客間をのぞこうとしたとき、

「勇太郎か。ちょうどええ。こっちへ入りなはれ」

すゑがそう言ったので、勇太郎はなにも考えずに足を踏み入れると、そこにはすゑ、きぬのほかにもうひとり女が座っていた。歳《とし》はおそらく、勇太郎と同じぐらいか少しうえだろう。髪を流行《はや》りのつぶし島田に結っており、化粧も濃いが、それが絶妙に似合っている。さっきまで会っていた小糸を、可憐《かれん》な桃の花とすると、この女性は大輪の牡丹《ぼたん》だろう。女は婉然《えんぜん》と微笑《ほほえ》んで、勇太郎に軽く、しかし丁寧に会釈をした。勇太郎も会釈を返し、座布団に腰をおろした。

「こちらは、吉左衛門町で稽古屋のお師匠《つしょ》はんしてる綾音《あやね》ちゃん。私が芸子してたころの妹分で千里《ちさと》ちゃんゆう子がおったんやけど、その娘はんですねん」

「綾音です、よろしゅうに」

はんなりした動作のなかにも豊潤な色気がある。脂粉《しふん》の香りがぷーんとして、

「あ、はい、村越勇太郎です」

勇太郎はどぎまぎしながら、天井を向いた。そのまま会話もなく、しばらくが過ぎた。

「兄上……！」

きぬが小さな声でそう言うと、勇太郎の尻をつねった。

「痛いっ」

「せっかくお客さまが来られているのです。なにかお話しなさりませ」

「話といっても……」

「なんでもいいのです。さあ、早く」

勇太郎は少し考えたが、なんの接《つ》ぎ穂《ほ》も思いつかない。

「そういえば昨日、奉行所に野良犬がまぎれこみ、台所にあったスルメを喰らって逃げたので、料理方が総出で追いかけまわしておりました。犬というものはスルメが好きらしいですな」

きぬは柳眉《りゅうび》を逆立てて、

「兄上、なにを申しておられるのです。それに、ちゃんと相手の顔を見てしゃべりなされ」

綾音はくすくす笑っている。しかたなく勇太郎は天井から視線を綾音の顔に移し、

「あの……稽古屋というのはなにの稽古をなさるのですか」

「わてとこは五目ですさかい、なんでもお稽古いたします」

「なんでもというと、剣術や馬術もですか」

「おほほほほほ、冗談《てんご》ばっかり。なんでも言うたかて、踊り、舞い、お三味線、端唄《はうた》、常磐津《ときわず》、お浄瑠璃……そんなもんだす。わてとこは、お浄瑠璃習いにきはるかたが多おますな」

するが脇から、

めて
気に入り
ました

「綾音ちゃんは、竹本綾太夫《あやだゆう》の名前も持ってはるんやて」

「ほほう……」

とは言ったものの、それがどれほどすごいことなのかはわからない。剣術でいう、免許皆伝のようなものだろうか。

「一度、吉左衛門町のほうにもおいでやす」

「稽古にですか」

「おっほほほほ……けど、お武家さままでも習いにくるかた、大勢いてはりまっせ。——ほな、今日はこれで失礼します」

綾音がそう言って立ち上がると、すゑがそっと、

「どない？」

「わて、気に入りました」

「あ、そ」

綾音は帰っていった。座敷にはよい香りが残っていた。

「なんの用事で来られたのです」

すゑにたずねると、

「あんたの顔を見にきたんだす」

「俺の顔を……？　どういうことです」

あとは、なにも教えてくれない。きぬにきいても答がない。なにがなんだかわからぬまま、その日は終わった。

◇

また辻斬りがあった。今度は九ノ助橋のたもとである。具足奉行付きの同心がひとり、血の海のなかで死んでいた。胴を腰あたりから左肩に向けて斜めに切り裂かれていた。下段に構えた太刀を、刃をうえに向け、下から上へと斬りあげたものらしい。同心は刀を抜いていたが、刃こぼれはなく、刹那《せつな》のうちに殺害されたと思われた。

東西両奉行所のすべての与力・同心が、非番のものも含めて月番である西町奉行所に集められた。こわばった表情の東町奉行水野若狭守忠通とともに、大邉久右衛門は書院の正面でぶすっとした顔で座っている。与力・同心がずらりと平伏するまえで、水野忠通は開口一番、彼らに怒声を浴びせた。末席で聞いていた勇太郎も、耳がつぶれるかと思ったほどの大声だった。

「もはや一刻の猶予もならぬ。辻斬りの下手人を召し捕るのじゃ。少しでも怪しきものがおれば、誰彼なくひっくくれ。今日からひとり残らずこの一件にたずさわれ。ほかのことは後回しにせよ。役木戸、床屋、長吏、小者、若いもの、目明かしにも通達いたせ。よいな！」

久右衛門は憤激する東町奉行の横で、目をつむり、鬱陶しそうに耳をほじっている。

「貴様たちがふがいないゆえ、奉行所に対するお城からの非難の声も高まっておる。相手は、今このときも、どこかでわれらをあざ笑っておるにちがいない。悔しくないのか。貴様らに矜持《きょうじ》があれば、悔しさに歯嚙《はが》みをしておるはずだが、そうは見えぬ。死んだ気になってご奉公せぬか！　殺されたのが侍ばかりというのも不快千万だ。貴様ら、武辺の意地はないのか。侍の意地はないのか」

水野忠通はさんざん吠《ほ》えたあと、肩を上下させながら息を整え、

「大邉殿からも一言賜りたい」

半目を開いた久右衛門はぼそっと、

「皆、がんばるように」

一同は続く言葉を待ったが、久右衛門はなにも言わなかった。

「それだけでござるか」

水野忠通が言うと、

「一言とのことでござったゆえ、一言申したまで。与力・同心どもも、口には出さぬが、下手人にしてやられておることを悔《くや》しまぬものはおるまい」

「なれど……このままではまたご城代にわれらが……」

どうやらこの件で大坂城代に呼びつけられて、ふたりともこっぴどく叱責されたらし

い。

「大坂町奉行は老中の支配でござる。大坂城代がなにを申そうと、知ったことではない」

「じゃと申して……」

「無論、大坂を騒がす不逞《ふてい》のものに対しては、毅然《きぜん》たる態度でのぞむべし。とはいえ、それは常々そうあるべきこと。此度が格別というわけではない」

水野忠通は憮然《ぶぜん》として席を立ち、東町の与力・同心衆を引き連れて帰っていった。そのあと、残った西町の与力・同心たちに向かって、久右衛門はおごそかに言い渡した。

「よいか、皆のもの。御用は、武辺の意地や侍の見栄のために行うものではない。大坂の治安のために行うのじゃ。焦るな。あわてるな。今は堪忍のときなり。耐えて耐えて、いつもどおり平常心にて相勤めよ。わかったか」

一同は平伏した。

しかし、やはりいつもどおり平常心で、というわけにはいかぬ。ことに、盗賊吟味役と定町廻りは焦らずにはいられない。そこを「耐えよ」と久右衛門は言ったのだ。勇太郎は、奉行の言葉が自分に向けられたもののように思えた。両肩に乗った重い責任を感じながらも、つとめて冷静になるべく、皆はそれぞれの持ち場に戻った。

「なるほど、平常心だっか。お奉行さん、ええこと言わはる」

町廻りの途中でそのことを話すと、蛸足の千三が感心したように言った。

「こういうときは功を焦って、見当違いのものを召し捕ったりしがちだ。心を真っ直ぐに保て、ということだろうな」

「わてもこないだうちから、夜の目も寝ずに走り回っとりましたが、少し落ち着いて、心と身体を休ませるようにしまっさ」

「それがよかろう。おまえ、木戸番のほうはどうなんだ。忙しくないのか」

役木戸である千三の本職は、道頓堀にある「大西の芝居」の木戸番である。ほかに水茶屋を営んだり、芝居の台本を書いたりと、八方に手を伸ばすところから「蛸足」のふたつ名がついている。

「いや、もう暇で暇でしかたおまへん。お江戸のほうは盛況らしゅうおますが上方の、ことに大坂の芝居はさっぱりですわ」

千三の話によると、松平定信《まつだいらさだのぶ》による寛政《かんせい》の改革がもたらした悪景気がいまだに大坂の地に居座っており、厳しい倹約令のせいもあって、歌舞伎をはじめとする娯楽への出費を庶民が控えるようになった。また、歌舞伎興行の中心が大坂から京へと移ってしまった。人気役者の払底も大問題である。若手の人気役者嵐吉三郎《あらしきちさぶろう》ぐらいのもので、あとは江戸からのぼってきた瀬川路考《せがわろこう》、坂東彦三郎といった名優の人気に頼っている。彼らも、大坂がこんな塩梅《あんばい》ではいつ江戸へ戻るかわからない。そうなったら上方は闇である。

「けど、うちは今、『菅原伝授《すがわらでんじゅ》』の通しですよって、ちょっとはましな入りですねん」

「菅原伝授手習鑑《てならいかがみ》」は五十年ほどまえに人形浄瑠璃として初演され、翌月には歌舞伎に移植されて大当たりをとった人気狂言である。以来、上演すればかならず客が入る「鉄板」作品なのである。とくに、三段目の「車曳《くるまびき》」や四段目の「寺子屋」は評判がよい。

「ふうん、俺は芝居のことはわからんが、そんなに人気なら、一度観《み》てみたいものだな」

「やめときなはれ。辻斬りをつかまえんうちに芝居見物してた、てなことがバレたら大目玉食らいまっせ」

「お頭は、平常心と申されていた」

「なんぼ平常心でも……」

　ふたりは、市中にある剣術道場をひとつずつ廻っていた。江戸とちがって、上方には武士が少ないので、数はさほど多くはない。しかも、侍に交じって町人や百姓もともに教導を受ける道場もまれではない。武士だけを相手にしていては、商売として成立しないのだ。今日は朝から三軒を訪れ、門人の数、姓名、住居、ひととなりなどを道場主に問いただし、それを帳面に書き留めた。なかには、

「うちの門弟を疑《うたぐ》るのか。無礼千万だ」

と憤る道場主や、

「与力・同心の皆さんにお稽古をつけてさしあげましょう」

と自分を売り込みにかかる道場主、

「わしの推量では、辻斬りの正体はじつは……」

とあれこれ想像を述べ立てる道場主もいて、なかなかはかどらぬ。ある道場では、門弟のひとりが勇太郎に、

「御貴殿の流儀は……一刀流でござるか。それがし、近頃工夫した技をぜひ一刀流相手に試してみたいゆえ、この場でお立ち会いくだされ。お願いいたす、お願いいたす」

と木剣を押しつけられ、断るのに苦労した。刀跡が鼻を斜めに横断した、凄《すご》みのある顔立ちの若侍で、いわゆる「剣術狂い」なのだ。また、ある道場では、

「うちの門弟に素行の悪いものが数人いる。居酒屋で大酒を飲み、亭主に代を催促されると刀を突きつけてタダにさせたり、道で町人に喧嘩《けんか》をふっかけて、金を脅し取ったりしているらしい。もし辻斬りだったら大いに迷惑ゆえ、うまく理由をでっちあげて、ひっくくってくださらぬか」

と無茶を言われた。たいがいの道場は門人が減っているらしく、

「なんとか門弟を増やしたいが、どうしたらいいだろう」

と相談を持ちかけられた。

「世間はどこも不景気なようでんな」

「そのようだな」

「芝居が流行らんわけや」

一度、奉行所に戻り、勇太郎は上司である岩亀三郎兵衛にそれらを報告した。そのあと、預けてあった弁当をもらい受けて同心の休息所に入り、出がらしの茶を湯呑《ゆの》みに注いで、さあ、昼食を食おうと箸を手に取ったとき、

「村越さん、お客人がお越しでっせ」

甚太《じんた》という若い中間《ちゅうげん》が無遠慮に入ってくると、そう言った。

「客人？　だれだろう」

「若い女子《おなご》だすわ。えらい別嬪さんや。女チボ（掏摸《すり》）の吟味も照れてでけんかったくせに、旦那も隅に置けまへんなあ」

「な、なにを申す。名前をきいたか」

「へえ、小糸はんとかおっしゃってましたで」

勇太郎は顔を引き締めた。小糸は武家の娘である。奉行所を軽々しく訪ねてくるはずがない。

（なにかあったのか……）

はじめに頭に浮かんだのは、岩坂三之助の容態が急変した、ということだが、

（数日まえはそれなりにお元気でおられた。そんなはずはない……）

悪い想像を打ち消しながら、勇太郎は裏門へと急いだ。外に立っていた小糸は、血相が変わっていた。

「村越さま、お勤め途中を承知でお願いいたします。今すぐ道場にお越しいただけませぬか」

「いかがなされた」

「道場破りが参っております。父は病中で、とても相手は務まりませぬ」

「強いのですか」

「高弟は皆、一太刀にて打ち据えられました。このままでは看板を持ち去られ、道場を閉じねばなりませぬ」

「藤川さんは……？」

「お城におられます」

藤川正十郎は、大坂城三門のうち玉造口を警護する同心である。さすがの小糸も城のなかまでは訪ねていけぬ。勇太郎は躊躇《ちゅうちょ》した。今は奉行所を挙げて、辻斬りの探索中である。しかし、小糸のすがるような目つきに、

「出られるかどうか、きいてまいりますゆえ、しばしお待ちくだされ」

勇太郎は、岩亀与力と用人の佐々木喜内に話をすると、

「わかった。恩師の道場の一大事とあっては許さぬわけにはいかぬ。存分に働いてまいれ。そのあと、また御用に戻れ」

「ありがとうございます」

勇太郎は、小糸とともに岩坂家へ急いだ。さいわい西町奉行所と岩坂の屋敷はすこぶる近い。彼らが到着したとき、道場破りはまだ中にいた。

「これでおしまいか。天下に名の轟《とどろ》く一刀流岩坂道場とはこんなものか。あきれてものも言えぬわ」

しゃがれた声が道場から聞こえてきた。

「だれか骨のあるものはおらぬのか。この大熊平蔵《おおくまへいぞう》を負かそうという肝太き門人はおらぬのか。見かけ倒しだのう。このうえは、岩坂三之助殿と直々《じきじき》の立ち会いを所望するほかあるまい。岩坂はいずこだ。それとも臆《おく》して逃げたか」

勇太郎はゆっくりと道場に入っていった。大声を上げているのは、名前のとおり野生の熊のようにむくつけき侍だった。年齢はおそらく三十歳を超えたぐらい。日に灼《や》けて体色は焦げたような褐色である。肩まで伸ばした蓬髪《ほうはつ》を縄でくくり、げじげじ眉に鷲鼻《わしばな》。もじゃもじゃの髭《ひげ》が顔面を覆い、そのなかから鷹《たか》のように鋭い目がのぞいている。身体は痩せこけてはいるが、鋼《はがね》の線で縒《よ》りあげたような筋肉でできている。垢《あか》じみた弊衣《へいい》に、

ぼろぼろの袴を着け、妙な帯を締め、握り太な木刀をつかんでいる。刀架けに置かれた愛刀は、野太刀といってよいほどの荒拵《あらごしら》え、幅広の剣で、目方も相当重そうだ。近頃の「武者修行」が、ひと目を惹《ひ》く豪華な衣装を着、大勢の門弟を引き連れ、自流の宣伝を目的として行われるのに対して、このむさい剣士は「本気」らしい。師範代を含む七、八名の門人が、頭や肩、脇腹などを押さえて壁面のまえでうずくまっている。

「俺がお相手つかまつる」

勇太郎が声をかけると、

「だれだ、貴様。まだ年若の様子だが、まさか貴様が岩坂三之助ではあるまいな」

「おぬしごときに岩坂先生が出るまでもない。俺で十分だ」

「ほざいたな、若造。ならば一勝負、いたそうか」

「のぞむところ」

「拙者《せつしや》の流儀は荒いぞ。一刀流は竹刀に面・籠手を着けて稽古するそうだが、わしは木剣にて立ち会う。それでもよいか」

「ご随意に。なれど、俺は竹刀でよい。ふだん使い慣れたものが一番だ」

「ほほう……ほかの門人は皆、拙者が木刀だというとあわてて木刀を使いおった。そして、このざまだわ。貴様はなかなか土性根《どしようね》がありそうだが……」

「そうでもありませんよ」

勇太郎は壁に掛けられた竹刀のなかから、適当な一本を選び出した。

「だれかに行司役をしてもらいたいが、皆、それどころではなさそうだ」

　転がっている門人たちを見渡して、武士が嘲《あざけ》ると、

「わたくしが務めまする」

　たすきを掛けた小糸が進み出た。

「女に剣術がわかろうはずがない」

「あなどらないでください。これでも岩坂の娘です。試合の優劣はわかります。かなうことならばわたくしが立ち会いたいぐらいです」

「だはははは。これは大口を叩きよったわい。泣きべそをかかぬまえに台所へ下がっておれ」

　小糸は男をきっと見つめ、

「無礼が過ぎましょう。――村越さま、やはりわたくしが立ち会いまする。もし、わたくしが敗れたるときは、どうか骨をお拾いくださいさい。さ、その竹刀をこちらにお貸しくだされませ」

　そして、勇太郎の竹刀をもぎ取ろうとする。

「そ、それはいけません、お嬢さま。ここは俺が……」

「いえ、わたくしが……」

しびれを切らした武芸者が、

「どちらでもよいから早うせい！」

そう言ったとき、その背後から、

「待て。わしが検分いたす」

「なにものだ」

「わしが当道場の主、岩坂三之助でござる。村越、おまえが立ち会え。小糸、おまえはでしゃばるでない」

小糸は「はい」とおとなしく後ろに下がった。岩坂が杖にすがっているのを見て、武芸者が、

「ふむ……病身というのはまことのようだな。よかろう、いかにも検分役、お任せいたそう。なれど、この若造に拙者が勝ったら、道場の看板はもろうていくゆえ、悪う思うなよ」

「承知いたした。――村越、存分にいたすがよいぞ」

勇太郎は師に向かって一礼すると、

「村越勇太郎と申します。あなたのご流儀は？」

「拙者か。もとは新当流《しんとうりゅう》であったが、本流から遠く離れてしもうた。今は……そうよなあ、戦国勝手至極流とでも申そうか」

「ここを戦場と思いなし、真剣勝負の覚悟をもって立ち会え。さもないと、大怪我をするぞ。よいな」

「はあ……？」

勇太郎は青眼に構えたが、相手はだらりと剣先を落としたままだ。

「はじめい！」

三之助の合図とともに、大熊平蔵は木剣を振りまわすようにして、

「どおりゃあああっ！」

野獣のように吠えたてながら、凄まじい勢いで突進してきた。たしかに流儀も型も、隙も構えもあったものではない。太い木刀をめったやたらと叩きつけるようにして、勇太郎に襲いかかる。勇太郎は、剣を合わせるどころか、逃げるのに精一杯だ。はじめは後ずさりしながら、攻撃をかわしていたのだが、そのうちに平蔵に背中を向け、全速力でひたすら逃げることに専念しだした。しかし、平蔵はおのれの木剣が空を切っても一切気にしない。これまた全速力で勇太郎を追いかけながら、羽目板を突き破り、神棚を打ち砕き、掛け軸を引き裂き、壁をぶち壊す。もはや「剣術」などというものではない。

「うがあああっ！」

勇太郎が後ろをちらと振り返ると、平蔵は大きく口を開け、乱杙歯《らんぐいば》を剝《む》きだしにして、よだれを垂れ流しながら、両腕を高くあげたまま追走してくる。

（化け物だ……！）

剣術の試合というより、昔、ある大名屋敷が火事になったときに、飼っていた馬が厩舎《きゆうしや》を壊して逃げ出したことがあったが、勇太郎はそのときの様子を思い浮かべた。

しかし、いつまで逃げていてもしかたがない。壁際で踏みとどまり、向き直る。

（平常心……）

勇太郎の目には、大熊の身体がぐんぐん大きくなっていくように見えた。

「死ねえええええっ！」

大熊が木刀を振り上げた瞬間、勇太郎の平常心は粉々に砕け散った。汗が一気に、どっと出た。相手が振り下ろす木剣が自分の頭蓋を叩き割る光景が頭のなかに見えた。

しかし、この道場を背負っているのだ。負けるわけにはいかぬ。勇太郎は、相打ちになる覚悟で、一歩も引くことなく、おのれの竹刀をまっすぐに打ち下ろした。もちろん「切り落とし」を狙ってのことだ。勇太郎の剣は、先日と同じように、相手の剣の角度を微妙に外しつつ、大熊の額を真っ二つに割らんとした。

（行ったあっ……！）

手応えはあった。しかし……彼の竹刀は半ばからへし折れていた。しかも、その折れ口からは白い湯気が上がっていた。

「参った」

「参った」

ふたりの口から同時に降参の言葉がほとばしった。

◇

「拙者が負けたんじゃ」

「いえ、俺が負けました」

「拙者じゃ。もし折れておらねば、貴公の太刀は真剣ならばたしかにわが頭をぶち割っておった」

「俺です。中心を外れたとはいえ、あんたの太刀は俺の左目に入っていた」

「拙者だと言うとるだろう」

「俺の負けです」

「しつこいのう。拙者だと言うたら拙者なんじゃ、この馬鹿ちん」

「俺ですってば、この頑固親爺《おやじ》」

客間に通された勇太郎と大熊は、たがいに勝ちを譲り合った。だが、それは美しい光景というより、罵声を張り上げながらつかみあいの喧嘩をしているようにしか見えぬ。

「お茶で喉をうるおして、落ち着きくださいませ」

小糸が出した茶を、ふたりは一息で飲みほした。岩坂三之助が感心したように、

「それにしても、尊公の太刀はこれまでわしが見てまいっただれのものよりも力強く、豪快かつ大胆じゃ。まるでその……戦国武者のごとき気概を感ずる。どこで修行なされたか」

「岩坂殿のお言葉、わが意を得たり。拙者は、昨今、剣術が柔脆《じゅうぜい》に堕しておることを憂えておる。いや、剣術だけではない。武士は皆、戦国の世に戻れと唱えておりますのじゃ」

「どういうことかな」

「されば申さん。——もともと武士というものは、武勇をもって主君に奉公し、ひとたび戦起《いくさ》これば武器を取って敵をしりぞけ、命をも惜しまず働くことを潔しとした。とにかく敵に勝つ。それが武士の本分であった。負けたら殺される。主家が滅ぼされる。ゆえに、勝つためにはどんなことでもした。今の剣術使いのように、形を美しく動きをなめらかに、とか、卑怯《ひきょう》なことをせず正々堂々と、とか申していては、たちまち皆殺しにあう。はいつくばっても、転げ回っても、勝てばよい。剣が折れたら枝を振るい、槍が折れたら櫂《かい》で突き、矢が尽きたら石を投げつけ、武器をすべて失《うしの》うても、組み打ちを挑んで、敵の眼《め》をえぐり、首を絞め、股間を蹴り上げる。それこそが戦国の武士と拙者は考え申す」

「ほほう……」

「失礼ながら岩坂殿、戦場《いくさば》では竹刀は使えませぬぞ。白刃と白刃の真剣勝負。せめて木刀を使わねば、侍の魂は教えられぬと拙者は思いまする。怪我を怖《おそ》れていては、なにも身に付かぬ。腕の一本、あばらの三本ぐらい折って、はじめて剣がわかりまする。そうではござらぬか」

「いや……お説ごもっともなれど……」

「また、戦場においては、何カ月も、いや、何年も野陣にて過ごすことがあたりまえであった。山野を住処《すみか》とし、岩を枕とす……それが真の武芸者なり」

まだ三十路《みそじ》であろう大熊だが、まるで戦乱の世を熟知しているような口ぶりである。

「なれど、今は泰平の世にて……」

「泰平？　しゃらくさい。島津家、毛利家をはじめ、外様の諸大名はけっして徳川に心服しておらぬ。それに露西亜《ロシア》や仏蘭西《フランス》、亜米利加《アメリカ》など諸外国はわが国を領土にせんと虎視眈々《こしたんたん》と狙っておる。いつまたふたたび戦乱の世に逆戻りせんともかぎらぬ。そういうときのためにわれら武士は禄をちょうだいしておるのじゃ。拙者は常日頃から、今いる場所が戦場だと思うことにしておる」

「それはよき心がけ。——ところで大熊殿は空腹ではござらぬか」

「はっはっはっはっ。じつは手元不如意でな、数日前からなにも食ろうておらぬ。ひだるう思うておったところでござる。さきほどの試合中も腹がくうくう鳴って、困っておった」

勇太郎は呆《あき》れてものが言えなかった。さっきのあの大暴れぶりは、とても何日も食べていない人間とは思えぬ。

「旅から旅の暮らしを長く続けておると、ときには路銀が尽きて飢えることもござる。と申して、さすがに雨水や泥水をすすり、草や木の実を食《は》む……というわけには参らぬ。そういうときは、このようにして道場破りをすると、うはははは、一宿一飯にありつけるのでござるわい」

どうやら大熊平蔵の目的は、「飯をふるまってもらうこと」だったようだ。それにしては、大げさで荒っぽいやりかたである。

「さようでござったか。もし、当道場でよろしければ、幾何十日でもおとどまりいただいても差し支えござらぬ。その間、門弟たちに貴公の戦国勝手至極流をご教導願えれば、彼らにとっても益となりましょう」

「心得た」

岩坂三之助は、この一言をのちのち激しく後悔することになる。

「膳部の支度をさせましたのでな、ぜひお召し上がりくだされ」

「遠慮のう馳走《ちそう》になりましょう」

「大熊殿は、酒は召されるか」

「酒なら浴びるほうでござる」

「それは重畳《ちょうじょう》」

岩坂が手を叩くと、三人分の膳が運ばれてきた。それを見て、大熊は顔を料理に向けたまま目だけを動かして岩坂をにらんだ。

「これはなんでござる」

「ありあわせのものでござる。口に合いませぬかな」

「ありあわせとな。鯛《たい》の潮煮《うしおに》、かぼちゃと大根の煮物、卵の巻き焼き、イカの木の芽焼き、はまぐりの汁……なんとも贅沢《ぜいたく》ではござらぬか」

「いや、それほどのものでも……」

「贅沢すぎる。さきほど申しあげたるとおり、戦場において武士は粗食を旨といたす。かかる贅を尽くした料理を食べておっては、心がなまり、身体もなまる。失礼ながら、岩坂殿の病も、贅沢料理を食べつけておるせいではあるまいか」

「いや、そのようなことは……」

「ない、と申されるか。かく申す拙者、粗食に粗食を重ねること十年にて、その間、一度も患ったことはござらぬ。さあ、このような虚食は取り捨てて、堅豆かなんぞで一献傾けようではござらぬか」

と言われても、せっかくの料理、取り捨てるというわけにもいかぬ。下男下女がその相伴《しょうばん》にあずかることになり、ただちに片づけられてしまった。勇太郎たちは、やむなく干したカチカチの豆を囓《かじ》りながら酒を飲んだ。

「硬きものを食せば、顎が鍛えられて頑強になりまする」

機嫌良く豆を嚙み砕き、大盃を重ねる大熊に、岩坂と勇太郎はしだいに無口になっていった。

◇

東西奉行所総出による辻斬りの探索は連日怠りなくつづけられていた。ことに月番である西町の与力・同心たちは、口には出さぬが、なんとか自分たちが月番のうちに下手人を捕らえたい、と念じていた。しかし、彼らの必死の努力をあざ笑うかのごとく、辻斬りは凶行を重ねた。十日後、勇太郎が町廻りからへとへとになって奉行所に戻ってくると、門の近くに小糸と藤川正十郎が待ちかまえていた。心なしか、小糸がやつれたように見えた。

「えらいことになった」

正十郎の声はただならぬ調子を帯びていた。

「あの大熊という男、とんでもない野郎だ」

「なにかしでかしたのですか」

「しでかした、というか……」

ふたりが代わるがわる説明するところによると、勇太郎との試合ののちも大熊は一向に発《た》つ気配を見せなかった。道場主である岩坂三之助の「幾何十日でもおとどまりいただいても差し支えござらぬ。その間、門弟たちに貴公の戦国勝手至極流をご教導願えれば」という言葉を真に受けたらしい。よほど岩坂道場の居心地がよかったのか、居着いてしまったのだ。あたりまえのように三度の食事を摂《と》り、客間ではなく、道場の板の間で寝る。布団などは使わない。毎朝、暗いうちに起き、道場や屋敷の拭き掃除を済ませ、神棚にみあかしをあげ、植木に水をやってから、ひとりで激しい稽古に励む。木刀をひたすら振り抜くのだ。一汗かいたころに、ようやく夜が明ける……。

「いかにも武芸者らしい暮らしぶりで、よろしいではありませんか」

「いや、よろしくはないのだ」

大熊は次第に、道場の運営に口を出すようになった。稽古については、流派がちがうので、岩坂の許しを受けずに門人に型を教えることはないが、問題は食事だった。岩坂道場では、通いの門人には昼食が出る。稽古が遅くなったときは夕食も供されるのが決まりだった。小糸の作る手料理は評判が良く、それを食べたいがためにわざと遅くまで稽古をするものもいるほどだ。その料理を見た大熊が怒った。

「これは大名が食うものだ。こんな分限なものを食べているから口がおごり、剣の腕が落ち、ものの役に立たぬなまくら侍ができあがる。武士が常在戦場の気持ちを忘れたらおしまいではないか。食事は人間の根本ではないか。体内から改めていかぬと、真の心を宿すことはできぬ」

小糸はしかたなく、

「では、どのようなお食事を出せばよろしいのです」

「拙者が献立を整えてさしあげる。今日からはそれを出しなされ」

かしこまりました、と答えるほかなかった。

「おもしろそうではありませんか。どのような献立なのです」

「それがだな……」

大熊が整えた献立というのは、つぎのようなものだった。

・ゴボウをぶつ切りにして醤油で煮たもの（砂糖は使わぬ）
・カチカチのイワシの干物を、麦飯に載せて、水をかけたもの
・干し柿

「三食がこれではやりきれぬぞ」

「身体には良さそうですね」

「それだけではない。飯は黒米（玄米）か、黍《きび》、稗《ひえ》、粟《あわ》などの雑穀にペンペン草を入れて炊く。もそもそして食えたものではないが、戦国ではまだまだご馳走のほうだそうだ」

「ほほう」

「あとは、乾した豆味噌、梅干し、それにトウガラシだ。トウガラシをちょっとずつ囓りながら飯を食うのだぞ」

「ううむ」

「驚いたのは、あの男の帯だ。妙な帯だなとは思っていたのだが、里芋のズイキを味噌と酒で煮込み、よく乾かしたものだそうだ。細かく裂いて、しゃぶると少し柔らかくなる。それをしがむとスルメのように旨味が滲《し》みだし、そこですかさず飯を食うのだ。戦場では、荷物を縛ったり、帯にしたりするらしいぞ」

「なるほど」

「それに……これを見てくれ」

「丸薬、ですか？」

「麦粉、蕎麦粉《そばこ》、白玉粉、いりごまをよく混ぜて、酒とともに練って、丸めてからきな粉をまぶしたものだ。兵粮丸《ひょうろうがん》と申して、甲賀の忍びが使《つこ》うたものだそうだ。一粒飲めば、喉の渇きが癒え、三昼夜は歩けるというが……とても喉を通らぬぞ。これを、門人は皆、十粒ずつ携行させられておる」

「すごいですな」

「せめて、米の飯を食わせてくれ、と言うと、生米を渡された。どうやって食うのだときくと、水につけて二刻《ふたとき》もふやかせば、炊かなくともなんとか食えると抜かす。たしかに何十回も噛めば食えぬことはないが、そのあと決まってひどい下痢をする。炊かねば食えぬと言うと、生米を濡《ぬ》らした手拭いで包み、地中に埋めて、そのうえで火を焚く。釜《かま》のない戦場での飯の炊き方だというのだが、焦げたり、生のところがあったりして、とても食えるものではないぞ」

「でしょうな」

「汁でも煮物でも、出汁《だし》をとってはいかんと言う。味付けは醬油か塩のみ。だから、台所には出汁昆布と鰹節が余っておる」

江戸では鰹節で出汁を取るが、上方は昆布を使う。これは、物流のせいや、東西の水質のちがいにもよるのだが、要するに江戸っ子は鰹節の旨味を好み、上方人は昆布の旨味を好むということだ。しかし、大坂でも料理によっては鰹節の出汁を使うこともももちろんあるので、たいがいの家には常備されていた。

「きのうなど、出された飯が饐《す》えた臭《にお》いを放っていたので、これは腐っておると突き返すと、少々腐ったぐらいなら食うべし、腹を下すのと飢えて死ぬのとどちらがいいか、などと言う。あの戦国かぶれめ……」

正十郎の文句を延々と聞かされても、なぜか勇太郎は大熊平蔵を憎む気にはなれなかった。それどころか、親しみすら湧いてくるのだ。とはいえ、通いの門人はともかく、このままでは病気の岩坂三之助と小糸が倒れてしまう。

「それと、どうも気になりますのは……あのおかた、宵の口はいらっしゃるのですが、夜更けになりますと、勝手口からそっと抜けだし、庭を横切り、塀を乗り越えて、どこかへ参るのです。明け方にはかならずお戻りになるのですが……」

勇太郎は目を光らせた。

「拙者がいくら言うても聞く耳を持たぬ。あやつを説き伏せることができるのは、勝負に引き分けたおまえしかおらぬのだ。頼む、勇太郎。道場へ来て、あの時代遅れの石頭をなんとかしてくれい」

道場主の病以来減り続けていた門人だが、残っていたものたちも辞めたいと漏らしているという。そりゃあそうだろう。生米にズイキの縄帯ではやりきれぬ。

「わかりました。出ていってくださるよう頼んでみます」

皆が必死に下手人究明の努力をしているときに心苦しいが、岩亀与力のもとへ行き、暫時《ざんじ》、御用を抜けさせてもらうよう勇太郎が願い出ると、

「その大熊という御仁は生まれる時代をまちがわれたのだな。二百年まえに出生されて

おられれば、国持ち大名にでもなっておられたやもしれぬ」
そう言って笑った。

3

勇太郎がその足で向かった先は、奉行所出入りの酒屋だった。ツケで一斗樽《いっとだる》を購入する。岩坂家に到着した勇太郎は、まずは師匠の病床に挨拶に赴いた。先日とは異なり、岩坂は寝間着ではなく稽古着を着て、机のまえに座っていた。

「お加減はいかがですか」

「悪くはない」

岩坂はにこりと笑い、

「おととい、おまえの叔父上、赤壁傘庵先生が来られた。先生の見立てでは、わしの腫れ物は、今の本邦の医者では完治させることはできぬ、とのことであった」

「叔父がさようなことを……」

「ただ、治すことはむずかしいが、蘭方の薬を用いれば、病の進み具合を遅らせることはできるそうだ。先生の治療を受けて以来、ここ数日は気分もいいし、身体を動かすことも苦にならぬ。あのひとは名医だな」

「恐れ入ります。——ところで、大熊平蔵殿のことですが……」

「はははは。かなり癖は強いが、あのおかたもおもしろいぞ。諸国を遍歴しておられるだけあって、わしの知らぬいろいろなことを教えてくれる。なにか隠しているようだが、そのあたりはいくら鎌を掛けても話してくれぬな」

「なにか後ろ暗いことでも……」

仕事柄、勇太郎がまっ先に思い浮かべたのは、故郷で人殺しなどを犯して追われている、いわゆる「凶状持ち」ではないか、ということだ。さいぜん、小糸から聞いた話も耳に残っている。

「それはなかろう。あのおかたの目は一途《いちず》に澄んでおる。悪人ならば、わしにはすぐわかる」

「はい……」

「とは申せ、そろそろご出立願わぬと、うちの道場に閑古鳥の巣ができてしまう。商売あがったり、というやつじゃ。わしからは言いにくいゆえ、おまえからその……うまく言うてもらえぬか。けっして失礼のないようにな」

「承知しました」

勇太郎は一礼して、道場へ向かった。大熊の銅鑼声《どらごえ》がびんびんと聞こえてくる。

「遅れるなあっ！　もっと敏速に。休むなあっ！　戦場に休息があるか。それそれそれ、後ろから軍勢が追ってくるぞ。とまったら串刺しにされるぞ。機敏に機敏に、足をとめるな！」

怒号のようなその声が大きくなってくるにつれ、勇太郎はどんどん気が重くなってきた。平蔵の声から、不器用ながらも門人たちになにかをわからせたい、という純粋な気持ちが伝わってきたからだ。

「そうじゃ……そうじゃ！　もそっと速く……もそっと速くじゃ。速く速く速く速く速く……！　いいぞいいぞ、やり抜いたら干し飯《いい》を食わしてやる！」

その言葉が聞こえた瞬間、道場からひとりの若い門弟が汗みずくで飛び出してきて、

「いらぬ！　私はもう辞める！」

憤然として玄関へと向かっていった。すれちがいざま、勇太郎に、

「村越殿も辞めたほうがいいぞ。こんな馬鹿げた……」

あとは言葉にもならなかった。勇太郎が代わりに道場に入っていくと、

「おお、村越。貴公が来るのを待っておった。さあ、稽古いたそう」

「今、山田が出ていきましたが……」

「またひとり辞めてしもうたわい。はっはっはっ……なれど、常在戦場の要諦《ようてい》をわからぬものは辞めたほうがよいのだ。ささ、稽古を……」

「そのことですが、大熊殿、今日は話があってまかりこしました」

「話？　戦国の話か」

「そうではありませぬ。大熊殿がご推奨されておいでの、『戦国食』のことです」

大熊は苦い顔をして、

「説教か？　わかった……藤川に頼まれて参ったのだな」

「そうではござらぬが……」

「飲もう」

「え？」

「貴公、酒を持参したはずじゃ」

「わかりますか」

「匂いがする。その酒を飲みながらであれば、尊公の話を聞こう」

「俺もですか」

「酒はひとりで飲んでもうまくはない。酌み交わすことこそ酒の身上じゃ」

勇太郎はためらった。このあと奉行所に戻らねばならぬ身の上だ。しかし、大熊は一度言い出したらきかぬだろう……。

「承知しました。飲みましょう」

「うむ」

勇太郎は、台所に置いてあった酒樽を運んできた。一斗樽だ。平蔵は、欠けた、大きな茶碗がふたつと、肴として小皿に入れた豆味噌を支度した。栓を抜くと、馥郁《ふくいく》とした木香があたりに漂い勇太郎の喉がぐぐと鳴った。勇太郎は、平蔵の茶碗に酒を注いだ。

「ま、一献」

「かたじけない」

ふたりは飲んだ。

「うーむ、貴公、若いがよい飲みっぷりだの。近頃のやつらは、ちびちび舐《な》めるようにして舌で酒を味わうが、わしらはがぶがぶ飲んで喉で酒を味わう。酒は、喉ごしじゃ。犬のように舐めておっては、良さがわからぬ」

「御意」

茶碗が大盃となり、大盃が一升枡《ます》となる。

「うむ、おもしろい。貴公、おもしろいのう」

「そういう大熊殿こそおもしろうござる」

「拙者も諸国をへめぐり、身分の高下を問わず、また老若男女を問わず、いろいろな人物に会うてきたが、貴公のように話のあう相手は久しぶりじゃ。さあ、飲め……飲め！」

「飲んでおります。大熊殿こそ飲みなされませ」

「拙者も飲んでおるぞ。飲んではおるが……酔うておらぬ！　大海が酒で満たされているならば、一滴もこぼさず、一気呵成《いっきかせい》に飲み干してしまえるほどじゃ。うははは……うはははは」

「俺も、箕面《みのお》の滝が酒ならば、滝壺《たきつぼ》に陣取り、うえを向いて大口を開け、すべてを腹中におさめられるほどでござれば」

「だな」

「ですね」

わははははは……とふたりは笑いあった。勇太郎は、大熊の背中をぺしぺし叩き、

「世の中に美味いもの数あるに、なにゆえ粗食を好み、また他人に強いるのです。限りある人の一生なれば、不味《まず》いものより美味きものを食べたほうが楽しくもまた愉快ではござらぬか」

「美食・飽食は身体を壊し、心をたるませる。そうなったら楽しくもなく愉快でもなかろう」

「たしかにそうかもしれません。なれど、戦国の世にあっても陣中以外では皆、それぞれに工夫してできるだけ美味きものを食うていたはず。でないと、滋養が足らず、病にもなりかねませぬ。大熊殿も、毎日戦国食というのは行き過ぎではありませぬか。たまに美酒珍肴《びしゅちんこう》を口にするのも、心身の疲れを取ることにつながるのでは?」

「大きなお世話じゃ。放っておいてくれ。——さあ、もう一献。行け、ぐっと行け」

「いただきます。この豆味噌というのは、存外美味きものですね。今度、母に作ってもらいます」

「村越殿は嫁女はおられぬのか」

「はい、母と妹と家僕の四人暮らしです。大熊殿は……?」

「拙者か。拙者は……」

なにか思いがこみ上げてきたらしく、大熊は泣き出した。泣き上戸なのかもしれない。勇太郎は熊が泣いているのを見たことはないが、もし熊が泣いたらこんな風だろうと思われた。

「どうなすったのです」

「いや……すまぬ。拙者もいろいろあってな」

「よかったらお話しくださらぬか」

「他聞をはばかることゆえ……」

「よいではござらぬか。われらは試合で雌雄を決し、また、こうして酒を酌み交わした身。隠し事はなしにいたしましょう」

「そ、そうか……ならば聞いてくれ」

泥酔した大熊の話を聞いて、勇太郎は驚いた。大熊平蔵は凶状持ちどころか、仇《かたき》を追う身の上だったのだ。

某大名家に仕える大熊の父親はたいそう義太夫《ぎだゆう》が好きだった。贔屓《ひいき》の太夫を呼んで聴いているだけでは飽きたらず、そのうちみずからも語るようになった。とんだ「寝床」だが、意外なことにこれがかなり上手い。生来の素質があったものとみえ、師匠のもとで大熊の父はみるみる上達していった。そうなると病膏肓《やまいこうこう》に入《い》るとやらで、朝から晩まで唸《うな》っている。いくら泰平の世の中とはいえ、主家のある武士が稽古事、それも義太夫に凝っているというのは聞こえもよくないが、いくら周囲がいさめても本人は聞かぬのだ。

同じ家中に、島村十七郎《しまむらじゅうしちろう》という若侍がいた。彼が、大熊の父に輪をかけたような義太夫好きで、独身で身軽なのをいいことに、ひたすら稽古に打ち込んでいた。芸へののめり込み方は島村のほうが激しく、いずれは主家を辞して本職の義太夫語りになりたいとまで言い出すほどだったが、その筋の良さは師匠である太夫も認めていた。年の差はあれ、同じ芸能に趣味を持つ大熊の父と島村はたいへん懇意で、よくたがいの屋敷を行き来しては聴きあったり、批評しあったりしていたという。大熊の父も日頃、

「島村は若いが話せるやつだ。わが家中に、わしと気が合うものはあの男しかおらぬ」

などと家族に言っていた。

大熊平蔵は、島村十七郎と同い年であったが、侍のくせに武芸の修行もせず、来る日も来る日も芸事の稽古ばかりしている自分の父親が大嫌いだった。また、男女の人情だ

の愛欲だの心中だのを一大事のごとく取り上げる義太夫節も大嫌いだった。

「拙者が、戦場こそ武士の生きる世界と考え、武士が軟弱に流れる昨今の気風を毛嫌いするようになったのは、わが父への反発なのじゃ」

平蔵はそう言った。とにかく父親にも義太夫にも、唾棄《だき》するほどの嫌悪を覚えていたという。

しかし、ある日、事態は急転した。島村十七郎が大熊の父親を斬り殺して逐電《ちくでん》したのだ。しかも、その理由が「芸のうえでの諍《いさか》い」ゆえだという。あまりに情けなく、また虚《むな》しいことではあったが、大熊家当主である父を殺されて、そのままというわけにはいかぬ。敵討ちをせねばならぬのだ。大熊の家族は主家に敵討ち願いを出し、受理された。大熊平蔵は島村十七郎の行方を追って、翌日、旅に出た。十七郎を捜しだして討ち果たさねば、主家への帰参が叶《かな》わぬ。大熊家は断絶してしまうのだ。もともと大熊の父の家中での風当たりはたいそう悪かった。芸事に熱心すぎて、奉公がおろそかになっているというのだ。そこへ、「芸のうえでの諍い」のせいではるかに年下の相手に殺されてしまい、評判は地に落ちた。大熊平蔵のことを「あやつは、義太夫の仇を討ちにいくのだ。義太仇《ぎだがたき》じゃな」と陰口を叩いた。はじめのうちは親戚などからもふんだんに費用が渡されていたが、すぐに途絶えた。というのも、主君が大熊の父親に「不快」を示しているのだという。

「武士たるものが柔弱な遊芸にうつつを抜かしたあげく、家中法度《かちゅうはっと》の喧嘩口論いたし、ひとりが死に、ひとりが逐電とは……風紀が乱れておるのではないか」

と重役たちを呼んで叱りつけたらしい。大熊の親戚たちも、表だっての援助ができなくなってしまった。殿さまの逆鱗《げきりん》に触れては一大事だからである。

こうして大熊平蔵は、路銀にもことかくようになり、必然的に「野に伏し、山に寝」ざるをえなくなった。戦国流の荒々しい剣法や暮らしぶりにこだわっているのは、自分は武士として柔弱ではない、という主家に対する意思表示でもあるが、貧窮によるやむをえぬ選択でもあったのだ。空腹のあまり、雑草や木の皮を食べたこともあった。しかし、敵討ちの旅をやめるわけにはいかぬ。おめおめ国もとに帰ることもできないし、なにより家が取り潰され、大熊家の全員が路頭に迷うことになる。草の根分けてでも島村十七郎を見つけねばならない。長年の辛く苦しい旅暮らしの末に、大熊が会得した「知恵」がある。飢えたとき、また、野宿が続いて身体がガタガタになったとき、剣術の道場を見つけて他流試合を申し込む。いわゆる道場破りである。勝つときもあれば負けるときもあるが、それでうまくきっかけを作れれば、しばらくのあいだ食事と寝床にありつける。

「岩坂殿の道場に参ったのも、腹と背中がくっつきそうになったゆえだ。ひもじさで目眩《めまい》がしたことがあるか」

「ありませぬ」

勇太郎は、生まれてから今まで、「ひもじい」と感じたことはない。どんなに腹を空かしていても、家に戻ればかならず食事が支度されていた。

「さいわい岩坂殿に気に入られ、思いの外の長逗留《ながとうりゆう》になったが、そろそろ出立せねば、とは思うておった。門人もかくのごとく減らしてしもうたしのう」

大熊は頭を掻き、

「いかんとは思うのだが、悪い癖でな、贅沢な食い物を見ると、つい口を出してしまう。岩坂殿と小糸殿にも迷惑をかけた。本日中には出ていくゆえ、よろしくお伝え願いたい」

「心得ました」

ホッとする反面、勇太郎は大熊が不憫《ふびん》になった。

「大熊殿、その島村十七郎なる仇の手がかりはござるのか」

「うむ……」

大熊の表情が陰りを帯びた。

「京から三十石で大坂に向かったところまでの足取りはつかめておる。まだ大坂のどこかに身を潜めておるだろうと思い、毎日、市中をくまなく廻って、彼奴《きやつ》が隠れておりそうなところをひとつずつ潰しておるが、いまだ尻尾《しつぽ》も見えぬ。もしかすると、すでに大坂にはおらぬのではないか、とも思えてきた」

大熊が夜更けに、こっそりと他出していたのは、仇を捜していたのだ。辻斬りとは無関係だった。

「俺は町奉行所の同心です。今、ある一件のために、西町・東町総出で市中探索をしています。そのついでに、と申してはなんですが、大熊殿の仇の居所をつきとめることもできるのではないかと思います」

「それはかたじけない。よろしくお願い申す」

大熊はぺこりと頭を下げた。

◇

「それは困る」

岩亀三郎兵衛は、勇太郎のまえで苦い顔をした。勇太郎のうしろには、大熊平蔵が顔面を畳にこすりつけ、平目のようになって平伏している。

「われらは下手人を血眼で捜しておる最中じゃ。大熊殿の仇は、あくまで私事なり。公の職務を遂行するかたわら私の探索を行うわけにはいかぬ。公私混同は許されぬぞ」

鶴ヶ岡雅史が横合いから、

「たしかに私事ではあるが、同情すべき点も多い。それに、大熊殿は『ついでに』と申しておられる。下手人を探している途上で、その島村十七郎とやらについてなにがしか耳にしたとき、それを大熊殿にお知らせするぐらいはかまうまい。武士は相身互《あいみたが》いではないか」

「これは異なことを……。それがしとて大熊殿の仇討《あだう》ちに助力したい気持ちはある。なれど、公の……」

「貴公は頭が固すぎる。大熊殿のこれまでのご苦労を思うと、手助けしたいと思うのがあたりまえではないか。なにも、探索をやめて、仇を捜せと言うておるのではない。それを公私混同だのなんだのと……」

「なに？　貴公はそれがしが大熊殿のご苦労をわからぬ犬侍だと申すのか。わかったうえで申しておるのだ」

「わかっておるなら、黙って加勢すればよかろう。善人ぶって団子理屈を並べるな」

「なんだと？　もう一度申してみよ」

両者の喧嘩はいつものことなので勇太郎は放っておいたが、平蔵がおろおろして、

「ご両所、拙者のために揉《も》めないでくだされ。わかり申した。村越殿のお言葉に甘え、このことやってまいったが、拙者があさはかでござった。なるほど、敵討ちは私事なり。公の力を頼ってはなりますまい。ご両所の温かいお気持ち、ありがたくちょうだいいたす。それでは御免」

大熊が立ち上がろうとしたとき、

「待たれよ」

与力溜まりにのっそりと入ってきたのは、奉行大邉久右衛門であった。その人間離れした威容に、大熊平蔵はふたたび平伏した。

「亀の申すこと、もっともである。仇討ちは私事である。討つもの、討たれるもの、双方に言い分あり。奉行所がその片方のみに加担するわけにはいかぬ」

岩亀が「どうだ」という顔で鶴ヶ岡を見た。

「とは申せ、われら、市井《しせい》のものごとを裁かねばならぬものにとって、杓子定規《しゃくしじょうぎ》に考えすぎるのも禁物じゃ。鶴の申すことにも理あり」

今度は鶴ヶ岡がにやりとして岩亀を見た。

「岩坂道場を出てしまうと、大熊殿の住処がのうなる。大熊殿はしばらくわしの役宅に住まわれて、仇を捜してはいかがかな。それぐらいならよかろう。――のう、亀」

「はっ、よき思案かと思いまする」

岩亀与力が頭を下げた。大熊平蔵は感涙にむせび、

「そりゃ、まことでござるか」

「おう、武士に二言はない。仇が見つかるまで、いつまででもご逗留なされよ」

「ありがたき幸せ……」

「なんの、これぐらい。わははは、ではははは」

久右衛門は芝居がかりで目を剝《む》き、大いに満足げであった。ひとに恩を売って、内心得意なのである。

「これで話は決まった。あとは、下手人を一同力を合わせて捕らえるのじゃ。よいな」

全員がかしこまった。

◇

「よろしゅおましたなあ」

勤めから帰ってきた勇太郎に茶をすすめながら、すゑが言った。

「大熊はん、ゆうおかたも、お奉行所に住めることになって、これで気兼ねのう仇を捜せますなあ。人間、食う寝るところに住むところ、ゆうて、衣食住が根本ですさかい」

「それが……そうでもないのです」

勇太郎がかぶりを振ると、

「なんのことですのん？　わてにも詳しゅう教えとくなはれ」

遊びに来ていた綾音が言った。あれ以来、綾音は、なにかと用事を作っては村越家を訪れるようになっていた。すゑと示し合わせている風も見受けられる。

「いや……これは武家の内々のことですから」

「ええやおまへんか。わて、勇太郎さんのかかわってることやったら、なんでも知りとおますねん」

「かまへんがな、勇太郎。綾音ちゃんは身内みたいなもんやねんさかい、なんでも教えたげ」

いつ身内になったのだ、と思いながら、勇太郎ははじめからのいきさつを簡単にしゃべったあと、

「それからがたいへんでして……」

はじめのうちは感涙にむせんでいた大熊平蔵だが、すぐに地金《じがね》を表した。つまり、「食事」に文句をつけはじめたのだ。まっ先に彼の槍玉に挙げられたのは、大邉久右衛門の三度の飯であった。

「贅沢すぎまする」

久右衛門が鮭《さけ》の味噌漬けと里芋とかぼちゃの煮物、タコの桜煮、塩昆布、シジミの味噌汁、青菜の即席漬けなどで昼飯を食らっている横で、大熊はずばりと直言した。

「美食は寿命を縮める元凶でござる。それに、もし今が戦国の世であれば、かかる馳走は生涯目にできますまい。ひとの上に立つものは日頃より質素倹約が肝心。始末はまず食事から、と申します。なにとぞご了見なされますよう……」

「ええ、うるさい。質素倹約と申すが、わしはもともと貧乏旗本じゃ。馬は痩せ、家来

も少なく、破れた障子やすり減った畳もそのまま放ってある。金を使うは飲食《おんじき》のみ。飲み食いはわしの唯一の愉《たの》しみじゃ。これを奪うものあれば、わしはそやつと戦をいたす。それに、今は戦国の世ではない。合戦も籠城もない。戦国を生き抜いた武将たちは、かかる平穏な世の到来のために生命を賭したのじゃ。それをわしらが味おうてなにがいかぬ。あと、飯を食うとる最中に横合いからとやかく言われるのが、もっとも身体に悪い」

「いえ、言わずにはおれませぬ。献立の品数が多すぎまする。一汁一菜をお守りくだされ」

「やかましいわい。飯の菜ぐらいわしの好きにさせい」

「そうは参りませぬ。拙者、お奉行にはいつまでもご健勝であってほしゅうござる。料理方に申しつけ、献立を改めさせましょう」

「いらぬ節介じゃ」

「いえ、万事拙者にお任せあれ」

これが一日三度ずつ繰り返されるのだ。さすがの久右衛門も根負けして、カチカチのイワシの干物と黒米（玄米）、それに出汁を取っていない具なしの味噌汁という粗食に甘んじているらしい。

「お頭は、頬がこけたように思われます」

うるさい
贅沢すぎまするぞ

「まあ、おかわいそう。私がそばにいたら、精のつくものをお作りしますのに」

「大熊殿も、半ば意地になって、一日一食、しかも、兵粮丸のみで過ごしておられるとか。このままではお頭も、大熊殿も倒れてしまいます」

「アホなおひとたち」

「仇が見つかるまで、との約束ゆえ、お頭は、一日も早う島村十七郎の居所がわかるよう、毎朝神仏に願掛けしておられるそうです」

「それにしても、これだけ捜しても足跡ひとつ見つからんとは解せませんなあ。島村ゆうひとの人相はわかってますのん？」

「中肉中背で、これといって目立つしるしはありませんが、左目の下に大きなほくろがあるそうです。それと、うえの前歯が一本欠けているとか……」

「そんなひと、ごまんといてはるやろうねえ。前歯は、口つむってたらわからへんし」

「すでに大坂にいないのかもしれません」

「いや……私の勘では、まだ大坂にいてはるわ。それも、びっくりするくらい身近にいてるんとちがうかな」

するが、無責任な推量を口にしたとき、それまで黙って話を聴いていた綾音が、

「あの……」

「どしたん、綾音ちゃん。顔、真っ青やで」

綾音はふだんのおしゃべりに似合わず、しばらく口ごもっていたが、

「わて、そのおかた……知ってるかもしれまへん」

「な、なんやて！」

すゑは叫んだが、勇太郎はすゑ以上に驚いた。

「どういうことです。詳しくお話しください！」

「それが……その……」

綾音の話によると、ひと月ほどまえにひとりの男が入門してきた。小川澄丸《おがわすみまる》と名乗った男は、年齢は三十一、二歳。きちんとした紹介状をたずさえており、膝突き（束《そく》脩《しゅう》）も持参していたので、綾音はなんの疑いもなく弟子に取った。

「町人ですか？」

「髷《まげ》や身なりはそうなんですけど、ときどき侍めいた、いかめしい漢語を使いはるなあ、とは思てたんです。武家奉公でもしてはったんかいな、と思て、気にもとめまへんでした」

澄丸という男は、玄人《くろうと》半分の義太夫語りで、ほかに仕事を持ちながらも、ときおり頼まれて、本職に交じって芝居小屋に出ることもあるという。今度、久しぶりに「寺子屋」を人前で語ることになったので、おさらいの意味で竹本綾太夫の名を持つ綾音のもとに入門したのだという。

「その男が、左目の下にほくろがあったのですか」

「へえ……大きな目立つほくろです。あと、お稽古中に口のなかが見えますねんけど、前歯が欠けてはりました」

まちがいない。勇太郎は興奮して綾音の手をぎゅっと握り、

「ありがとうございます。すぐに大熊殿に知らせにまいります。——で、その小川澄丸という男の家はどちらです」

「それが……」

綾音は下を向き、

「わかりまへん。どこに住んではるか、きいてませんねん」

「えっ！」

ここまで来て、手がかりが途絶えたか、と勇太郎が思ったとき、

「けど……働いてはるところはわかります」

「どこですか」

勢い込んできくと、

「たしか……大西の芝居にいてはるとか……」

勇太郎は愕然《がくぜん》とした。大西の芝居といえば、蛸足の千三が木戸番を務めている小屋ではないか。彼は、さっきすゑが言った、

「びっくりするくらい身近にいてるんとちがうかな」

という言葉を思い出していた。

「あの……勇太郎さん、痛い」

気がつくと、勇太郎はずっと綾音の手を握り締めていたのだ。

「あ、すいません。では、今から奉行所に戻ります。ほんとうに感謝します」

「わても、勇太郎さんのお役に立ててうれしおます」

勇太郎はあわてて履き物を履くと、飛び出していった。頬をほんのり染めて手をさする綾音を見ながら、すゑは、

（あの子が女子はんの手をあないに長いこと握れるとは……）

などと思っていた。

◇

それから半刻《はんとき》もせぬうちに、小川澄丸こと島村十七郎は、身柄を拘束された。岩亀与力は、逃げられぬように大勢の捕り方を差し向けよと命じたのだが、千三が拒んだ。千三は、島村が大西の芝居で義太夫語りをしていると知って、ひっくり返らんばかりに驚き、

「うちの小屋で働いてたのに、まるで気づかなんだ。あまりに情けない。せめてもの罪

滅ぼしに、ひとりで捕まえさせとくなはれ」

と言い出したのだ。彼にも、役木戸としての矜持があった。気持ちはわかるので、勇太郎はそれを許した。千三は、周囲と水盃を交わし、十手を磨き、神仏に祈ってから、決死の覚悟で島村に対峙《たいじ》した。

「澄丸さん」

「はい」

「あんた……評判ええで」

「ありがとうございます」

「耳の肥えた常客が、今度の『寺子屋』、太夫の声に聞き惚《ほ》れた、て誉《ほ》めとったわ」

それは嘘ではなかった。島村の義太夫は、満座の聴衆を連日沸かせていた。

「澄丸さん……あんた、ほんまは島村十七郎いう名前やろ」

そう言うと、

「そうです」

あっさり認め、そのままおとなしく捕捉された。拍子抜けした千三は腰が抜けたようになってその場にへたりこみそうになり、島村の手にすがってなんとか面目を保った。

西町奉行所は、島村十七郎がたしかに本人であることと、大熊平蔵が所持していた仇討ち免状が本物であることを確かめ、その旨を江戸の町奉行所に早飛脚で届け出た。ただちに折り返し返事が来て、大熊の仇討ちは正式に許可された。

岩亀三郎兵衛の吟味に対して島村は、大熊の父を殺したことを認めた。

「芸のうえでの口論において、大熊殿のお父上を殺害いたしました。その場で潔く切腹を、とも思うたのですが、拙者にはやり残したことがある、と思いとどまりました」

「それは、なにか」

「拙者の義太夫はまだまだ未熟。それを磨き、精進し、ひとの鑑賞にたえるまでの芸にしあげること。そのためには血を吐き、熱鉄を飲む修行を重ねねばならぬ。そのために今しばらく命の猶予をいただきたいと考え、逃亡することといたしました」

「武士にあるまじき恥ずかしき行いとは思わなんだか」

「その恥を堪え忍ぶこともまた修行」

「ふむ……」

岩亀は腕を組んだ。芸道の修行というのも、剣術と同じぐらい、いや、それを上回るほどの厳しいものなのかもしれぬ。しかし、それではもはや武士とは言えぬ。

「なれど、ようよう拙者は積年の願いを果たすことができました。もはや今生に思い残すことはござらぬ」

「願いとは……？」

「芝居小屋に出て、玄人衆に交じって、大勢の観客にわが義太夫を聴かせること。皆が喜び、賞賛してくださった。同輩も、拙者を仲間と認めてくれた。これに勝る喜びなし。かくなるうえは、逃げも隠れもいたさぬ。大熊殿と決闘いたすでござろう」

「うむ、よう言うた」

「ただし、これは正式の果たし合いなれば、拙者、大熊殿を返り討ちにすることもありえますぞ」

場所は、西町奉行所の敷地内にある馬場で行われることになった。立会人は、大邉久右衛門と与力・同心衆数名。試合検分役は岩坂三之助、その介添え役として小糸が加わる。検死役として医師も列席している。勇太郎も、関わり合いがあるとして末席に並んだ。

刻限が来て、左右からふたりの武士が現れた。ひとりは大熊平蔵。いつもの蓬髪《ほうはつ》に弊衣ではなく、髪を短く整え、洗いざらしではあるがすっきりした衣服を身につけている。かたや、島村十七郎である。町人髷を侍らしく直し、義太夫を唸っていたときとは見違えるような、凜《りん》とした姿だ。

あいだに立った岩坂三之助が、双方に注意を与えたあと、

「はじめ！」

よく通る声で決闘の開始を告げた。出会い仇ではないので、講釈にあるような、

「ややあ、島村十七郎。わが父を討って逃亡した卑怯未練の腰抜け武士。ここで会う

たが百年目、盲亀《もうき》の浮木《ふぼく》、優曇華《うどんげ》の花咲く春の心地して、いで尋常に勝負勝負」
「勝負などとは片腹痛い……」
などという見得《みえ》の切りあいはしない。たがいに剣を抜き、ふつうに勝負がはじまる。
大熊と島村は、真剣を構えあい、間合いをとって相対した。
「いざ……」
「いざ！」
切っ先を下げて無形《むぎょう》に構えた島村に対して、大熊は大きく上段に振りかぶっている。
しかし、「侍に戻った」島村の全身にはぴりぴりするような辛い「気」が横溢《おういつ》している
のに、大熊からはなぜかいつもの覇気が感じられない。勝負は、島村が一方的に斬りた
て、大熊が防戦にまわる展開となった。攻めるのが身上の大熊が、今日はずっと後退し
つづけている。
「なんじゃ、あれは」
床几《しょうぎ》に腰をおろした久右衛門は苦虫を噛みつぶしたような顔で、膝に立てた扇子に顎
を乗せていたが、とうとう大熊が尻餅をつき、弱々しく剣を振り回して島村の攻撃を防
ごうとしているのを見て、
「おい……喜内」
小声で、端に控えていた用人に声をかけた。

「はい……?」

「あやつ、どうなっておるのだ。戦国の荒くれ剣法は忘れてしもうたのか」

喜内はため息をつき、

「意地を張って、毎日、兵粮丸一粒で過ごしておられたために体力が極度に落ちておられるのです」

「馬鹿じゃな」

「馬鹿ですな」

島村は剣を右手で逆手に持ち、大熊にのしかかるようにして、その喉を狙っている。大熊はそれをはねのける力も残っていないようだ。剣先から逃れようと、血の気のない白い顔をそむけている。しかし、剣の先端は今にも突き刺さりそうだ。ほんの一瞬の力の均衡が崩れたら、ずぶりと切っ先は喉を貫き、大熊平蔵は絶命するだろう。勇太郎は思わず知らず腰を浮かし、手に汗を握っていた。そのとき、久右衛門が喜内になにやら耳打ちするのが、勇太郎の目に入った。喜内はうなずくと、軽い足取りで奉行所のなかに入っていった……かと思うとすぐに引き返してきた。手にはなにやら茶色い物体をつかんでいる。

「寄こせ」

久右衛門はそれをひったくると、床几から立ち上がった。のしのしと馬場中央に

進むと、制止しようとした岩坂三之助を振り切り、その茶色いものを大熊平蔵の口に、むりやりねじ込んだ。平蔵は、あまりに突然のことで、嘔吐《おうと》しそうになったが、久右衛門はぐりぐりとそれを突っ込む。やむなく平蔵はその物体を嚙みちぎり、咀嚼《そしゃく》し、嚥下《えんげ》した。一方の島村十七郎も生死を賭けた果たし合いの最中に、わけのわからないことが起きたので仰天したが、久右衛門が床几に戻ったので気持ちを切り替え、

「邪魔が入ったが……この勝負、拙者の勝ちだ」

そう叫んで、今ひとたび刀を振り上げ、振り下ろした。だれもが大熊の死を疑わなかった。ところが、大熊平蔵は両眼をさっきまでの倍ほど見開いた。その目には、野獣のような光が蘇《よみがえ》っていた。

「拙者……大熊平蔵だあっ！」

皆がわかっていることを奉行所の外にまで聞こえるような大声で絶叫すると、島村十七郎の鳩尾《みぞおち》に足をかけ、跳ね上げた。

「ぎゃっ」

島村は悲鳴とともに上体を起こした。よほど痛かったのか、白目を剝いている。大熊はすばやく島村の身体の下から抜け出すと、相手が立ち上がろうとしたところに体当たりを食らわした。今度は島村が尻餅をついた。大熊は島村に飛びかかり、右に左に斬り立てた。

「うがあああっ！」

大熊は吠えた。彼の全身から凄《すさ》まじい精気が放散されているのが、勇太郎には、陽炎《かげろう》のように見えた。

（戦場だ……）

勇太郎はそう思った。島村は、馬場の隅にまで追いつめられ、

「ま、ま、参った！」

そう叫んで、刀を捨てた。

「勝負あった」

岩坂三之助が、大熊に向かって右手を差した。島村十七郎は、大熊のまえに座して首を伸ばし、

「拙者の人生に悔いなし。さ、首を討たれよ」

公の敵討ちであるから、とどめを刺さねばならぬ。大熊は作法通り、小刀を抜いて島村の左胸を刺した。検死役の医師が駆けつけ、島村がことされたことを確認した。

「ご本懐……おめでとうござる」

岩坂の言葉に、大熊は号泣した。大邉久右衛門は立ち上がり、

「天晴《あっぱ》れじゃあっ」

扇子を広げて大熊をあおいだ。その扇子には、大海原を泳ぐ鰹の絵とともに「勝男武

士」という言葉が墨痕淋漓《ぼっこんりんり》と書かれていた。大熊は久右衛門に一礼し、決闘の場をあとにした。

ほどなく、奉行所内の一室でささやかな祝宴が催された。臨席者は、久右衛門、大熊平蔵のほか、岩亀、鶴ヶ岡の両与力、そして、勇太郎である。その場に並べられているのは、大熊好みの質素な膳であった。大熊平蔵は、

「なにもかもお奉行のおかげでござる。——先刻、拙者の口に投じたるもの、あれは……鰹節でござるな」

「さよう」

「それまでは身体に力が入らず、太刀も重とう思えておりましたが、鰹節を咀嚼し、飲み込むやいなや、全身に気力体力がみなぎり、底のほうからなにやら燃えたぎるような熱情が湧いてまいりました。これはどういう……」

「貴殿は、戦国の世に詳しいわりに、知らぬのだな。鰹節は、古来、戦場における武士の兵粮として珍重されたが、それは疲労を回復する効能があるゆえだ。あの天下のご意見番大久保彦左衛門も、合戦のおり、食事を摂るひまがなく、疲労困憊《ひろうこんぱい》したときには、帯に挟んでおいた鰹節をそのまま囓《かじ》ったらしい。すると、みるみる力が湧いたという。これは、かの『三河物語』にも書かれておることじゃ」

「そうでしたか……」

「大熊殿、戦国の質素な食事もけっこうだが、度が過ぎると力が落ちることがおわかりか」

「身に染みました」

「それに、美味い飯はひとの気持ちを浮き浮きとさせ、明日への活力を沸き立たせるものじゃ。また、わざと不味くすることはない。同じ材料でも、いかにすれば少しでも美味く食えるかを工夫するのが、食材への供養にもなる」

「ご教導、感謝いたします。これからは、とやかく申さず、質素なものも贅沢なものも等しく味わいたいと思います」

「そうか。それを聞いて安堵した。——喜内！」

久右衛門が手を叩くと、障子が開き、べつの膳部が運び込まれてきた。そこには、目を見張るような豪奢《ごうしゃ》な料理が並んでいた。鯛の刺身、戻り鰹の平造り、生節《なまりぶし》と生姜と焼き豆腐の炊き合わせ、だし巻き卵、アナゴと瓜《うり》の塩もみ……室内は歓声で満ちた。勇太郎も、ごくりと唾を飲み込んだそのとき、大熊が言った。

「ところでお奉行……ひとつ言い忘れていたことがござる」

「なんじゃな」

「拙者、辻斬りに会《お》うたのでございます」

「な、なに？」

その言葉には、いあわせた岩亀与力をはじめ、皆があっと言った。

◇

大熊平蔵の話はこうだ。岩坂道場に寄宿していたころ、島村十七郎の居場所を捜すため、連夜、塀を乗り越えて、あちこち歩き廻っていた。そんなある夜、板屋橋《いたやばし》を渡っていると、向こうからひとりの武士がやってきた。深夜だったのでいぶかしく思ったが、すれちがうとき、相手の身体からおびただしい殺気が放たれていて、ぎょっとした。思わず太刀の柄《つか》に手をかけると、一旦行き違ったその武士が後ろ向きのまま跳躍し、頭上を反転しながら必殺の一撃を浴びせてきた。普通なら、しりぞきながら抜き合わせるところだが、戦国流の大熊は、逆に、相手に向かって突進した。これには辻斬りも驚いたらしく、苦笑いを浮かべながら欄干に立ち、

「向こう見ずにもほどがある。馬鹿には、剣術は通用せぬか……」

そううそぶくと、あとをも見ずに走り去ったという。

「なにゆえ、もっと早う言うてくれなんだ」

岩亀が文句を言うと、

「相済まぬ。仇を捜して夜半出歩いていることを、岩坂殿や小糸殿に知られたくなかったのだ」

「それにしても、先日、奉行所に参られた折には教えてくれてもよかったのでは……」

「拙者、ご一同が捜しておられる相手が辻斬りだったとは知らなんだのでござる」

皆はあまりの呑気《のんき》さに唖然《あぜん》として声もなかった。気を取り直して岩亀が、

「どのような面体《めんてい》か、覚えておられるか」

「そう……鼻を横切るように刀傷がござった。あれは、剣の道に熱中するあまり、おのれの工夫した新しい技が他の侍相手に通用するかどうか試したくなった、頭のおかしい剣術使いでありましょう。世間に流布するあらゆる流派を統《す》べあわせて、自己の一派を立てようと……そんな目論見《もくろみ》を感ずる太刀筋でした」

それを聞いた瞬間、勇太郎は膳をひっくり返していた。

◇

ただちに与力・同心たちに率いられた捕り方が道場に急行したが、その侍はすでに道場を辞めていた。勇太郎はなぜか、近いうちにその辻斬りが板屋橋でもう一度事件を起こす、という確信があった。しくじったのは、唯一、板屋橋でのみだ。勇太郎は、千三とともに毎晩、板屋橋に張り込んだ。

（やつは戻ってくる。鰹が、かならず戻ってくるように……）

戻り鰹を待つ漁師のように、二人は網を張った。

三日目の明け方、彼は手柄を立てた。

（注）鰹節の旨味成分のもとであるイノシン酸は、細胞を活性化し、新陳代謝をうながすという。また、ペプチドが疲労回復に役立ち、集中力を高めるという。トリプトファンが生成するセロトニンは、自信をもたらす効果があるという。

第四話

絵に描いた餅

1

「邪魔するで」

餅をこねていた男は、その声に顔を上げた。

「ああ、あんたかいな。今日は……おまへんで」

その途端、男は頰を思い切りビンタされた。

「なんじゃい、その言いぐさ。あと十日ほどしたら必ず払うて、おまえが泣いて頼んださかい、今日まで待ってやったんやないか。うちの貸元なめとるんか、おのれは」

「す、すんまへん。あてはあったんやけど、まだ入ってきてまへんのや。もうちょっと、あとちょっとだけ待っとくなは……」

言いかけた男の語尾が口のなかで凍った。喉に匕首《あいくち》が突きつけられていたのだ。

「どういうあてか、言うてみい。ええかげんな話やったら、このドスが喉に穴開けるで」

「そそそ、それはやな……ある男からあることをうまく聞き出せたら、わてに十両くれる、ゆう話がありまんのや」

男はふたたびビンタをくらった。

「嘘《うそ》やおまへん、ほんまですねん。ある男からあることを……」

「なんのこっちゃわからんな。それで、聞き出せそうなんかい」

「それが、口が堅いやつで、なかなか言いよらへんのです」

「わしがガーッと脅したったら、ボロンチョンちゃうか」

「脅しではしゃべりまへん。そういう男ですねん。せやさかい、今、搦《から》め手《て》から攻めとるとこですわ」

「もし、そいつがしゃべらんかったらどないするつもりや」

「そのときは……もうひとつ、ちがうあてがおます」

「ほんまやな。信じてええんやな、その話」

「へ、まちがいおまへん」

匕首の先端が喉から離れた。

「よっしゃ、あと十日待ったろ。今度、金ができてなかったら、おまえ……ほんまにあの世行きやで。貸元も、金が取れんのやったら、ほかの連中への見せしめにバラせ、て言うてはった。わかったか」

「へ、へ、へ、へえ。わかっとりま」

「言うとくけど……逃げ隠れしても無駄やで。草の根分けても探し出す。——邪魔したな」

その場にへたり込んで見送る男の目からは、涙がぼろぼろあふれていた。

◇

「夕方になると、肌寒いほどだんなあ」

御用箱を背負った家僕の厳兵衛が言った。うだるようだった残暑が嘘のように、毎日が過ごしやすくなっていた。

「そうよなあ、厳兵衛、よい季節になった」

その日の夕刻、昼番の勤めを終えた村越勇太郎は、泊まり番のものと交替して西町奉行所を出た。

「厳兵衛……今宵《こよい》はどこぞに寄り道してまいらぬか」

「寄り道でっか。なんぞご用事がおまんのか」

「そうではない。よい時候ゆえ、久々に一献どうだ、と言うておる」

これまでの勇太郎ならば、天満の同心町にある役宅に真っ直《ま》ぐ《す》帰るのがあたりまえだった。家では、母親のすゑが夕餉《ゆうげ》の支度をして待っている。妹のきぬと厳兵衛の四人で慎ましく一汁三菜の膳につく。そのときどきの旬のものをさっと煮付けるか、焼くかしたものを一品、あとは香の物や自家製の佃煮《つくだに》などの保存食が一、二品……それで三菜だ。豆腐か貝の汁がつけば、立派に同心宅の献立となる。

村越家の食卓に、酒はよほどのことがないかぎり供されることはない。庶民にとって酒はそれなりの贅沢《ぜいたく》であり、とくに十両三人扶持《ぶち》という同心の収入では、食べるのがやっとであって、毎晩飲んでいたらただちに首が回らなくなってしまう。しかし、勇太郎はもともと酒好きであるうえ、近頃は新任奉行大邉久右衛門の感化により、なにかにかこつけて、

「月がきれいではないか。ちょっと一杯」

「今日はよく働いた。どこかで一杯」

「喉が渇いたな。うるおしてから帰ろうか」

と言い出す。もちろん料亭などは手が届かぬ。身分相応に小料理屋か入れ込みのある煮売り屋や蕎麦屋《そばや》、しみったれた居酒屋なんぞで、小鉢をいくつか並べて安酒を飲むのだ。

「若、お小遣いはおまんのか」

厳兵衛の問いに勇太郎はぶすっとした顔になり、

「──ない」

「でっしゃろな。こないだ『七福』で散財したとこやおまへんか」

散財といっても、銚子《ちょうし》を四、五本倒しただけだが、それでも同心のふところには相当にこたえる。

「厳兵衛のおごり……というわけには」

「まいりまへん。そないにお給金いただいとりまへん」

痛いところを突かれた勇太郎は天を仰ぐと、

「今日はあきらめて帰るか」

「そうしなはれ、そうしなはれ。このご時世、財布の紐《ひも》はしっかり結わえとかなどもならん」

そう言って行きかけた厳兵衛だが、突然、ポンと手を叩《たた》き、

「忘れてた。わし、奥さまにお使い頼まれてましたんや」

「なんの用足しだ。酒か」

「いえ、菓子でおます」

勇太郎は肩を落とした。酒屋への用事なら居酒をすることもできるが、菓子屋では……。

「ご足労ですけど、若、津村南町《つむらみなみのまち》の『玄徳堂《げんとくどう》』に寄り道いたしまひょ」

津村南町といえば、北御堂《きたみどう》の裏手だが、勇太郎はその店名に聞き覚えがなかった。す

ゑが贔屓《ひいき》にしている菓子屋なら、名前ぐらい耳にしたことがあるはずだが……そんな勇太郎の気持ちを察したのか、厳兵衛が言った。

「本町の劉備堂《りゅうびどう》から分家した若い職人が、去年開いた店ですねん。歳《とし》のわりに腕が良うて、新しい菓子をいろいろ工夫して出すもんやさかいえろう評判でな、奥さまもすっかりお気に入りですのや」

「俺は食ったことないぞ」

「ああいうもんは、若のおらんうちに我々でこっそり……あ、言うてしもた。今日も、こないだ出た『淀《よど》の柳《やなぎ》』ゆう菓子が食べてみたいから買《こ》うてきて、ゆうてお金を預かっとりまんねん」

「そんな寄り道はいやだなあ。どうして俺がおまえの買い物に付き合わねばならんのだ。そういうことは昼のうちにすませておいてくれよ」

「すっかり忘れてましたんや。若、堪忍しとくなはれ」

そう言われるとしかたがない。勇太郎は、

「酒を飲みたいのに、なんで菓子なぞ買いに……」

とぶつぶつ言いながら厳兵衛のあとに従った。

「まあ、そう言いなはんな。若かて、甘いもん、嫌いやおまへんやろ」

自身ではあまりそんな風に思ったことはない。たしかに母親の作るおはぎや桜餅、団子などは好んで食うが、高額な材料を使い、細かな細工をほどこした、いわゆる上菓子の類をみずから欲したことはない。そもそも、アホらしくなるほど高いのである。いくら美味《うま》くとも、それほどの金を投じるならば酒や鯛《たい》を買う。勇太郎がそう言うと、厳兵衛はかぶりを振り、

「たしかに上菓子ですさかい高《たこ》おます。砂糖を使《つこ》うとりますよって、しかたおまへんけどな、大坂のほかの店で買うよりはずっと安いんですわ」

「そりゃあ、人気も出るだろうな」

この時代、上菓子作りに欠かせぬ「砂糖」はかなりの贅沢品であり、庶民の手が届くものではなかった。それゆえ、菓子の多くは砂糖ではなく、甘草から採った蜜や麦芽から作った飴《あめ》などを原料にして甘みをつけていた。塩を加えて「塩餡《しおあん》」にする場合もあった。砂糖を使用した上菓子が高価になるのもやむなしだったのである。商人の町であるここ大坂ではそこまでのことはなかったが、江戸では、上菓子は大名や武家の口にしか入らぬ、とも聞いた。

「それに、若い女子《おなご》はおしなべて甘党やさかい、若もあのお方に買うていったげたらどないだす」

「あのお方……？　俺には、菓子を贈るような女はおらぬぞ」

「あっはっはっ……もう、ようわかっとります。お隠しあるな」

「いったいなんのことだ」

「こないだ来はった稽古屋のお師匠《つしょ》さん、綾音はんでんがな」

「えっ？　ああ、あのひとか」

　じつは勇太郎は、厳兵衛が「あのお方」と言ったときに、さる女性を頭に思い浮かべたのだが、それは綾音ではなかった。

「ば、馬鹿を申せ。あの娘とはなんでもない」

「若、顔が赤《あこ》うなってまっせ。頰は口ほどにものを言うのはほんまだんなあ」

　主従が軽口を叩きあいながら、細い思案橋を渡り、北御堂のほうへ歩いていると、すでに薄暗くなっている裏道から悲鳴のような声が聞こえた。

「こらあ、なにすんのや。やめんかい……お、おい、やめちゅうのに……痛い痛いっ！」

　同時に、なにかが倒れるような音や、ひとがひとを殴っているような音も聞こえてくる。

「おい」

「へい」

　ふたりはそちらへ急いだ。勇太郎は十手を引き抜いている。このあたりは、表通りはともかく、一歩裏へ入ると、昼間でも人通りがなく、追い剝《おは》ぎが出ることもある。

「こないだの連中やな。おまえらどうせ、鷺屋《さぎや》のもんやろ。なんぼどついたかて、こっちは屁《へ》とも思わ……あ、痛い痛い痛い、ものには手加減ちゅうことが……こらあ、腕はやめ。痛《い》たたた、腕が折れる……」

勇太郎は厳兵衛を追い抜き、やっと争いごとの現場に着いた。若い男が地面に仰向けになっている。顔は黒く腫れあがり、鼻や唇から血が流れている。首から長い数珠をかけ、頭を渡り中間《ちゆうげん》風の糸鬢《いとびん》に結った小太りの男が馬乗りになって、右腕をつかんでへし折ろうとしている。若者は左手だけで必死に抗《あらが》っている。その横にふたりの男が立ち、にやにや笑いながら腕組みをして様子を見つめている。

「奉行所のものだ。神妙にしろ」

男たちはぎょっとして勇太郎を見た。十手が目に入ったらしく、若者を襲っていた男もはね起きて、えへらえへらと笑いながら、

「わしら、なーんもしてまへん。ちょっと肩ぶつかって、喧嘩《けんか》になっただけですわ。すんまへんすんまへん」

早口にそう言うと、西横堀のほうへ逃げていった。三人とも、明らかに破落戸《ごろつき》の風体《ふうてい》である。こういうとき、千三か若いものでも連れていれば、すぐさま追いかけて、ひとりぐらいはひっつかまえてくれるのだが、厳兵衛ではそうはいかぬ。逃げたものはあきらめて、勇太郎は倒れている若者を起こしにかかった。

「しっかりしろ、大丈夫か」

「だ、大事おまへん」

若者は腕をつっぱらせて起きあがろうとしたが、右胸を押さえて、へなへなと崩れてしまった。

「お役人さま、わてはなんともないさかい、もう放っといとくなはれ」

「なにを申す。――厳兵衛、だれでもよい。近所の医師を呼んでまいれ」

しかし、厳兵衛は動こうとしない。

「どうした。なぜ行かぬ」

厳兵衛は勇太郎のその問いに答えず、しげしげと若者の顔をのぞきこんだあと、

「あ、あんた、太吉《たきち》さんやないか」

若者は顔をそむけた。殴られたところが腫れ、鬢もほつれてはいるが、顎の張った、男らしい顔立ちだ。高下駄《たかげた》を履き、前垂れをつけている。

「知り合いか?」

勇太郎が厳兵衛にきくと、

「へえ……さっき言うとった、玄徳堂の菓子職人ですわ」

◇

本来ならば、会所《かいしょ》に連れて行き、医師の到着を待つところだが、店が近いということで、太吉は戸板に乗せられ、玄徳堂へと運ばれた。

「あんた、どないしたん！」

飛びだしてきたのは、まだ二十歳《はたち》ぐらいと思われる女房だった。赤ん坊を腕に抱きながら、戸板へ駆け寄り、

「帰りが遅いから案じてたんや。なにがあったん？」

「なんでもないねん。ちょっと喧嘩に巻き込まれただけや」

「えっ、またかいな」

その言葉を聞きとがめた勇太郎が、

「また、とはどういうことだ」

「へえ、うちのひと、こないだも酔っぱらいと喧嘩した、ゆうて、腕に青痣《あおあざ》作って帰ってきましたんや」

「おい……」

太吉がにらんだので、女房は口をつぐんだ。太吉はへらへらした顔を作ると、

「たまたま通りがかったお役人の旦那が付き添うてくださったんやが、おおげさでかなんわあ」

厳兵衛が、

「こりゃ、おおげさとはなんじゃ」

「けど、そうでんがな。わてはこのとおり……あ痛たたた」

腕を回そうとして太吉は顔をしかめた。額に脂汗がにじんでいる。

「あんた、おおげさやないで。その顔……お多福みたいにでこぼこになってるやないか。水で冷やそか」

「じゃかあしい。いらんことするな」

勇太郎は店のなかを見渡した。店構えは小さいが、きちんと整えられた店内には、仕切りのついた木の箱が並び、それぞれに各種の団子、餅菓子、饅頭《まんじゆう》、羊羹《ようかん》、きんとん、きんつば……などが詰められている。どれも安価なものばかりで、一見、庶民が相手の駄菓子屋のようだが、奥の棚には朱塗りの箱が置いてあり、外れた蓋の隙間から、細工も色合いも見事な生菓子数種がのぞいていた。

（ほほう……）

勇太郎は内心舌を巻いた。それらはどれも名工の工芸品とみまがうほどで、甘味にはさほど関心のない彼にもかなりの出来映えだとわかったのだ。

（母上が贔屓というのもむべなるかな）

掃除も行き届いており、埃《ほこり》ひとつない。土間をなめても汚くなさそうだ。しかし、今は御用が先だ。

「さっきのならずものの素性に心当たりはあるのか」

「おまへん。今も申し上げましたとおり、通りすがりの喧嘩でおます。相手がどこのだれやら一向に……」

「嘘を申せ。鷺屋という名前が俺の耳に入ったぞ」

女房が血相を変え、

「あんた、鷺屋はんにやられたんか！　せやさかい、あそことはことを構えんほうがええ、てわてがあれほど……」

「黙ってえ」

ぴしゃりと女房の口を封じると、

「そんなこと言うた覚えございません。お聞きまちがいやと思います。わては、見てのとおり、しがない菓子作りでおます。だれぞに恨まれたり、恨んだり……ゆうこととは無縁にやっております。さいぜんも、本町のお得意先にご注文いただいた干菓子をお届けに行った帰り道、たまたま通りがかったあの三人と、肩が当たった当たらんの言い合いから喧嘩になりました。向こうはいちゃもんをつけて、なんぼか脅しとろ、と思とったんかもわかりまへんが、お役人さまが来てくださったんで、おおきに助かりました」

そう言ったきり、あとは貝のように堅く口を閉ざしてしまった。

「では、訴えるつもりもないのだな」

「毛頭ございませんので」

ようやく近所に住む老医師がやってきて、太吉を診療した。彼の見立てでは、顔の腫れは数日で引くが、右のあばらにひびが入っており、右腕を挫《くじ》いているという。

「右腕は挫いてるだけだっか」

「そうじゃ。薬を塗って、しばらく動かさぬようにすれば治るが……もう少しで折れるところだったろう。相手ははじめから腕を折るつもりだったのではないかな。あばらも腕も、当分は痛むぞ」

それでも、太吉は「ただの喧嘩」と言い張った。

「あんた……腕が折れてなくてよかったね」

女房が涙ながらに言った。

「そやな。もし折られてたら、今度の菓子戦《かしいくさ》も……」

そこまで言って、太吉はあわてて口を押さえたが、勇太郎が聞き逃すはずがない。

「なんだ、その菓子戦というのは」

「なんでもおまへん。同業の催しですわ。——お役人さまも、お忙しいお身体《からだ》のはず。そろそろお帰りにならはったほうがええんとちがいまっか」

とんだ邪魔者扱いだが、勇太郎は言った。

「そうはいかん」

「まだ、なにか」

「母親に頼まれてな、おまえのところの『淀の柳』という菓子を購《あがな》いにきたのだ」

「ええっ、お客さんでしたか。えらいすまんこって」

太吉は起きあがろうとしたが、胸を押さえて苦悶《くもん》の表情になり、横たわったまま、女房に指で指図をした。女房は折箱に、緑色と褐色の二色が渦巻きのように混ざった生菓子を詰めた。菓子の色は、淀川の滔々《とうとう》たる流れの深さと、そこにかぶさるようにして岸辺から垂れる柳の青さを表したものと思われた。

「なるほど、聞きしにまさる見事な京菓子だな」

誉《ほ》めたつもりで勇太郎がそう言うと、太吉はきっとした顔で彼をにらみ、

「これは京菓子やおまへん。そんなしょうもないもんは、死んでも作りまへん」

「京菓子じゃないなら、なんだ」

「大坂菓子だす」

◇

代価を払って店を出た勇太郎に、厳兵衛が言った。

「あれは、なんぞ隠しとりまんな」

「だろうな」

「お縄にしまへんのか」

勇太郎は苦笑して、

「やられた本人が、ただの喧嘩だと言ってるんだから、どうにもなるまい」

「けど、後ろ暗いところがあるんとちゃいますか。しょっぴいて泥吐かせたら、じつは盗賊の頭領やった、とか……」

「おまえは草双紙《くさぞうし》の読み過ぎだ」

「わしは若に手柄を立ててもらいたい一心で言うとりますんや」

「御用のことは俺に任せておけ」

そうは言ったものの、勇太郎も内心、

(これはなにかある)

と考えていた。さっきの様子からして、鷺屋なるものが三人の破落戸《ごろつき》を雇って、太吉を襲わせたのだろう。少なくとも、太吉はそう思っているようだ。そのことと「菓子戦」なるものと、なにかつながりがあるのか……。歩きながらしばらく考えてみたが、もちろんなにもわからぬ。勇太郎は、念のため、上司である定町廻り与力の岩亀三郎兵衛に報《しら》せておくことにした。

「奉行所に戻るぞ」

「へ？　ご帰宅やおまへんのか」

「帰りたいのか」

「上等のお菓子が硬《かと》なったら奥さまに申しわけない、と思いましてな」

「なら、おまえだけ先に帰れ」

「なにをおっしゃいます。天下の町同心に箱持ちがおらん……そんな不細工なことはでけまへん。世間に対して格好が悪い。もちろんこの厳兵衛、どこまでもお供いたします」

「大仰なことを言うな」

北御堂から西町奉行所まで、来た道を真っ直ぐに戻り、厳兵衛を門のところにある従者の控えで待たせておいて、与力の溜《た》まりへ向かった。先刻、岩亀与力は、もう少し調べものをしてから帰ると言っていたので、まだ残っているはずだった。

「ほほう、町人同士の揉《も》めごとか。三人でひとりを襲うとは尋常ではないのう」

まさに溜まりを出ようとしていた岩亀をつかまえて、勇太郎はさっきの出来事を逐一報告した。

「待ち伏せして襲撃されたものと思われますが、当人は頑《かたく》なに認めませせぬ」

「子細があるようだのう。——大坂菓子だと申したか」

「はい。なんのことやらわかりませぬが、京への反感があるような……」

「それはだれしもあることだが……ま、そのあたりを調べてみよ。なにか出てくるかもしれぬ。しばらく玄徳堂から目を離すな」

「かしこまりました。岩亀さまは、玄徳堂の菓子を食されたことがございますか」

岩亀は笑って、

「ははは……甘いものは苦手じゃ。おまえは食うたのか」

「いえ、まだでございますが、なかなかに評判よろしく……」

そのとき、

「ふむ、それは聞き捨てならぬのう」

廊下のほうから破鐘《われがね》のような声が轟《とどろ》いた。知らぬものが聞いたら、激怒しているとしか思えぬ語調だが、そうでないことを岩亀も勇太郎もわかっていた。ふたりは奉行大邉久右衛門に向かって頭を下げた。

「で、どうなのだ！」

性急にたずねる奉行に、岩亀が言った。

「逃げた三名は恨みのあるものでなく、金で雇われた無頼の徒でございましょう。おそらくはまた、再来いたすことと思われますゆえ……」

「馬鹿者が！　わしがきいておるのはそんなことではない。わしは酒も好きだが甘いものにも目がない。雨風《あめかぜ》というやつじゃ。その玄徳堂とやらの菓子、評判がよいとの話だが、どのような評判か、詳しく申してみよ。早《はよ》う……早う申せ」

どんな吟味をも上回る熱心さで、久右衛門はたずねた。こうなると、勇太郎も隠してはおけぬ。

「じつを申しますと、供のものに玄徳堂の菓子、持たせております」

久右衛門の両眼が虎《とら》のように輝いた。

「ほう……それで？」

「もし、その……よろしければ、お頭《かしら》に差し上げても……」

間髪を入れず、奉行が言った。

「そうか、悪いのう。なれど、せっかくのそのほうの好意ゆえ、無にするわけにもいかぬ。それではいただこうかな」

しかたがない。勇太郎は従者の控えまで赴き、奥さまに叱られますという厳兵衛を、お頭の言いつけゆえあきらめよ、と諭し、ふたたび与力部屋まで立ち戻った。久右衛門は、立ったまま急いで折箱の紐をほどきながら、

「生菓子というものは、出来たて作りたてがいちばん美味い。ときが経《た》てば経つほど、硬うなって味わいが落ちる。供に預けたまま放置しておくとは言語道断じゃ。職人にも申し訳ない」

蓋を取って、なかを見る。五つの「淀の柳」は、まだ瑞々《みずみず》しく、しっとりとしている。

奉行は、くろもじも使わず、太い指で菓子をつまみあげると、そのまま大口を開いて、

一口で食べてしまった。

「おおっ……」

奉行の鬼瓦のような顔が、幼いこどものように笑み崩れた。

「近場にかかる菓子屋があったとはのう……これは上塩梅《じょうあんばい》じゃ」

たちまち三つを平らげると、指を舐《な》めなめ、

「そのほうらも、一つずつ食うてみよ。遠慮はいらぬぞ」

あたりまえだ。もともと勇太郎が買ってきたものなのだ。

「では、ちょうだいいたします」

「うむ」

勇太郎と岩亀与力は、奉行にならって、指でその菓子を持ち、ひと囓《かじ》りしてみた。そして、顔を見合わせ、

「美味い……」

勇太郎は、こんな菓子を食べたのは生まれてはじめてだった。指でつかんだ感触はしっかりと固いのに、舌のうえに載せると、ふわっ、とした感覚が一瞬したあと、甘みだけを残して、雪のように消えてしまう。

「まるで、南蛮手妻《なんばんてづま》のようじゃ」

岩亀の言葉に、勇太郎も同感だった。今の今まであった物体が、不意に消える。どこ

へ行ったのかわからない。それとともに、たいへんな心地よさが湧き上がってくる。

「太吉なるもの、天晴《あつぱ》れなる腕前じゃ。わしは惚《ほ》れたぞ。——喜内、喜内はおらぬか！」

久右衛門は用人を呼びつけると、

「今から玄徳堂へ行き、あるだけの菓子を買うてまいれ」

「どうなさるのです」

「知れたこと。わしが食うのじゃ」

久右衛門は、ばん！　と腹を叩いた。

◇

「いやああ、たまの贅沢や思て、楽しみにしてたのに！　厳兵衛、どうゆうことっ」

案の定、母親のすゑは柳眉《りゆうび》を逆立てた。

「ほんまや、朝からずっと、『淀の柳』の口になってたのに、もうっ」

妹のきぬもカンカンで、厳兵衛の胸ぐらをつかまんばかりだった。ふたりとも勇太郎の予想を上回る怒りかたであった。厳兵衛はおろおろして、

「あ、いえ、その、わしやのうて、つまり、若が、その……」

「勇太郎、あんたが悪いんかいな！」

「申し訳ありません。でも、お頭が……」

「なんぼお奉行さんでも、ひとが楽しみにしてるもんを横取りするやなんて、許せまへん。いけずやわあ」

「いえ、横取りではなく、俺のほうから言い出して、差し上げたのです。明日、かならず買ってまいりますから、ご勘弁ください。あ、でも、太吉が働ければ、ですが」

「明日買うて、あんた、たやすう言うけどな、『淀の柳』はひと月に二度しか売りだしがないのや。それぐらい、作るのに手間がかかるゆうこっちゃ。今日を逃したら、半月先まで待たなならんのやで」

そこまで言って、ふと気づいたように、

「あんた、今、なんて言うた？　太吉が働ければ、てどういうことやのん」

するゑの興味が移ったので、勇太郎はここぞとばかりに、今日のできごとについて縷々《るる》述べたてた。するゑは熱心に聴き入っていたが、

「私はそういうことに疎いけど、小耳に挟んだとこでは、菓子屋はん同士もいろいろあるみたいやで」

「いろいろ、といいますと？」

「上菓子は、京の大きなお店が株仲間を作って、江戸や大坂までも牛耳ってるらしいわ」

厳兵衛が思わず口を挟み、

「そら、おもろおまへんな！」

大坂の人間は、京に対して、意味のない敵愾心《てきがいしん》を抱いている。千年にわたってこの国の都であり続け、神社仏閣も多く、帝《みかど》や公家《くげ》が住む地であると京が胸を張れば、大坂人は、

「なにが王城の地や。青もんばっかり食ろうて往生の地じゃ」

「みやげをおみや、ちり紙をおちり、なんでもかんでも『お』を付けたらええと思いやがって、みやげならみやげ、ちり紙ならちり紙と抜かせ。言葉がなまだれてる」

「京のやつらが食うとる魚は塩鯖《しおさば》とアナゴと身欠きニシンだけじゃ。わしらみたいに瀬戸内のぴちぴちした鯛やタコ食うとると、あんなもん不味《まず》うて食えん」

などと怪気炎《かいきえん》を上げるが、すべて言いがかりである。

「母上がご存知のことは、なんでもお教えください」

「うーん……京のお公家はんや京都町奉行さんにも関わりのあることらしいんやけど……」

そう前置きしてすゑが話しはじめたのは、つぎのようなことだった。

京都には、上菓子屋が多い。というより、日本の上菓子屋のすべてが京に集まっている、といっても過言ではない。宮中に菓子を納める禁裏御用の菓子屋をはじめ、近衛家《このえけ》

や烏丸家《からすまけ》などの公家衆、有名な神社仏閣、茶道の家元などの権門が諸行事に用いる菓子を、京の菓子屋が一手に握っているのだ。京の菓子屋が作る上菓子を「京菓子」といって、全国的に珍重された。公儀や各大名家、大商人なども、大事の贈答にはかならずわざわざ京菓子を取り寄せた。

上菓子というのは、白砂糖を使った菓子である。従来、砂糖はそのほとんどを海外からの輸入に頼っており、その代価として莫大《ばくだい》な金銀が国外に流出した。それを憂いた八代将軍吉宗がサトウキビなどの栽培を奨励したことにより、日本での砂糖製造はようやく端緒を開いた。その後紆余曲折《うよきよくせつ》があって、琉球《りゆうきゆう》や土佐で作られる白砂糖（いわゆる和三盆《わさんぼん》）や駄菓子に使われる黒砂糖が大坂の市場に出回りはじめたのは、ほんの数年まえのことである。

「そういえば……」

勇太郎は思い出した。彼が尼崎町の懐徳堂で朱子学を学んでいたころ、師であった儒者中井履軒が常々口にしていたのは、

「砂糖が国を滅ぼす」

という言葉であった。砂糖は高額だが、小児が好む味なので、富家は菓子だけでなくどんな料理にも砂糖を入れる。その結果、こどもが病がちになる。およそ小児の病気の多くは、砂糖の摂《と》りすぎから起こる。履軒はそう主張した。勇太郎が懐徳堂に通ってい

たのはほんの数年だが、そのあいだは菓子など食べようものなら、ただちに塾頭の叱責《しっせき》を受けた。

高価で稀少《きしょう》な白砂糖の使用を制限するため、京菓子屋は「上菓子屋仲間」という株仲間を作り、その数を二百四十八軒に限ることとした。これは京都所司の公認を受けたもので、御所や二条城をはじめ千四百二十四町が焼けた天明八年の大火で一旦は解散したものの、近年再興されたのである。

また、彼らは権威付けのために、中御門家《なかのみかどけ》に大金を上納し、「○○屋能登」「○○屋伊勢」「○○屋河内」といった「大掾《だいじょう》」という官名を受領していた。これは、「餅屋官」とも呼ばれ、正七位《しょうしちい》にあたるという。官位を持たぬ菓子屋が勝手に御所や公家、茶の家元などに菓子を納めぬようにするためである。

しかし、文化の中心が江戸に移ると、江戸の菓子のなかにも優秀なものが現れはじめ、京菓子屋は脅威を感じだすようになった。そこで、京菓子屋は中御門家と図り、二年に一度、役人を江戸に派遣し、中御門家から官名を授かっていない菓子屋を探し出して、むりやり金を払わせて掾国号《じょうこくごう》を受領させた。江戸の上菓子屋を京の支配下に置こうと目論《もくろ》んだのである。

京の菓子屋は、江戸のみならず日本中の菓子屋を牛耳ろうとしていた。もちろん大坂をも。近頃、大坂の上菓子屋に京の中御門家からたびたび召しだしの差紙が来るという。

商売を続けたければ、上納金を払って官名を受けなさい、というのだ。京都所司代や中御門家の権威に屈した店のなかには、言われるがままに金を支払うものもあるという。

「せやけど、わしが豆大福やらかりんとやら買いにいく菓子屋には、そんな妙な名前の店はおまへんけどなあ」

厳兵衛が言うと、するが笑って、

「それは駄菓子屋はんやろがな。私が言うてるのは上菓子屋はんのこっちゃで」

厳兵衛は頭を掻《か》いたが、勇太郎はそのやりとりのなかで「なにか」をつかんだような気がした。

「大きな菓子屋はんは、菓子師、餅師、粽《ちまき》師、煎餅《せんべい》師、道明寺《どうみょうじ》師……職人さんそれぞれに役割を分けてるけど、太吉さんとこはひとりでそれ全部をやってるんやからたいへんなんです。兄上、せいぜい力になってあげて」

妹にそう言われて、勇太郎はうなずいた。

2

翌朝早く、勇太郎は道頓堀の大西の芝居に赴いた。念のため、役木戸の千三に昨夜のことを話しておこうと思ったのである。上演中の狂言は丸本《まるほん》もので「心中《しんじゅう》紙屋治兵《かみやじへ》衛《え》」だった。近松門左衛門の「心中天網島《てんのあみじま》」を近松半二が歌舞伎用に改作した作品……ということをかろうじて勇太郎は知っていたが、観たことはない。昔ほどではないがやはり、心中ものは総じて受けがよいらしい。

千三は木戸にはおらず、代わりに顔なじみの老人が座っていた。

「千三はどうした。今日は休みか」

「座敷で客人と対面《たいめ》してはりますわ」

「そうか。ならば、出直してこよう」

「いえいえ、客ゆうたかて、鳩好《きゆうこう》さんですさかい、どうぞ奥へ通っとくなはれ」

「鳩好？」

「ご存知やおまへんか。松好斎半兵衛《しようこうさいはんべえ》はんのお弟子ですわ」

「松好斎……ああ、絵師の松好斎か」

これもまた勇太郎の明るくない世界である。松好斎半兵衛は島之内に住む浮世絵師である。大首の役者絵で絶大な人気があるが、芝居絵、美人画や相撲絵《すもうえ》も手がけている斯界《しかい》の第一人者であって、勇太郎もその名前には覚えがあった。しかし、その弟子となると一向にわからない。

「けったいなとこおますけど、気さくなおひとでっせ。座敷の場所、わかりまっしゃろ」

勇太郎はうなずくと、芝居小屋の裏口に廻り、なかに入った。道頓堀に面した華やかな表側とちがって、裏側は雑然として汚らしい。通路に小道具や鬘《かつら》、書き抜きなどが散乱しており、そこを大勢の裏方が早足で往き来している。大部屋のまえを通ったが、看板役者の楽屋とちがって、出番の少ない役者たちが半裸の姿でうじゃうじゃと寄り集まっている。小鍋でなにかを煮炊きしている臭《にお》いが漂い、板の間に禁制のうんすんかるたや花札が小銭とともに散らばっており、なんとも不景気な光景だ。

座敷の襖《ふすま》は開け放たれており、話し声が廊下まで聞こえてくる。

「おまはんの絵はうますぎるんや」

これは千三の声である。

「うますぎてどこが悪いかね」

こちらは、聞いたことのない声だ。女声と聴きまがうような甲高さであり、大坂とはちがった訛《なま》りが感じられる。勇太郎は、

「邪魔してもよいかな」

一声かけてから、なかに入った。座敷といっても、床の間があるわけでもなく、畳が敷いてあるだけましの、四畳半ほどの狭い部屋である。そこに千三ともうひとりの男が相対して座していた。かたわらには美濃紙《みのがみ》に描かれた肉筆画が多数積まれている。

「旦那、お急ぎの用件だっか」

千三が腰を浮かしかけたので、

「そうではない。おまえが奥で接客中だというので、出直すと言うと、木戸の爺《じい》さんが、構わぬから座敷へ通れ、と申すのでな、図々《ずうずう》しくあがりこんだのだ。俺がいて不都合はないか」

「わてらは一向に構いまへん。世間話しとっただけですわ」

勇太郎は両刀を腰から外したが、刀架けもないのでそのまま畳に置き、千三が出した座布団のうえに座った。

「まえから話しとる、うちの旦那や」

勇太郎が軽く会釈すると、

「ああ、お奉行所の……」

そう応えて深く頭を下げたのは、まだ二十歳そこそこの若者だ。僧侶のように頭を剃《そ》っているが、童顔なので小坊主のように見える。それゆえか不釣り合いな髭《ひげ》を生やしていて、それがまるで似合っていない。

「布袋町《ほていちょう》に住んでおります、絵師の鳩好と申します。村越さまのことは、いつも千三さんからうかがっております」

「どうせろくなことは聞いておるまい」

そう言いながら、勇太郎は噴きだしそうになるのをこらえていた。「鳩好」とは言い得て妙な名前で、よく見ると目がくりくりしていて、口が突きだしており、鳩《はと》にそっくりの面相なのだ。

「とんでもない。千三さんは、うちの旦那は剣術は強いし、頭も悪うないし、なんで女子にもてへんかなあ、と不思議がっておられます」

「こ、こらっ、鳩好。わてはそんなこと言うとらんで。旦那、ほんまでっせ。わては……」

　顔を真っ赤にして言い立てる千三をよそに、勇太郎はそこに積まれていた絵の一枚を取り上げて、じっくりと見つめた。大首絵である。

「この絵は……？」

　勇太郎が言うと、話題を変えたくてたまらなかった千三が食いついた。

「鳩好が描いた役者絵だすわ。どう思いはります？」

「うーん……」

　それは、今、大西の芝居に出ている二枚目役者嵐祭助《さいすけ》の絵であった。役者の名や狂言名はどこにも書かれていなかったが、それが「心中天網島」の主人公紙屋治兵衛を演じる嵐祭助であることは、歌舞伎にうとい勇太郎にもすぐにわかった。それほど、その絵は実を写していたのだ。まるで本人がここにいて、鏡をのぞきこんでいるかのように、そっくりの仕上がりだった。しかし……あまりにそっくりすぎる。嵐祭助はたしかに二枚目だが、人間の顔は能面ではないのだから「完璧」なものはない。どんな男前でもよく見ると、鼻の孔《あな》が広がりすぎていたり、眉毛が太すぎたり、顎が角張っていたり、逆に細すぎたり、エラが張りだしていたり、唇が分厚かったり、どこかしら欠点があるものだ。そういった欠点も含めて、全体の均衡が取れていれば「美男」といえるわけだが、役者絵というものは欠点は描かず、長所だけを取り上げるのが普通である。しかし、鳩好の絵は、美点と欠点、その両方をひとつも落とさずに描ききっている。顔に粘土を押し当てたような似顔ではあるが、彼の絵を見ていると、実際には描かれていない、その役者の鼻の孔からのぞく鼻毛や、白粉《おしろい》に隠された毛穴、目脂《めやに》、雲脂《ふけ》、耳くそ……といったものまでが頭に思い浮かんでしまう。真に迫りすぎているのだ。

「さっき廊下で、『うますぎる』という言葉を耳にしたが、なるほどそのとおりだな」

勇太郎は率直な感想を口にした。

「下手《へた》すぎてあかん、ゆうのはわかります。けど、うますぎるからあかん、ゆうのは、私は納得でけんのです」

「俺にはよくわからんが、おまえの絵はうますぎて、その役者の姿をなにもかも写してしまう。でも、観るものを心地よくさせるための絵だとしたら、その役者が描いてほしくない部分、贔屓《ひいき》が観たくない部分が描かれていることは心地よいとは限るまい」

「ほな、嘘を描けとおっしゃるのですか」

「絵を観るものを心地よくするための誇張や省略は、嘘ともいえまい」

「………」

鳩好はうなだれてしまった。

「私はこうよりほか描けんのです。役者の顔を、見たまま、そのとおりに描くと、こうなってしまうのです」

千三が横合いから、

「なんで師匠の松好斎先生の画風で描かんのや。おまはんなら、でけるやろ」

「入門してから、毎日毎日、師匠と瓜《うり》二つの絵が描けるよう勉強しました。けど、いつのころからか、そこから外れてしもて……今はどう描いてもこないなるんです」

「役者絵があかんかったら、美人画もあるやないか。女を描いてみたらどや」

「やってみました。でも、おんなじです。評判の美妓《びぎ》や小町娘の絵を頼まれて、似るように描けば描くほど、わてはこんな顔やない、こんな不細工やない、金返せ……て怒られますのや」

勇太郎には、依頼者たちの気持ちがわかる気がした。依頼人が望んでいるのはありのままを描いてもらうことではない。少しでも美しく描いてもらうことなのだ。

「おまはん、腕はある。それは認める。けどな、その絵では注文はないやろなあ。うちもすまんけど、おまはんに看板描いてもらうわけにはいかんわ」

千三にとどめを刺されるようにそう言われて、鳩好はがっくりと肩を落とした。しかし、いつものことなのか、千三は気にもとめる様子はなく、

「旦那のご用事はなんでしたかいな」

席を外そうとする鳩好を押しとどめ、勇太郎は菓子屋の太吉が襲われた件について話した。そのとき、『淀の柳』の美味さについて、ついつい熱弁を振るってしまった。

「もしかすると、京の菓子屋と大坂の菓子屋の争いごとが裏にあるのかもしれぬ。今日から、手すきのときに、玄徳堂のあたりを見回るからそのつもりでいてくれ」

「よろしゅおます」

「おまえは玄徳堂の菓子を食ったことはあるのか」

千三は大きく手を振り、

「おまっかいな、あほらしもない。甘いもんに高い金払うぐらいやったら、ええ酒かウナギに使いますわ。甘味は、雑菓子で事足りとります」

「そりゃそうだな」

勇太郎が笑うと、鳩好がおずおずと、

「あの……一言よろしいか」

「ああ、どうぞ」

「私は、お菓子、大好きです。駄菓子も好きですが、上菓子も好きです。お金があれば

あるだけ、なんぼでもお菓子につぎこみます。今はこちらからお仕事もいただけまへんのでお金はないんですけど」

「いらんこと言わんでええねん」

「せやから、玄徳堂さんのお菓子も好きですねんけど、高うてめったに食べられしまへん。『淀の柳』ゆうのも一遍食べてみたいとまえからあこがれておりましたんやが、今のお話を聞いて、ますますその気持ちが強まりました。お金を貯《た》めて、食べにいきたいと思うとります」

「『淀の柳』は、俺が食ってもすごさがわかったよ。味もいいが、見かけもすばらしいんだ」

「ええお菓子は、絵とおんなじです。見ただけで心を深く動かされます。私はいつも、お菓子を食べるまえにさっと絵に描くのが癖になっておりまして……」

そう言うと、鳩好はふところから数枚の紙を取り出した。そこには、彼が今日食べたであろう松露《しょうろ》と岩おこしが描かれていた。それを見た勇太郎は思わず二度見をした。

（なんだ……これは……！）

たしかに紙のうえに描かれた絵なのだ。しかし、どう見てもそこに本物の菓子があるとしか思えない。手を伸ばせばつかめそうだし、なによりも見ていると口中に甘い唾が涌《わ》いてくる。

「なんやねん、これ！　めちゃめちゃうまいやないか。おまはん、腕、隠してたな」

千三が言うのもむりはない。役者絵の下手さ加減とは雲泥の差なのだ。鳩好は頭を掻き、

「なんでかわかりませんけど、生きてないもんはうまいこと描けますねん。走り描きですけどな」

「走り描きでこれだけ描けたら立派なもんや」

「師匠も、いっつもほめてくれはります。おまえは生きた絵は描けんが、死にものだけはうまいなあ、て」

「それ、ほめられてるか？」

そのやりとりを聞いていて、勇太郎はひらめいたことがあった。

「役者の顔が描けぬなら、いっそのこと、景色や風物を描いたらどうだ」

千三がぽんと膝を打ち、

「こっち（上方）では名所絵はあんまり流行《はや》りまへんけどな、悪い思案やおまへんわ」

千三によると、江戸では三十年もまえから多色刷り、極彩色の錦絵が浮世絵の主流となり、役者絵だけでなく、美人画、芝居絵、武者絵、相撲絵、花鳥画、名所絵、オランダ絵などが多数版行されている。絵師も、北尾重政、勝川春章《しゅんしょう》、喜多川歌麿、東洲斎写楽、歌川豊国、葛飾北斎……といった人気者が活躍している。しかし、上方ではいま

だに合羽刷《かっぱず》りと呼ばれる独特の色刷り版画が主流で、流光斎如圭《りゅうこうさいじょけい》という絵師の登場により、十年ほどまえにようやく錦絵が描かれることになった。そういう具合で、江戸にくらべてかなり遅れて出発した上方の浮世絵だが、近頃は流光斎やその弟子松好斎半兵衛（つまり、鳩好の師である）、また、狂画堂こと浅山蘆国《あさやまあしくに》などによって、上方の錦絵も盛り上がる気配を見せはじめているのだという。だが、上方では役者絵が主流で、名所絵を描くものはあまりいない。

「ならば、おまえも早くその仲間に加われるよう精進いたすがよい」

勇太郎がそう言うと、千三も深くうなずき、

「なるほど、だれもやってないことをやるのが、おまはんの道かもしれん。みんながみんな、おんなじことしてもしゃあないからな」

鳩好は頭を下げ、

「ご両所のありがたいお言葉、痛みいります」

勇太郎はにっこり笑い、両刀をつかんで立ち上がると、

「千三、明日からよろしく頼むぞ。鳩好も、今の話、頭の隅にとどめておいてくれ」

「へ。朝一番に旦那の家にうかがいまっさ」

「私も、顔見知りの菓子屋にそれとのうきいときます」

勇太郎は座敷を出たが、そのときはまだ、玄徳堂の太吉の一件が京・大坂両都を舞台

にした大騒動になろうとは予想もしていなかった。

◇

一旦、奉行所に戻り、岩亀与力を筆頭に、惣代《そうだい》、長吏《ちょうり》、小頭たちを従えて町廻りに出た。その途上、岩亀が思いだしたように、

「おお、そうじゃ。例の菓子屋はこのあたりではなかったか」

勇太郎が、

「玄徳堂でございますか。北御堂の裏手ゆえ、すぐ近くでござりますが……」

「ほほう、ならばわしも一度、その太吉というものに会《お》うてみたい。村越、その方案内いたせ」

もちろん、突然思いついたのではなく、はじめから立ち寄る腹づもりであったのは明白だ。

「かしこまりました。なれど、岩亀さま」

「なんじゃ」

「『淀の柳』は月に二度より売らぬ菓子らしゅうございます。本日参りましても、ございませんが」

「な、なにを申す。わしは太吉に会いに行きたいだけじゃ。『淀の柳』があろうがある

まいがどうでもよい」

そう言いながら、岩亀の表情は明らかに落胆していた。歩みながら岩亀は、大事を告白するかのように、

「じつを申せば、昨夜、帰宅して、家内に『淀の柳』がいかばかり美味かったかをうっかり話すとな、なぜ、たとえ半分でも持って帰ってくれぬのか、それが夫婦の情ではないか、と食ってかかられた。平生は、わしが外でウナギを食おうが寿司を食おうが気にもせぬのに、こと菓子となると、女子はおかしくなるのう」

勇太郎は、きのうの母親と妹の態度を思い出した。

「ま、露見したからには、体裁は言うておられぬ。なんぞ代わりの菓子を買うて戻らねば、山の神が許してくれぬでな、皆、付き合《お》うてくれ」

「こちらでございます」

勇太郎が玄徳堂を指し示したが、その表は閉ざされていた。若いものが駆け寄って、貼り紙を読んだ。

「くふうのためとうぶんやすみます」

貼り紙にはそうあった。岩亀はがっかりして、

「休みではいたしかたあるまい。よその菓子屋に参るといたそう」

あくまで菓子は買わねばならぬらしい。勇太郎は、やはり怪我《けが》の具合が思わしくない

のか、と戸に近づいてみると、なかから声が聞こえてきた。

「あかん、何遍やっても思う色にならん。こんなもん……」

「あんた、なにすんねん。もったいないやないか」

「できの悪いもん、おいといてもしゃあないやろ」

「けど、この菓子に砂糖、どれだけ使《つこ》てると思てるの。味はええんやから、お客さんに安うお売りしたら喜ばれるのに」

「ドアホ！　しくじったもんを職人が客に出せるか。そんな性根やさかい、大坂の菓子屋はいつまでたっても京菓子に負けるんじゃ」

「そんな言い方ないやろ。あてかて、あんたの言うとおり高い砂糖でも吉野葛《よしのくず》でも小豆《あずき》でも仕入れしてるけど、もうお金がないねん。払いが悪いよって、どこも掛けでは売ってくれん。太吉のべべ見てみ。着てるさかい着物やけど、ぬいだらボロやで」

「ぎゃあぎゃあ吠《ほ》えるな。今度の菓子戦《かしいくさ》に勝ったら万事うまくいく。それまで辛抱せえ」

勇太郎はそっとその場から離れた。太吉という男、菓子という優しげなものを作っているわりに、職人として一本芯の通った男のようだ。皆のところに足早に戻ると、岩亀与力が隠居風の老人と立ち話をしている。どうやらその町人も甘党で、玄徳堂の菓子を買いにきたようだ。

「太吉の店は、こういう風に休むことがよくあるのか」

岩亀がそう問うと、

「太吉さんは凝り性やさかい、菓子の工夫をはじめたらほかのことが見えぬようになりますのや。まあ、そのうち新しい菓子ができるのを楽しみに、今日は帰りましょう」

「そのほうは、この店にはよく来るのか」

「太吉さんの菓子は高いけど、高いだけの値打ちはおますよって、月に一、二度は寄せてもろてます。わしは酒が飲めんので、楽しみゆうたら甘いもんだけですのや」

「このあたりに、ほかに菓子屋はないかね」

「そうですな。敷津橋《しきつばし》を渡って瀬戸物町に入ったところに、孔明堂《こうめいどう》ゆう菓子屋がおますわ。そこの主《あるじ》も、太吉さんと同じく、本町の劉備堂にいた職人でございまして、米太郎《よねたろう》さんといいますのや」

「腕はいいのか」

老人は首をひねり、

「太吉さんほどやおまへんけど、劉備堂で修業してますよって、そこそこの腕はおます。けど、人間がなあ……」

歯にものの挟まったような言い方をした。勇太郎は横合いから、

「人間がどうだというのだ」

老人は驚いたように口をつぐんだので、岩亀は勇太郎をひとにらみして、

「村越、吟味ではないのだぞ。口のききかたに気をつけよ」

それから老人に向き直ると、

「太吉の店が休みなので、今からそこに行って、菓子を購うつもりなのだ。美味ければよいのだがな……」

「米太郎さんは根っからの博打《ばくち》好きで、始終ふらふらしとるさかい、店が開いてるかどうかはわかりまへん」

「そうか。まあ、行くだけ行ってみよう」

岩亀与力は隠居風の老人に礼を言うと、先に立って歩き出した。勇太郎はそっと与力に近寄ると、

「申し訳ありません」

「よい。——なれど、町人と話すときは笑顔を忘れるな。それでなくとも、われらは両刀をたばさんでおるのだ。上から覆い被《かぶ》せるような話し方をして、恐れ入らしてはならぬ」

「はい。肝に銘じます」

一行はぞろぞろと細い橋を渡り、瀬戸物町に入った。孔明堂はすぐに見つかった。店に向かって進んでいるとき、勇太郎ははっとした。彼らが近づくのを見て、店ののれん

の陰からひとりの男があわてて出て行った。顔はのれんで見えなかったし、すぐに西のほうへ駆けていったので、後ろ姿しかわからなかったが、勇太郎にはその男が、きのう太吉を襲った三人の男のうちのひとりのように思えた。根拠はなく、ただの勘である。追いかけようかと思ったが、まさかそんなこともあるまい、と思いとどまった。

「どうした、村越」

岩亀に声をかけられ、

「いえ……なんでもありません」

孔明堂に一歩入った勇太郎は、すぐさま玄徳堂とのちがいがわかった。あちこちに埃が積もり、薄汚れているのだ。主らしき男は、太吉よりも年嵩《としかさ》だが、不精髭が伸びており、店の奥の椅子にだらしなく座っている。菓子を入れた箱も並んではいるが、ほとんどが空箱で、実際に品物が入っているのは数えるほどしかない。男は立ち上がると、怯《おび》えた表情で早口に言った。

「お武家さま……なんのご用事で?」

岩亀与力は威圧的な口調で、

「菓子屋に来て、ほかに用件があるか。菓子を買いにきたに決まっておろう」

「お、お客さまだっか。なあんや……」

「われらは西町奉行所のものだ。遣い物にしたいのだが、菓子を見せてもらえるか」

岩亀与力は腰の十手を叩いてみせた。

「ひえっ、お役人さまで……」

「主、なにか後ろ暗いことでもあるのか」

「とととんでもおまへん。なんにもおまへん。ひとつもおまへん。――どうぞ見とくなはれ」

そう言われても、種類が少なくて選びようがない。岩亀与力は自宅用にきんつばを買い、そのほかのものにもひとつずつ菓子の折を買い与えた。全員の分の代価を払いながら岩亀は主に言った。

「おまえは以前、劉備堂にいたそうだな」

「へえ……」

米太郎の目に警戒の色が宿った。

「ならば、玄徳堂の主を知っておろう」

「太吉だっか。知っとりますけどな……」

「あのものの菓子をどう思う」

米太郎は見下したような顔つきになり、

「口幅《くちはば》ったいようだすけど、あいつは菓子の道を踏み間違えとると思いまんな」

「ほう、どうしてだ」

「菓子ゆうもんは甘かったらよろしゅおまんねん。見かけなんかどうでもええ。上菓子かなんか知らんけど、高い夕ネぎょうさん使て、上品なもん作っても、所詮、京菓子の物真似《ものまね》だす。大坂のお客さんは外面《そとづら》やのうて、中身を食べはります。見かけに高い金払うのはまっぴらや。わかるひとはちゃあんとわかってはりまっさ」

「なるほど、それもひとつの見識だのう」

店を出たところで、皆は口々に岩亀に、

「旦那、おおきに」

「ありがとうございます」

勇太郎も礼を言おうとしたが、岩亀に制された。

「われらが来たとき、ちょうどこの店から出ていった客がいたな。おまえはなにか思いついたようだったが……あれはなんだったのだ」

「昨日のならずもの三人のうちのひとりではないか、と思ったのですが……」

「ならば、なぜあとを追わぬ」

「背中しか見えず、ただの勘でしたので……」

「われらの仕事に勘働きがいかに大事か、おまえはまだわかっておらぬのか」

「は……」

「馬鹿者。ひらめいたら、なぜすぐに動かぬ。考えるまえに走れ。たとい違《ちご》うていても、あとで悔やむよりずっとましではないか」

そのとおりだ。思い直して、今から追いかけようとしてもできないのだ。言われてみてはじめてわかった。動けたのは、あのとき、あの瞬間だけだったのだ。唇を噛《か》みしめる勇太郎に追い打ちをかけるように岩亀が言った。

「だから、おまえにはおごってやらぬ。自腹で払え」

岩亀与力はにやりと笑い、歩き出した。勇太郎は肩を落とし、とぼとぼついていく。

敷津橋を渡りながら、岩亀が振り返ることなく言った。

「この一件、おまえに任せる。存分にやってみよ」

「――え?」

「おまえが昨日の玄徳堂の騒ぎをただの喧嘩ではないとわしの耳に入れた。それが、そもそものきっかけじゃ。今の、孔明堂の主の様子を見ていると、おまえの目のつけどころに誤りはなかったように思う。なにかしら、ありそうではないか。――のう?」

「は……」

「ならば、おまえが最後までやりきるがよい」

「ありがたき幸せ」

勇太郎は、与力の背中に向けて深く一礼した。

(二度と、おのれの「勘働き」をおろそかにすまい)

反省すると同時に、身体の底から熱いものが湧き上がってきた。

◇

(やるぞ……最後までやりきるぞ)

勇太郎は、岩亀与力に許しを得ると、町廻りからひとり離れて、布袋町に向かった。今日知り合ったばかりの絵師、鳩好を訪ねるつもりだった。彼はよほどの菓子好きである。菓子屋の世界の裏側についても、聞き知っていることがあるにちがいない。「布袋町に住んでいる」という言葉だけを頼りに、勇太郎はあちらでたずね、こちらでたずね、ようよう鳩好の住居をたずねあてた。彼は、老婆が営む小さな海苔屋《のりや》の二階に居候《いそうろう》していた。

「鳩《きゆう》さんやったら、うえで寝てはりまっせ」

くちゃくちゃの老婆がそう言ったので、勇太郎は狭くて、歪《ゆが》んだ階段をのぼっていった。まだ日は高いが、絵師というものは昼に寝て夜に働くと千三から聞いていた。

(芝居小屋から戻ってから、昼寝をしているということか……)

絵師は西日の当たる三畳ほどの部屋で、山のような反古紙《ほごかみ》に埋もれて眠っていた。描き損じなのだろうが、そこには役者の大首絵や美人画などに混じって、菓子を描いた絵が無数にあった。

「おい、起きてくれ。御用の筋なのだ」

いくら声をかけても、揺すぶっても、鳩好は目ざめない。業を煮やして、

「起きぬか、馬鹿！」

頭をはたくと、ようよう目をうっすらと開け、

「おや……あんさんはたしか……」

「朝に大西の芝居で会《お》うた村越勇太郎だ」

鳩好はうっすら目を開け、

「おおっ……あっ……これはこれはこれは……」

「ちと、お伺いしたき儀があってな、眠かろうが目を開けてはくれぬか」

「はい、起きました。起きていると腹が減るので、なるたけ寝るようにしております。それで、なんのご用事で？」

言いながら、鳩好は反古紙をいい加減に片づけて、勇太郎が座る場所をあけた。墨や顔料がこびりついたボロ畳に、勇太郎はこわごわ腰をおろし、

「瀬戸物町の孔明堂という菓子屋を知っておるか」

鳩好は半笑いになって、

「あそこはあきまへん。店主がやる気おまへんからな。孔明堂の菓子食うぐらいやったら、駄菓子屋で猫の糞《ふん》か串団子でも買うたほうがよろしおまっせ。やめときなはれ」

「いや、もうこのとおり、買うてしまったのだ」

勇太郎はきんつばの折を見せた。

「ありゃー、買うまえに言うてくれはったら、おとめ申しましたのに、ちびっと手遅れでしたな」

「そうではない。孔明堂の主について、なにか存じ寄りがあれば教えてほしいのだ。変わった噂《うわさ》や後ろ暗い話を聞いたことはないか？」

鳩好はようやく勇太郎が来訪したわけが飲み込めたようで、

「私もようは知りまへんけどな、いろんな店に菓子を買いにいったときの世間話のなかから、拾ったことをつなぎ合わせて申しあげますと……」

それによると、孔明堂の主、米太郎は、もともと劉備堂で修業した菓子職人で、三番頭にまで出世し、もう少し辛抱すればのれん分け……というところだったのだが、素行が悪く、酒と賭博《とばく》が好きで、借金が山のようにあり、ついには店の金に手をつけた。それが発覚してクビになったのだが、今でもその癖が改まらず、しょっちゅう賭場に出入りしているらしい。借金がかさんで、仕入れの金もままならず、ヤクザじみた借金取りに追いかけられている姿もたびたび見かけるという。

（俺たちが店に行ったときに怯えていたのも、借金取りが雇った用心棒とでも思ったのかもしれんな……）

勇太郎はそう思った。

「玄徳堂の太吉さんとはえらいちがいですわ。太吉さんは、若いのにあまりに腕がええので、劉備堂の主が婿養子にして跡継ぎにしたい、とまで言うてくれたのを、大きな店では好きなように菓子作りができん、ゆうて、無理言うて分家させてもろたそうですわ。土性骨《どしょうぼね》のある、しっかりした職人さんです。私も見習いたいもんや」

「おまえは太吉と知り合いなのか」

「いえ、何遍か菓子を買うたときにしゃべったことがあるだけです。向こうは、私の顔も覚えてはらへんと思います」

勇太郎は立ち上がると、

「また、なにか思い出したことがあったら、いつでも西町奉行所か俺の家まで来てくれ。——雑作をかけたな」

階段を降りようとして、ふと思いつき、

「玄徳堂の菓子は高いだろう」

そう言った。貧窮な暮らしのなかで高額な上菓子を購うのはたいへんではないか、と思ったのだが、

「村越さま、私は三度の飯を食わいでも、菓子を食わずにはおれん性分です。ことに、太吉さんのような立派な職人の作る菓子は、どんなに高くとも、食べられるだけで幸せ

です。ええ菓子を食べると、心が豊かになります。それに、京の上菓子屋に比べると、玄徳堂の値段はかなり安おまっせ。たまさかの贅沢ですがな。私はなあ、大坂の町の衆が、玄徳堂の菓子をもっと気軽に買えるようになったらええと思とりますねん」

勇太郎は鳩好に頭を下げ、

「すまん。失礼なことを言ったな。許してくれ」

「え、いや、そんなつもりで言うたんやおまへん。頭上げとくなはれ」

鳩好のほうがあわてていた。

◇

奉行所に戻ったころには、夕方になっていた。勇太郎は、岩亀与力に孔明堂の米太郎について報告した。

「なるほど、借り金で首が回らぬ、か。――臭いな」

岩亀はうなずくと、

「米太郎が出入りしている賭場と、借金をしている相手を調べてみよ」

「承知つかまつりました」

今度は叱られずに済み、勇太郎はほっとした。

「なんだと？」

大邉久右衛門は、もともと大きな両眼を最大限に見開いた。用人の喜内は、目玉が落っこちるのではないかと案じた。

「休み？　休みとはどういうことじゃ」

「休みは休みでございまする。休業、店を閉めておるのですな」

「そんなことはわかっておる。なにゆえ休んでおる」

「さあ、そこまでは……。貼り紙がしてございました。『くふうのためとうぶんやすみます』と……」

「工夫ならば、店を開けながらすればよいではないか。わしの許しもなく勝手に休むとは不届き千万じゃ」

「休む休まぬは店の主の勝手でございましょう。それとも、お奉行のご威光でもって、休みを返上させますか」

「ふん……そんな馬鹿なことができるか」

久右衛門はつまらなそうに鼻毛を抜き、それをふっと吹き飛ばした。そして、しばらく無言でむっつりと壁の掛け軸を見つめていた。そこには「庭前柏樹《ていぜんのはくじゅ》」という禅の言葉が、太く四角い文字で書かれていた。

「のう、喜内」

「ははっ」

「この掛け軸だが……」

「はい」

「庭前柏餅《かしわもち》と書いてあるのか？」

喜内は倒れそうになるのをこらえながら、

「柏餅ではなく、柏樹でございます」

「なんじゃ、つまらん」

またしても無言が続いたあと、

「のう、喜内」

「ははっ」

「この掛け軸の太い文字を見ておるとな」

「はい」

「羊羹《ようかん》が食いたくなってこぬか」

喜内はもういちど倒れそうになった。

「御前、いい加減になされませ。頭のなかから甘味を一度追い出してくだされ」

「そうはいかぬ。ひとたび頭に巣くうた食欲《じきよく》の煩悩《ぼんのう》は、そのものを食わねば去らぬのじゃ。ああ……玄徳堂の菓子が食いたいのう」

「菓子ならどこのものでもよいではござらぬか」

「そうはいかん。食えぬとなると無性に食いとうなる。ああ、食いたいのう、食いたいのう、玄徳堂の菓子が食いたいのう」

いつものことなので、駄々っ子を放置して喜内はその場を離れた。飛脚が御用状を持ってきた、という報せが門番から届いたためである。御用状というからには、公用の書状である。ただちに開封し、中身を吟味し、ことと次第によっては、その飛脚に返事を持たせて返さねばならぬ。喜内が飛脚から受け取った書状は、京都町奉行 曲淵《まがりぶち》甲斐守《かいのかみ》景露《かげつゆ》からのものであった。

「ご返事は無用とのことでございます」

飛脚がそう言ったので、喜内は受取状に時刻と名前を記し、飛脚を帰した。

(京都町奉行から……なんであろう)

喜内は首をかしげつつも、それを持って、奥へと急いだ。

「お奉行……お奉行！　曲淵景露殿からの書状でござるぞ」

京都町奉行は、大坂と同じく東西にわかれていたが、呼び方は異なり、東御役所、西御役所という呼称だった。曲淵甲斐守景露は、名奉行として高名な曲淵甲斐守景漸《かげつぐ》の息子で、この時期、西御役所の奉行を務めていたのだ。

「お奉行！　お奉行！　おぶ……」

言葉が喉でとまった。部屋に戻ってみると、血走った目の久右衛門が上半身裸になり、

真槍《しんそう》を構えて、

「りゃあっ！　りゃあっ！」

と掛け声も勇ましく、「庭前柏樹」の掛け軸を目がけ、何度も穂先を突き出している。

「まえまえから兆しはあったが、とうとう頭がおかしくなられたか」

そうつぶやきながら、危なっかしくて入室できぬ。久右衛門は、喜内に背を向けたまま、汗だくになって槍を繰り出しまくる。

「なにをしておられるのです。剣呑《けんのん》ではありませぬか」

「久しぶりに槍術《そうじゅつ》の稽古をしておるのじゃ」

「稽古なら武術稽古場でなされませ」

「どりゃあっ！」

気合いとともに久右衛門がしごき出した槍は、狙いを大きく逸れ、掛け軸の横の柱へ突き立った。それを見た喜内が冷ややかに、

「外れましたな」

「柱を狙っておったのじゃ」

「すこしはお気が晴れましたか」

「む……かえって苛立《いらだ》ちが増したわい。ああ、玄徳堂の菓子が……菓子が……」

「黙らっしゃい」

喜内はぴしゃりと言った。

「大坂町奉行ともあろうおかたが、小児のようにむずかって、菓子が食いたい食いたいとわめきちらし、槍を振り回して屋敷の柱に傷をつけるとはなにごとです。おわきまえくだされ」

「ふん……おまえに、これぞと思い込んだ店の菓子が食えぬものの気持ちがわかるか」

「わかりませぬし、わかりたくもありませぬ。それより、これをご覧《ろう》じませ」

喜内が差し出した書状を見て、

「なんじゃ、これは」

「京都町奉行曲淵景露殿からの御用状でござります」

「ああ、あの男か。わしは嫌いじゃ」

「すぐにそのようなことを……早《はよ》う開けてお読みくだされ」

ぶつぶつ言いながらも久右衛門は開封し、中身をちらりと見て、

「なんと……！　大坂津村南町の玄徳堂主太吉云々《うんぬん》と書いてあるぞ。もしや、あやつめ、気を利かせて、玄徳堂の菓子を進物にくれたのではないか」

そんなわけはない。曲淵景露は、久右衛門が玄徳堂の菓子を食べたがっていることを知るはずがないのだから。

「なになに……ふむ、ふむふむ、ふむふむふむ……」

読み終えた久右衛門の表情に、喜内は背筋に寒気を覚えた。久右衛門は太い眉毛を逆八の字にし、鼻孔を大きく開いて鼻息を吐き、下唇を噛みしめて、大きな顎を小刻みに震わせている。

（御前が、心底怒ったときの顔だ……）

まさにそのとおりだった。文面を読んだ久右衛門は怒りに震えていた。彼はいきなりその書状を引き裂いた。

「京の公家面《づら》どもめが。どこまで大坂を馬鹿にしたら気がすむのじゃ。許せぬわ！」

「なにごとでござりまするか」

「読んでみい」

久右衛門は、ちぎれた書状を喜内に放った。喜内はそれをちまちまとつなぎ合わせてから読み下した。そこに書かれていた文章の大意はつぎのようであった。


今の日本において、砂糖というものは、輸入品も国産品もたいへん貴重である。それゆえ、京の上菓子屋は白砂糖の使用を制限するため、「上菓子屋仲間」を設けている。これは京都所司代によって公許されたもので、その数は二百四十八軒に限られ、加わるためには多額の金を支払って空いた株を買い取らねばならない。しかし、京都町奉行所の調べによると、大坂津村南町の玄徳堂主太吉なるものは、上菓子屋仲間の株を持たずに、砂糖を使った菓子を作っているという。これは不正であるゆえ、ただちに上菓子の製造をやめるよう、当奉行所より上菓子屋仲間の肝煎《きもい》りを通じて再三再四玄徳堂に申し入れたが、一向にやめようとせぬ。それぐらいならば見逃しようもあるが、此度《こたび》、玄徳堂は、大坂木津の高名な茶人田端是空斎《たばたぜくうさい》に取り入り、茶会に使われる上菓子を納品しようと企《たくら》んでいるという。田端家の茶会には、室町今出川《むろまちいまでがわ》の鷺屋山城が進納するのが決まりごとである。株を持たずに砂糖を使った上菓子を作るだけでも許されぬ不正なのに、上菓子屋仲間の得意先を奪わんとするとは言語道断である。

上菓子屋仲間からの訴えを聞き、京都所司代は田端家に対し、従来どおり鷺屋山城方の菓子を使うよう命じた。しかし、田端家からの返答は、来たる〇月〇日、鷺屋と玄徳堂で菓子戦なる勝負を行い、その勝者の菓子を使うというものであった。京都所司代からの指図に従わぬとは、度し難き無法ならずや。大坂町奉行所が玄徳堂主太吉を召し捕り、鷺屋との菓子戦を避けるならば、田端是空斎の罪は差し許し、今後とも鷺屋より菓子を購うことを認めてもよいという寛大な裁きを、京都所司代は約束しておられる。以上に鑑《かんが》み、京都町奉行所は、大坂西町奉行所がただちに玄徳堂を捕縛することを推奨するものである。

喜内は読み終えて大きくうなずき、

（京都所司代の権威を笠《かさ》に、京菓子の権益を守るために、大坂町奉行所をねじふせようとしているのだ。京都町奉行は京都所司代の使い走りのようなものだからな。これは、御前が怒るのももっともだわ）

　久右衛門は牛のような巨体を大きくぶるぶるっと震わせると、柱から槍を引き抜いてふたたび構え、

「りゃあっ！　とりゃあっ！　どりゃあっ！　ずりゃあっ！　そうりゃあっ！」

　それを襖《ふすま》や長押《なげし》、畳などに突き立てながら、

「なにゆえ……大坂……町奉行が……京都町奉行の……指図を受けねばならぬのだ……！　上菓子屋仲間だと？　そんなもの……勝手に決めくさって……わしが……黙って……言いなりに……なるとでも思うか！　大坂を……なめたら……ただでは……おかぬ！」

「お奉行、屋敷が壊れます。おやめください」

　頃合いをみて、喜内がそう声をかけると、久右衛門はさすがに疲れて汗を手拭いで拭い、

「亀はおるか」

「まだ、おりまする」

「村越はどうじゃ」

「さきほど私に退出の挨拶をして、帰宅いたしましたが」

「すぐに奉行所に戻るよう、同心町に使いを走らせよ」

怪訝《けげん》そうな顔をしている喜内に、久右衛門は言った。

「わしは今から、玄徳堂に参る。両名にその、供をさせるのじゃ」

◇

だが、勇太郎は帰宅していなかった。きんつばの折を持って、常盤町二丁目の岩坂道場を訪れていたのだ。昨日からの流れでは、玄徳堂の菓子でないと母親や妹からまたぞろ文句を言われると思った勇太郎は、孔明堂のきんつばを小糸に渡すつもりだった。

勇太郎の剣術の師である岩坂三之助は、肝の臓に病を得、一時は生命にかかわる容態であったが、勇太郎の叔父で医師の赤壁傘庵による療治を受けて、近頃では門弟相手の稽古もつけられるまでに回復していた。枯れ木のように痩せていた身体も、元通りとまではいかぬが、かなり肉がついた。大熊という侍の仇討《あだう》ちを援助したことが評判を呼び、門弟の数も増え、道場はかつての賑わいを取り戻していた。

「これは村越殿、随分お久しぶりでございますな。稽古でございますか」

応対に出た顔なじみの門人の言葉を、勇太郎は皮肉のように感じた。勇太郎の足は「御用繁多《はんた》」を理由に、またしても遠のいていたのだ。もともと剣術の稽古が好きではないらしい。間が空けば空くほど、敷居が高くなるので、今日は思いきってやってきたのだ。

「いや、稽古ではないのですが……小糸お嬢さまはおいでですか」

その門人は、ああ、なるほど、という「訳知り顔」になったが、勇太郎は鈍くて気づかない。

「今、道場でお稽古をなさっておいでです」

「お嬢さまが？」

「はい。お嬢さまは、近頃では師範代を務められるほどのお腕前になられ、古参の高弟の方々も一目置いておられますぞ。さ、どうぞ、お通りください」

廊下を進み、道場に入ろうとした勇太郎の足がとまった。彼が目にしたのは、小糸の鋭い「突き」を受けそこね、喉をしたたかえぐられて、無様に腰砕けになって咳《せ》き込む門弟の姿だった。

「ま、参った……」

「おつぎはどなたですか」

稽古着姿で竹刀《しない》を持ち、顔を赤く上気させた小糸の姿は、勇太郎が思わず見とれるほどに凛々《りり》しいものだった。

（これが……あの泣き虫だった……）

勇太郎には、目のまえの女武者が、かくれんぼうをして遊んだあの小児と、どうしても重なりあわなかった。

「さあ、ぐずぐずしない。出ようか出まいか考えているひまがあったら、すぐに立ちなさい」

これはもう立派な師範代だ。その言葉に押されるようにして、ひとりの門弟が立ち上がり、

「お願いいたします」

一礼して、進み出る。竹刀を二、三合交えるのを見て、勇太郎は、

(やはり男の力のほうが勝っているな……)

と思ったが、やがていかなる隙を見いだしたか、小糸は、

「ええいっ！」

気合いとともに大胆な打ち込みを放った。またしても彼女の「突き」が門弟の胸板を直撃し、門弟は羽目板まで吹っ飛ばされた。

(いやあ……すごいもんだ)

勇太郎はほとほと感心した。今の突きは、勇太郎もかわせる自信はなかった。

「おつぎ……！」

と叫びかけたとき、小糸は、入り口でたたずんでいる勇太郎に気づいた。

「村越さま！」

急に声の調子が変わり、顔が明るくなった。駆け寄ってきて、

「いつから見ておられたのですか。おひとが悪い」

「たいした技だ。恐れ入りました」

「まあ、お恥ずかしいかぎりです」

「いえ、今の突きなら、藤川さんもかなわないかもしれません」

「藤川さんには、もう勝ちました」

これには勇太郎も言葉がなかった。大坂玉造口定番付き同心の藤川正十郎は、勇太郎よりも勝る腕前だ。

「父の手ほどきで、こつこつお稽古しておりましたが、近頃、急に上達したのです。これまで勝てなかったひとに勝てるようになって……そうなると剣術がおもしろくなってきて」

同じことの繰り返しに思える地道な修行が蓄積され、その成果が突然顕《あらわ》れたのだろう。そういう経験は、勇太郎にもあった。勇太郎は、突き技はあまり得意ではなかったが、小糸の稽古ぶりを見て、内心すこし悟るものがあった。

「ぜひ、村越さまともお手合わせしたく思います。どうぞ、一手ご教授くださいませ」

勇太郎は焦った。負けると格好がつかぬし、勝っても具合が悪い。

「あ、いや……今日はもう戻らねばなりませぬ。また、いずれ、そのうちに……」

「今日はなにをなさりにおいでですか。父とはお会いになられましたか」

「近くまで来たので、ちょっと道場の風に当たりにきただけです。先生によろしくお伝えください」

「そんなことをおっしゃらずに、ぜひ、お茶でも……」

「いえ、そうはしておれぬのです。失礼いたします」

勇太郎は逃げるようにして岩坂家を退出した。きんつばを渡すのを忘れていた、と気づいたのは、天満橋を渡りきったときだった。

◇

「ただいま帰りました」

家に入るや、居間から女性たちの笑いあう声が聞こえてきた。綾音が来ているな、と勇太郎は思った。綾音は、すゑが芸子だったころの妹分の娘で、今は吉左衛門町で稽古屋をしている。ときどきこうして、村越家に遊びにくるのだ。勇太郎は、きんつばの折を出して、すゑに渡そうとすると、

「ああ、おおきにご苦労さん。綾音ちゃんへのおみやげやろ。私、綾音ちゃんが今日来るて、あんたに言うてあったさかいなあ」

そうだったっけ……？　きょとんとする勇太郎を尻目に、すゑは折を綾音に差しだし、

「うちの子もちょっとは気がつくようになって、あんたが来るゆうたら、こんなもん買うてきたわ。皆でいただこか」

「うわあ、うれしいわあ。勇太郎さん、おおきにい」

綾音は喜びを大仰に表し、抱きつかんばかりにすり寄ってきた。鬢付《びんつ》けの甘い匂いがぷんと鼻を突いたとき、

「ごーめんくだされー。むーら越殿ー、お奉行が火急の用件でお呼びでござるぞー」

家の外で、そんな大声がした。勇太郎は救われた気分で立ち上がった。

◇

わけもわからず駆け足で奉行所に戻った勇太郎は、その門前に奉行と岩亀与力が立っているのを見た。ほかに、小者や足軽、中間たちが数名控えている。

「お待たせして申し訳ございません。——で、いったいなにを……」

「今から玄徳堂へ参る。そのほうは案内いたせ」

久右衛門がそう言ったので、なんのことだかさっぱりわからぬまま、勇太郎は彼らを先導して、津村南町に向かった。やはり玄徳堂は表を閉ざしている。勇太郎が戸板を叩こうと近づいたとき、店のなかから、

「帰れ！」

という怒声が聞こえてきた。自分のことを言われたのかと勇太郎がびくっとしたとき、いきなり潜り戸が開き、なかから男が出てきた。

「そない邪険にせんでも帰るわい。なんじゃ、せっかくわしが親切心で手伝《てつど》うたるゆうとるのに断りやがって……。おまえひとりでは無理やて。鷺屋にボロ負けするで」

「ほっといてください」

男は一転して懇願口調になり、

「なあ、太吉よ、意地張らんと、菓子戦で出す菓子の工夫を教えてくれや。いろいろ口添えしたるで」

「いらないと言うてますやろ」

「餅を使うた菓子やろ。こないしていろんな餅をぎょうさん丸めとるもんなあ。そこまではわしにもわかるんやが、餅をどないするつもりなんや。まさか柏餅や草餅、鶯《うぐいす》餅、長五郎餅や花びら餅の類ではなかろうが、それをひとひねり、ふたひねりするぐらいでは到底鷺屋の相手にはならんわな。そこで、わしやったら……」

「もうよろし。番頭さんには関わりないことでおます」

「おまえも頑固やなあ。一緒に劉備堂で修業した仲やないか。ふたりで力合わせたら、菓子戦に勝てると思うで。頼むわ、このとおりや。わしはおまえの力になりたいんや」

「わてはひとりでやりまっさ。番頭さんも、やりたいんやったらひとりでやったらどないです」

「ちっ……たいそうな自信やな。けど、おまえは鷺屋山城の怖さを知らんのや。そのうち吠《ほ》え面《づら》かくで」

碇《いかり》模様の仕事着を着、前垂れを掛けた男はそう言うと、唾を地面にはいた。彼は、孔明堂の主、米太郎だった。彼の後ろで、潜り戸はぴしゃりと閉められた。

「けったくそ悪い」

米太郎は顔を上げ、やっと勇太郎に気づいた。

「な、な、なんや。昼間のお役人やおまへんか。なんで、こんなところに……」

「太吉に用があるのだ。おまえはなにをしていた」

「わ、わしだっか。太吉は昔、わしの下で働いてたんで、今でも親しゅうしとりまんのや。今日はちょっと商売の話をしにきただけですわ」

「そうか。気をつけて帰れよ。近頃は菓子屋が道で破落戸《ごろつき》に襲われることが多いらしいからな」

「そ、そうでっか。おおきに、十分気をつけまっさ」

米太郎は、かなり離れて立っていた久右衛門たちには気づかず、ほとんど走るような速さで相生橋《あいおいばし》を渡っていった。勇太郎が振り返ってうなずくと、奉行や岩亀が近づいて

きた。勇太郎は、玄徳堂の板大戸を力強く叩いた。すぐに内側から、

「しつこいなあ。帰れゆうたら帰んなはれ。あんたと手を組む気はおまへんねん」

「太吉、俺だ。西町奉行所の村越だ」

「ええっ！」

潜り戸が開き、太吉が顔を出した。顔面の腫れはだいたい引いているが、青黒い鬱血は随所に残っていて、痛々しい。

「おお、太吉。怪我の具合はどうだ」

「まだ、ちっと痛みますけど、たいしたことはおまへん。——旦那、そんなこと言うためにわざわざお越しですか」

「そうではない。おまえに会いたいというお方を連れてきたのだ」

「いや、それが今、なんじゃかんじゃとりこんどりましてな、できればまた今度に……」

「そうはいかぬ。——お頭」

勇太郎がうながすと、彼の背後から大邉久右衛門がずいと進み出た。その巨軀《きょく》と巨顔のあまりの迫力と圧迫感に、太吉は一間ほど後ずさりした。

「だ、だれでんねん」

「西町奉行、大邉久右衛門である」

「いーっ」

「太吉、入れてもらうぞ」

久右衛門は、目を丸くしている太吉を身体で突きのけると、店に入った。勇太郎と岩亀与力もそれに続き、残りのものたちは店のまえで待機した。久右衛門はずかずかと上がり込み、板の間にあぐらをかいて座った。その後ろに、岩亀と勇太郎が座をとった。

「太吉、おまえも座れ」

久右衛門は太吉をむりやり座らせた。太吉は平伏して頭をあげようとしない。

「よい、ただいまは無礼講じゃ。面をあげい」

だが、太吉は固まったままだ。岩亀が後ろから、

「太吉、お許しが出た。お奉行さまに顔を見せよ」

そう言われて、太吉はようよう少しだけ頭をもたげた。しかし、身体が小刻みに震えている。

「貴様、大胆なことをやりよったな」

「な、なんのことで……」

「京都所司代、京都町奉行、それに京の上菓子屋仲間を向こうに回して、鷺屋山城に菓子戦なるものを挑むつもりであろう」

勇太郎は、その一言でなにもかも合点がいった。そういうことだったのか……。

「いえ……それは……」

「隠さずともよい。京都町奉行からわしに書面が届いたわい。玄徳堂太吉を召し捕り、菓子戦をやめさせよ、とな」

太吉は蒼白《そうはく》になったが、

「ふははは。心配いたすな。わしは貴様も、貴様の作る菓子も気に入っておる。京のやつらを相手に張り合おうという、その意気や良し。向こうの後ろ盾が京都所司代と京都町奉行ならば、貴様にはこのわしがついておる。存分に戦をいたせ。もし負けたるときは、貴様の骨はわしが拾うてつかわすぞ」

太吉は感動にむせび、声も出ない。

「貴様は、鷺屋の手先とおぼしきならず者に幾たびか襲われたそうじゃな。卑怯千万《ひきょうせんばん》……わしはそういう姑息《こそく》なやり方が大嫌いじゃ。やるなら真っ向からぶつかればよい。なれど、そこまでしてくるというのは、向こうが貴様の腕を高く見積もっておる証左でもある。大坂の魂を見せ付けてやれ」

「あ、あ、ありがたきお言葉でございます……」

「貴様は、これなる与力・同心どもに、鷺屋に襲われたことを、ただの喧嘩だと言い張ったそうじゃが、なにゆえ隠そうとしたのじゃ」

「怖《おそ》れながら申しあげます。このたびの菓子戦は、田端家の是空斎さまがわての菓子を気に入ってくださって、京都の町奉行さんや上菓子屋仲間から、あいつの菓子を使うてはいかん、との申し入れがあったにもかかわらず、それなら平安の昔から伝わる『菓子戦』の儀を行い、勝ったほうを出入りの菓子屋とする、と押し切ってくださったのが、そもそものはじまりでおます」

「ほう……田端是空斎という茶人も、腹の据わった御仁のようじゃのう」

「そのあとも、京からはたびたび、菓子戦そのものを執り行わぬよう言うてきたみたいだすけど、田端の旦那は頑として聞き入れなんだ。田端の旦那のご恩に報いるためには、石にかじりついても菓子戦に勝たなあかん。それゆえ、寝る暇も惜しんでその工夫に取り組んでいるところでおます。今、奉行所のお役人さまにお取り調べを受けているゆとりがおまへんのや。嘘申して、すんませんでした」

「なるほどのう。それで、工夫はついたか」

太吉は顔を曇らせ、

「それが……なかなか『これは！』というのができまへんのや。わては、京菓子やのうて、大坂菓子を作りたい。大坂もんは餅が好きですやろ。せやさかい、餅を使うことまでは決まっとりまんのやが……」

「えらい！　大坂を背負って立つ気概が泣かせるのう。ほかのことは万事わしに任せて、貴様は菓子作りにのみ精魂を傾けよ」

「へえ、そうさせていただきます！」

「ひとつだけ聞かせてもらいたい。上菓子仲間に入っておらぬ貴様が、なぜ白砂糖を使うた菓子を作れるのじゃ。どこから砂糖を仕入れておる」

奉行の眼光は矢のように太吉を射た。勇太郎は、

（お頭は、太吉が砂糖を密輸などの不正なやり方で入手しているのではないか、と疑《うたご》ておいでなのだ。そうだとしたら、菓子戦で太吉を支えることはできぬ）

心のなかでそう思った。

「白砂糖は薬でおます。うちの店は、道修町《どしようまち》の薬問屋から、薬として砂糖を仕入れとります。薬問屋を通すとどうしても割高になります。上菓子屋仲間に入れば、それよりは安う分けてもらえますが、菓子屋として京の下に立つのが嫌なんだす」

「うむ、その気持ちを忘れず、精進せよ。菓子戦には、わしも臨席するぞ」

久右衛門は巨体を揺すぶるようにして立ち上がり、

「『淀の柳』、見事であった。また、食いたいぞ」

そのとき、表にいた小者が潜り戸から顔を出し、

「申しあげます。お奉行所から、鶴ヶ岡さまがお越しです」

「なに、鶴が？」

鶴とは、盗賊吟味役与力の鶴ヶ岡雅史のことである。奉行の出先にまでやってくるというのは、よほど急ぎの用件であろうと思われた。鶴ヶ岡与力は潜り戸から店に入ると、

「ご用人からこちらとうかがったので参上いたしました」

「なにごとじゃ」

「菓子屋孔明堂主人米太郎なるもの……」

一同が耳をそばだてた。

「さきほど、曾根崎《そねざき》神社境内にて心中いたしました」

3

曾根崎神社は、曾根崎川の北岸に面した小さな宮である。勇太郎たちが着いたとき、すでにあたりは薄暗かった。米太郎の遺骸はすでに地面におろされ、菰《こも》がかけられていた。その隣には、心中の相手だという曾根崎新地旭屋の遊女、照手《てるて》の遺体があった。

つい先刻まで生きて自分とも会話していた人物が冷たい骸《むくろ》となっている。亡くなった父の跡目を継ぎ、同心になって三年。いまだにこの感覚には慣れぬ。神主たちがうろたえ騒ぐなか、照手の雇い主旭屋衆右衛門《しゅうえもん》がやってきた。陰気な顔をした、不健康そうな五十がらみの男であった。曾根崎新地は、堂島《どうじま》の米仲買、両替商、蔵屋敷の役人などの富裕な客が多く、格式のある揚屋・茶屋・置屋が並んでいたが、旭屋は中程度の置屋だという。

小頭の長五郎が菰をめくった。衆右衛門は露骨に不快な表情を浮かべ、直視せずにすぐ目をそらした。死んだふたりは、神社の裏にある松の木の太い枝で首を吊《つ》っていたそうで、喉には食い込んだ縄の痕が紫色に残っており、顔面もどす黒く変じ、無惨なありさまであったから無理もないが、勇太郎は男の冷たさを感じた。

(いや……決めつけてはいかん)

と自戒したが、一方では、岩亀与力に言われた「勘働き」を大事にしたいという気持ちもあった。

「おまえのところの娼妓《しょうぎ》、照手にまちがいないな」

「へえ……」

「平生の振る舞いはどうだった」

「ろくでもない女子《おなご》でしたわ」

衆右衛門は吐き捨てるように言った。

「五分取りの端女郎《はしじょろう》のくせに気位ばかり高うて、わての言うことにいちいち逆らいよって、頭が痛いとか腹が痛いとかゆうてすぐに勤めを休みよる。客や朋輩《ほうばい》と喧嘩する。客のもんに手ぇつける。酔って、廊下で反吐《へど》をつく。まだ年季が残ってましたんやが、こっちから頼んで辞めてほしいぐらいだした」

やはり、その言葉には、雇い主としての優しさ、死者へのいたわりなどはまるで感じられない。

「米太郎は、よく通ってきていたのか」

「たまに来はるぐらいで、こないに深い仲やとは思てまへんでした。言うてくれたら、どないなとしたのに」

「今日、照手はどうしていた」

「昼間は、歯が痛いとか抜かして、部屋で寝とりました。昼過ぎに起きてきて、ワカメの味噌汁が嫌いや、ゆうてえらいゴネたあげくに、佃煮《つくだに》でご飯を食べとりましたが、そのあと姿が見えんようになって……」

「ふむ……」

澱《よど》みのない返答ではあるが、あらかじめ用意しておいた答のようでもある。

「なんにせよ、成仏してほしいと思とります。なまんだぶ、なまんだぶ」

神妙な横顔を見ながら、勇太郎は言葉の裏にある「なにか」を探ろうとしたが果たせなかった。

「もう、よろしか。今から店を開けんとならんさかい」

「あ、ああ……」

(こやつのほうが、俺より器量が上なのか……)

勇太郎は口惜しい気持ちで、相手を見送った。勇太郎は「なにか」を求めて、もう一度、米太郎の死骸を見つめた。

(おや……?)

と思った。玄徳堂から出てきたとき、米太郎は碇模様の仕事着だった。しかし、遺体が着ているのはは瓢簞柄《ひょうたんがら》だ。前垂れもつけていない。

(あのあと、着替えたのか。仕事着のままで心中するのは嫌だという気持ちはわからぬでもないが……)

これまで一度も名前が出たことのない照手という女と情死したといわれても、そうですかと納得はできぬ。腕組みをしてふたりの死体を見下ろしていた勇太郎は、なにかの気配を感じた。境内に群がっている野次馬たちのなかのひとりが、すっ……と動いたのだ。その動きが、勇太郎の目の端にかすかに捉えられた。顔も姿形も見えなかった。ただ、その動きに妙なぎこちなさを感じたのだ。ちょうど野次馬のなかに千三の顔が見えたので、彼に任せようか、とも考えたが、

(いや……自分で行こう)

その判断は、本当に「勘働き」としかいいようのないものだった。勇太郎は千三の横をすり抜けざま、ついてこい、と目顔で知らせると、「だれか」が向かった方角へ急いだ。その相手はすぐに見つかった。勇太郎が追ってくるとわかったらしく、神社を抜け出そうとかなりの早足になっていたのだ。やがて、早足は駆け足になった。背中を見る

かぎりでは、小太りの男だった。

「おい……！」

勇太郎は千三に声をかけながら、自分も走った。相手は必死に逃げるが、千三が猛然と追いすがり、曾根崎川の土手で後ろから飛びかかった。柳の木の根もとでもみ合うふたりに、勇太郎がようよう追いついたとき、きらり、となにかが光った。

「気をつけろ、刃物だ」

勇太郎の声に千三は身体をひねったので、出刃包丁は空を切った。千三が十手で相手の手首を叩くと、小太りの男は「ぎゃっ」と叫んで包丁を取り落とした。千三は男の両肩を地面に押さえつけたが、相手は痰《たん》を千三の顔に吐きかけた。痰は見事に千三の目をふさぎ、男はその隙に土を掻いて逃れようとしたが、

「このガキ！　このガキ！　このガキ！」

憤激した千三は相手を十手で殴りつけたあと、糸鬢《いとびん》の細い髷節《まげぶし》をつかんで顔を持ち上げた。勇太郎は、千三に任せず、自分が追跡してよかった、と思った。なぜならその男は、太吉を襲った三人のうちのひとりだったからだ。首から数珠こそかけていないが、その顔つきに見覚えがある。

「あまり手荒にするな」

千三にそう言ったあと、

「また会ったな」

男は顔を横に向け、

「なんのこっておます。わては旦那のこと、知りまへんで」

「まあ、よい。奉行所でゆっくりききとしようか」

「わてはなんにもしてまへん。ただの見物だす。ほんまでっせ」

しかし、千三がダメ押しのように言った。

「旦那、こいつ、念仏の図兵衛《ずへえ》ですわ」

その名前に聞き覚えがなかった勇太郎がききかえすと、

「武家屋敷の渡り中間を隠れ蓑《みの》に、三十石の夜船のなかで、寝入った客の荷物をかっぱらうこそ泥だす。ほかにも、金にさえなったら、どんな悪事でも働くヤカラでおます。

――おい、図兵衛、おのれがなんの用事もなく、心中の場に居合わせるはずないやろ。なにしとったんや。吐かんかい！」

千三は、図兵衛の胸ぐらを絞ったが、

「なーんにもしとりまへん。たまたま新地をひやかしに来とっただけです。ここの境内がなにやら騒がしいなあ、と思たんで入ってきたら……」

「嘘をつけ」

「嘘やという証拠はおますのか」

それは、なかった。本当にただの心中なのかもしれぬ。米太郎は、勇太郎の知らぬところで曾根崎新地の照手と深間《ふかま》に入っており、ついに今日、死出の道行きを行ったのかもしれぬ。だが……博打と酒が死ぬほど好きだという米太郎の身辺に女の影はなかった。また、莫大な借金を抱えていたはずの米太郎が、たとえ端女郎だとしても女に入れあげるというのも腑《ふ》に落ちない。しかも、つい先刻玄徳堂で見かけたときは心中しそうな気配は微塵《みじん》も感じられなかった。

「わてを召し捕るんやったら好きにしなはれ。けど、叩いてもなんの埃も出まへんで」

にやにや笑いながら、図兵衛は引っ立てられていった。その態度は堂々としていて、悪びれるところがない。尻尾《しっぽ》をつかまれるはずがない、と高をくくっているのだろうか。勇太郎は、図兵衛の後ろ姿を憎々しげに凝視した。

◇

「吐いたか」

岩亀与力の問いに、勇太郎は弱々しくかぶりを振り、

「強情なやつで、いくら問いつめても、知らぬ存ぜぬの一点張りです」

あれから数日、与左衛門町の牢《ろう》に入れられた念仏の図兵衛は、勇太郎たちの吟味を鼻で笑い、

「通りすがりに、神社で心中や、て聞いたんで、見物に行っただけです。見物したら罪になりまんのか」

そう言い続けている。若い勇太郎を頭からなめているのだろう。

「もう二、三日したら解き放たねばなるまい」

「こうなったら、石を抱かせましょうか」

「そこまではできぬ」

白状させるため、笞打《むちう》ち、石抱き、海老《えび》責め、吊《つる》し責めといった「牢問《ろうど》い」をすることはあったが、いつでもだれでも拷問にかけてよいというわけではない。奉行にいちいち伺いをたて、許諾を得なくてはならぬ。

「奉行所に勤めるものとして、安易に、町人を責めるでない。それはようわきまえておけ」

「はい」

与力・同心のなかには、捕縛した相手をひたすら拷問して、自白をもぎとるものもいるが、そういうやり方は大勢の無実の罪人を作り出すことになる。しかし、自白も証拠もなければ、いつまでも拘留しておくわけにはいかない。

万事休す。奉行所を出た勇太郎は、

(菓子戦まであと二日か。太吉もたいへんだろうな……)

そんなことをぼんやり思いながら歩いていると、

「あの……旦那」

千三が近づいてきた。

「なにか、わかったか」

「こっちはなにも」

「そうか……」

うなだれる勇太郎に、

「けど、手がかりになるかどうか……ゆうことがひとつだけ」

「なに？」

千三の後ろからおどおどと現れたのは、絵師の鳩好だった。

「鳩好は、あの日、朝からずっと一日中、曾根崎界隈《かいわい》で絵を描いてたそうでおます。ほれ、自分で申しあげんかい」

鳩好は、

「役者の顔が描けぬなら名所絵を描け、という旦那のご忠告が胸に染みまして、今、あちこちの景色を写して歩いとりまんねん。あの日も堂島から曾根崎にかけて描いとりました」

そう言って、美濃紙の束を差し出した。千三が脇から、

「もしかしたらその絵になんぞ手がかりが載ってるんとちがうか、と思て、連れてきたんです」

受け取った絵を広げながら、勇太郎は、

「絵を描いているときに、なにか見かけたり、気づいたりしたことはないか」

「夢中になっとりましたんで、なにも……」

絵を見た勇太郎は、思わず声をあげた。堂島川沿いに建ち並ぶ蔵屋敷とそこで働く人々、曾根崎川にかかる橋を渡る男女、曾根崎新地の赤い灯青い灯《ひ》とさんざめく客と女たち……。さらさらと筆を走らせただけの下描きなのだろうが、描き込みがすごい。一枚の紙のなかに十人以上の老若男女が描かれているのだが、その髪型から衣服の柄、着こなし、肥瘦《ひそう》の具合、表情、動作などが見事に描出されていた。また、大小の家屋敷はもちろん、橋の下をくぐる舟、川面《かわも》のゆらめき、大八車に積まれた荷物、風に揺れる樹木の枝、吠える犬……それらが今にも動き出しそうにしてそこにあった。簡単に彩色もされていて、このまま錦絵にしたいほどの出来映えである。

「たいしたもんやがな。思たとおり、おまはん、名所絵には才があるわ」

千三は、先日とはうってかわって讃辞を並べた。

「うーむ……」

勇太郎も、心からの感嘆の声を発した。しかし、

「おや……」

勇太郎はそのなかから二枚の絵を選び、左右に並べて見比べた。当の神社のすぐ近くの道を往来するひとたちを描いたものだ。蔵屋敷が多い南側と異なり、曾根崎川の北側は、新地を除くとかなり寂しく、森や田んぼが続くような田舎《いなか》風の景色である。背景はどちらも地蔵堂と五本の松の木で、まったく同じ場所の様子がすこし時間を違《たが》えて描かれているのだ。左の絵には四人の男とひとりの女が、右の絵には三人の男がいるのだが、勇太郎が着目したのはそのうちの、髪を糸鬢に結った中間風の男だ。左の絵では、西を向いて歩いているが、右の絵では、逆に東へ向かっている。身体の向き以外は、横顔の形、肉付きなど、どう見ても同一人物なのだが、衣服が異なるのだ。左の絵では瓢簞柄だが、右の絵では……。

（碇模様だ……！）

勇太郎はぴんときた。しかも、瓢簞柄を着ている男のみ、首から数珠を掛けている。

「千三、図兵衛を押さえつけたとき、なんでもいい、妙に思ったことはないか」

「そうですなあ……あいつ、よほど汗かきとみえて、着物が汗でびしょびしょでした。馬みたいに走りよったさかいなあ」

やはりそうか。勇太郎は、絵の男を指差しながら、鳩好に言った。

「この男を描いたとき、なにか気づかなかったか」

鳩好はかぶりを振り、

「私は、描いてるときは『無』になっとりますのんで、なーんも考えんと、目のまえのものをひたすら写しとるだけですねん。お役に立てずにすんまへん」

「いや、よいのだ。つまり、ここに描かれているものは、なべてありのままということだな」

「それだけは請け合います。私は、真を写すことしかできまへん。嘘を、よう描かんのです」

絵というものは、描かれたものの真実を嫌でも写してしまう。絵描きがうまければうまいほど、真実を暴く。勇太郎はそう思った。

「行けるぞ」

「――え？」

「いや、なんでもない」

勇太郎は奉行所に戻り、思いついたことを岩亀与力に上申した。

「よし、やってみろ」

岩亀は、勇太郎に大勢の配下をつけた。

◇

そして、とうとう菓子戦の日が来た。早朝、西町奉行所に出勤した勇太郎は、どえらいものを見てしまった。正直、夢ではないかと目を擦ったのである。馬に乗った大邉久右衛門は、鎧兜《よろいかぶと》に身を固め、手には采配を持っている。その横には陣笠《じんがさ》を被った喜内が、久右衛門の槍を持って立っている。まるで、合戦へでも向かう出《い》で立ちだ。後ろには、これも具足をつけた足軽が十人ほど従っている。なぜか、絵師の鳩好もその場にいた。物見高い町人たちがひそひそ言い合いながら、遠巻きに見守っている。

「なにごとでございますか」

あっけにとられた勇太郎は、それだけ言うのが精一杯だった。

「おう、来たか。今から木津の田端家に向かう。貴様も同道いたせ」

「本日は、心中一件の探索御用が……」

「わかっておる。なれど、今日だけはわしにつきあえ。亀も承知じゃ」

「それは、はい、かしこまりました。でも、そのお姿は……」

「京都所司代と戦をいたすのじゃ。戦ならば、鎧兜をつけねばなるまいが」

「は、はあ……」

「いざ……出陣！」

喜内が法螺貝《ほらがい》を吹いた。勇壮な音が朝の大坂の町に響き渡る。それを聞きつけて、見物の町人たちが次第に増えていく。

「おまえはなぜ呼ばれたのだ」

歩きながら鳩好にたずねたが、絵師も首をひねり、

「お奉行所から、絵の道具を持ってこい、という呼び出しがありましたので参りましたんやが、なにを描くのかまるで聞いとりまへん」

木津に到着したころには、あとに従う町人たちの数は五百名ほどになっていた。

武者小路千家《むしゃこうじせんけ》の茶人田端是空斎の屋敷は、武家屋敷にも匹敵するほどの構えではあるが、その侘《わ》びた佇《たたず》まいはおのずから周囲に静謐《せいひつ》をうながしていた。その門前にて、馬上の久右衛門は用人に言った。

「用人、大邉久右衛門推参つかまつった。家内《やない》に告げ知らせよ」

「かしこまって候」

時代がかったことの好きな喜内はすっかりその気になり、

「田端是空斎の屋敷はこちらなるか。本日当家にて、菓子戦なる合戦ありと聞きおよび、将軍家より大坂西町奉行に任ぜられたる大邉久右衛門釜祐、大坂の安寧守護いたすため、ただいま到着いたしした。開門の儀、よろしくお願いいたす。開門、かーいーもーん！」

音吐朗々《おんとろうろう》呼ばわった。驚いたのは田端家の奉公人たちである。弁慶でも名乗りをあげたかのようなうろたえぶりで、あわてて門を左右に開いた。

「鍋奉行まかり通る。わーはっはっはっ！」

久右衛門は騎馬のまま門内に入り、一行もあとに続いた。勇太郎も、最後尾に付き従った。野次馬たちの鼻先で門が閉められ、彼らは口々に文句を言った。

門をくぐったところに足軽たちはとどまった。彼らとともに残ろうとした鳩好に、喜内が言った。

「おまえもわれらとともに参るのだ」

鳩好は顔を引きつらせた。

門から玄関までは石畳があり、その途上で久右衛門は馬を下り、兜を脱いだ。馬廻り同心が、馬を馬小屋に連れて行った。正玄関の左右には山水が広がり、どうやら屋敷をぐるりと囲むような形で庭があるらしい。無風流な久右衛門はそれにちらりと目を走らせただけですぐに屋内に踏み込んだ。すでに、主の田端是空斎が正面に控えていた。七十歳を過ぎているというが、顔には皺《しわ》ひとつない。額をつるつるに剃り上げ、羊羹《ようかん》を貼り付けたような太い眉の、枯れた茶人というより、荒修行をした禅僧のような老人である。炯炯《けいけい》人を射る眼光で、久右衛門を直視すると、

「愚禿《ぐとく》の片庵《かたいお》に身分あるかたをお迎えでき、身に余る光栄でござりまする」

「わしも高名なる是空斎殿にお会いでき、うれしゅう存ずる。京都町奉行の名代《みようだい》は来ておるか」

「はい、昨日よりお泊まりでござります。ただやと思て、ぎょうさん飲み食いしてくら

はりました」

かなり険のある言い方である。

「玄徳堂と鷺屋は？」

「暗いうちから諸道具を運び込み、すでに支度にかかっておりまする」

久右衛門は式台に上がりながら、奥へ通りかけたが、途中で茶人を振り返り、

「そのほう、なにゆえ京都所司代、京都町奉行の指図をきかず、此度の菓子戦の開催、無理押しいたしたのじゃ」

老人は柔和な笑みを浮かべ、

「お奉行さま、侘び茶の道も京に持って行かれておりましてな、表千家、裏千家、武者小路千家……いずれも都に宗家がござります。宗旦《そうたん》以来の伝統ゆえ、やむをえぬこととは申せ……」

ここで声を落とし、

「私も、生まれも育ちも大坂の人間だ。なんとのう、おもろおまへんのや。あの太吉ゆう男の、大坂菓子を作りたいゆう心意気に惚れ込みましたんや。すぐにでも、うちの御用菓子屋にしようと思たんですけどな、『上菓子屋仲間のほか砂糖を使ひて菓子作りたるものこれあるにおいては、急度《きっと》差しとどめ申す可《べ》く』とかゆう横槍が入りました。ここで屈したら大坂の名折れですさかい、茶の湯の世界はだれの指図も受けぬと申しあげ

たところ、今日のお計らいになりましたんや」

「ふむ」

「せやけど、もし菓子戦で太吉が負けよったときは、その裁定に従うつもりです」

「結構」

久右衛門は莞爾《かんじ》と笑い、奥へと向かった。喜内と勇太郎、鳩好も彼に続いた。

一同は、奥書院へと通された。中央に、京都町奉行曲淵景露の名代で、証文方与力の三浦儀輔《よしすけ》という、四十歳ほどの侍が床の間のまえに着座していた。瓢簞のように長く、のっぺりと白い、典型的な「公家面」で、羽織袴《はおりはかま》も武士とは思えぬあでやかなものだった。証文方というのは、制札発行や宗門改・鉄砲改・浪人改などを行う役目なので、菓子戦の立会人には適任といえる。久右衛門が入っていくと、三浦与力はその鎧や籠手《こて》脛当《すねあ》て姿に一瞬ぎょっとしたようだが、軽く会釈しただけで立ち上がろうともせぬ。京都町奉行の権威を背負っているのだぞ、という虚勢がありありと見える。久右衛門は、地位からいうと中央に座るべきだが、気にした様子もなく、三浦の左側に座った。

すでに、京都町奉行の家来とおぼしき三名の武士が、部屋の右側の壁を背に座っており、喜内と勇太郎、それに鳩好は彼らに並んで座った。わからぬ程度に香が焚《た》かれているようだ。部屋の左手には、勝敗検分役として軍配を持った三名が列席していた。ひとりは公家、ひとりは僧侶、ひとりは武家だった。いずれも、京都町奉行が選んだ、菓子道の「聞き手」らしい。

是空斎が部屋の真ん中に進み出て、

「それではただいまより、菓子戦を執り行いまする。東方《ひがしがた》は鷺屋山城主人、鷺屋六兵衛ならびに職人頭仁吉、亮介、五平。西方《にしがた》は玄徳堂主人太吉。立会人は京都町奉行名代三浦儀輔殿。行司役は、従三位三条公若《きみわか》殿、東山寿老院住職智洲《ちしゅう》殿、京都代官小堀正摂家来石田重太夫殿……」

つまりは、京菓子を贔屓《ひいき》するであろう人物ばかりを行司役に揃《そろ》えたというところだろう。そのあと、是空斎はこの「菓子戦」なる儀式が、平安のころから続く公のものであり、おもに禁裏への菓子の納入を菓子司たちが争ったとき、最後の判定を下すために御所内で行われた、ということを説明した。ゆえに、菓子戦の裁定にはなんびとたりとも従わねばならぬのだ。

「では、はじめまする。まず、東方の菓子よりご賞味いただきます」

是空斎がそう言ったとき、三浦与力が手を挙げ、

「あいや、待たれよ。ほかのものの列席は、それがし、是空斎殿より事前に知らせがあったが、それにおる町人はなにものか」

彼の目は鳩好に注がれている。久右衛門が咳《せき》払いして、

「かのものはわしの家臣でござる」

「家臣と申しても町人でござろう。尊き合戦の場にはふさわしからぬ下賤《げせん》のもの」

「いや、この男はどうしても同席させねばならぬのじゃ」

久右衛門はそれ以上は告げず、その場を押し切った。三浦儀輔は憤然として鳩好をにらみつけた。鳩好はびくつきながら勇太郎に、

「どないしましょ、出ていったほうがよろしいか」

「お頭がああ言っておられるのだ。座っておれ」

しばらくして唐紙が開き、肩衣《かたぎぬ》に裃《かみしも》をつけた恰幅《かっぷく》のよい中年男が、三宝に菓子を載せてにじり出た。

「御所御用相務めまする菓子司鷺屋山城にござりまする。本日ご賞翫《しょうがん》いただきまするは『贅沢餅』と申す菓子でござります。どうぞお召し上がりくだされ」

鷺屋主人六兵衛は、菓子を銘々皿にひとつずつ取り分け、三浦儀輔、久右衛門、三名の行事役、そして最後に是空斎に出した。是空斎のまえに置くときに、

「鷺屋は、こちらの先代の時分よりご当家茶事の菓子を承っておりまする。きのう今日菓子屋をはじめた大坂の職人風情にご当家御用を掠《かす》めとられるわけには参りませぬ」

是空斎は穏やかな笑みを浮かべただけで、なにも応えなかった。その菓子は、求肥《ぎゅうひ》や餅、羊羹、カステイラ……などに小豆や金平糖、栗《くり》、干し柿等をひとつずつ埋め込み、十種のとりどりの鮮やかな色をつけ、それらを巧みに縒《よ》りあわせて、鞠《まり》のように丸くし

たもので、遠目には極彩色の餅に見えた。久右衛門が目配せをしたので、鳩好はあわてて紙と筆を取りだし、その菓子を描きはじめた。

「いや、見事な……まるで虹のようだわ」

「食べるまえに、目を楽しませますな」

「砂糖もふんだんじゃ。贅沢餅というだけのことはある」

行司役たちは言い合いながら口に運ぶ。久右衛門は、じろりと見たあと、ぱくりと一口で食べてしまった。逆に三浦与力は、黒文字で少しずつ切り刻みながら、おちょぼ口に押し込んでいる。勇太郎は、

(すごい。まるで螺鈿《らでん》細工の箱のように美しい。でも……どこか……)

なぜかしっくりこないのだ。

皆が食べ終わって、茶で口を洗ったところで、

「つづいて西方の菓子でござりまする」

是空斎の言葉に、太吉が入ってきた。羽織袴の丈がまるで合っておらず、借り衣装であると知れた。

「つ、つ、つ……」

極度の緊張で声が出ない。

「太吉、しっかりいたせ」

る」

久右衛門の叱咤《しった》で、ようやく太吉は言葉を絞り出した。

「津村南町で菓子屋を営む玄徳堂の太吉と申します。新参者ですが、精一杯相務めます
る」

彼が差し出した菓子を見て、一同は不審げに顔を見合った。それは、茶色でぎざぎざ
したもので、あられか煎餅《せんべい》のように見えた。一見して勇太郎は、

（負けたか……）

と思った。食べたわけではないが、上菓子というものは目で愛《め》でるものだと聞く。そ
の意味では、鷺屋の菓子は太吉のものをはるかに上回っていた。

「これが上菓子か」

三浦与力は馬鹿にしたように言った。

「こんなものが相手では、鷺屋もさぞかし張り合いがなかろう」

「ええ、ほんまどすわ。この日のために精進してきたのが馬鹿らしゅうおます」

しかし、久右衛門は表情を崩さず、

「これはなんと申す菓子じゃ」

「名前ですか。えーと……名前はおまへん。とりあえず食べとくなはれ」

三浦はまたしても、

「ふん、食わずともわかるわ。大坂ものはこれだから……」

そう吐き捨てながら、黒文字でその餅を割り、一口食べて、

「う……」

眉根を寄せた。久右衛門も、

「これは……」

と言ったきり、表情をこわばらせた。

（どうなんだ。美味いのか、不味《まず》いのか……）

勇太郎がやきもきしながら両名の顔を交互に見ている横で、鳩好は軽快に絵筆を走らせている。三名の行司役も、真剣に咀嚼《そしやく》するだけで、笑いもせず、落胆もしていない。じりじりしながら感想を待っていた勇太郎の耳に、それぞれが茶を啜《すす》る音が聞こえてきた。

「ほな、勝ち負けの裁定をお願いいたします」

是空斎が軽い調子で言った。六兵衛と太吉の身体がぴくりと震えた。

「三条公若殿」

名を呼ばれた公家は、軍配を西に挙げた。三浦儀輔は蒼白になった。

「寿老院智洲殿」

和尚も西を差した。

「石田重太夫殿」

武士も西を示した。

「よって、この戦、西方玄徳堂主太吉に……」

「待て！」

三浦与力が立ち上がり、

「わしは認めぬぞ。見かけといい味わいといい、鷺屋のほうが優れておった。こんな汚らしい菓子を勝たせるとは、失礼ながら行事役のかたがたは舌がおかしゅうなられたのではないか」

「これは異なことを申されるものでおじゃるのう」

三条家の当主がきっとした目で三浦を見た。

「麿《まろ》の舌はたしかじゃ。三浦殿、そなたの仕える京都町奉行が麿をぜひとも行司役にと選ばれたのでおじゃるぞ」

「それはわかっておりまする。な、なれど、三条家は中御門家とともに上菓子屋に官名を受領させる立場。京の菓子屋が負けてもよろしいのでござるか」

「京が大坂ごときに負けるのは口惜しいがのう……嘘はつけぬ」

三浦は、老僧に向き直り、

「鷺屋は、寿老院にもかねてより大法会《だいほうえ》の菓子を納めておりまする。それなのに、西方の勝ちでござるか」

「さよう。美味かった側に軍配を挙げる。それが平安より伝わりし菓子戦の、ただひとつの定めゆえ、な」

与力は涙目になって石田重太夫を見つめ、

「小堀仁右衛門家は代々、京都代官を務める家柄ではござらぬか」

石田はかぶりを振り、

「すまぬが、それがし、主人仁右衛門正摂に、おのれの舌のみを信じて票を入れよ、とくれぐれも申しつかってまいった。鷺屋には悪いが、主人を裏切るわけにはいかぬ」

彼は太吉のほうを向くと、

「上を覆っておるのは、餅を薄く薄く伸ばして、甘く味をつけてから焼いたものだな。香ばしく、歯触りがぱりりとして心地よい。その下に、よく搗《つ》きこんで強く腰をつけた餅の層があり、もっちりとした感触を楽しめる。そして、とろとろに煮込んだ、まるで汁のような餅がびゅっと飛び出してくる。これで終わりかと思うておると、またしてもぱりぱりの薄い焼き餅があり、そのまた下に……幾重にもなっている。なんとも優れたる物創りの力じゃ」

寿老院住職も、

「表側は地味じゃが、なかの細工の細かさは驚嘆に値するわい。外面だけ派手にした菓子よりも奥ゆかしさがあり、茶の湯の心にも叶《かな》うのではないかのう」

三条公若がしめくくるように、

「それに、皮から中身までのすべてを餅だけで作っておるとは、信じがたき腕前ぞよ。よう、ここまで工夫を重ねたもの。いや、さすがの麿も参ったでおじゃる」

三浦与力は気色《けしき》ばみ、

「貴様ら、京都町奉行をないがしろにしておるのか！　ことと次第によっては許さぬぞ」

三条公若が進み出ると、

「われら三名、尊き菓子戦の行司役を仰せつかったうえからは、その定法を堅固に守りたる所存。もし、それを破るものあらば、麿がお相手つかまつらん」

三浦はその剣幕に一歩退いた。

是空斎が太吉の手を取り、

「ようお勝ちなされた。これで明日から、当家の茶会御用は晴れて玄徳堂さんに注文できるゆうことやな」

「おおきに……おおきに……」

鷺屋六兵衛がいきりたって、

「なにが菓子戦や。こんなもん、こどもの遊びやないか。だいたい玄徳堂はこの菓子に使《つこ》た白砂糖をどこから仕入れたんや。上菓子屋仲間に入ってないおまえとこが白砂糖使うのは大罪やで」

「そのとおりだ。大邉殿、太吉を召し捕ってくだされ、今すぐに」

そのとき太吉が、久右衛門に言った。

「お奉行さま、心配いりまへん。この菓子には白砂糖は使うとりません。甘草や黒砂糖、飴や蜂蜜で甘さをつけとりますよって……」

「なるほど、それでほどよき甘みがあったのじゃな。鷺屋の菓子はなんぼなんでも甘すぎたわい。白砂糖の使いすぎじゃわ」

六兵衛が、

「アホらし。こんな、白砂糖のありがたみがわからん大坂の味知らずに上菓子を食わすんやなかった。それに、京菓子は味半分、見かけ半分。クソか岩みたいな菓子と、うちの七色の細工品のどっちがええかわからんのやからなあ」

久右衛門が、鳩好の手から二枚の絵を受け取ると、並べて一同に示した。

「見よ。こうして絵に描くとようわかる。鷺屋の菓子は、パッと見たときは美しいが、色遣いが派手すぎて、嫌らしい。玄徳堂のほうはよう見ると、ごつごつとして、城の石垣のごとき味わい深さがあるではないか。絵は口ほどにものを言うとはこのことだのう」

勇太郎は、はじめに鷺屋の菓子を見たときにしっくりこなかったわけがわかった。是

空斎も首肯して、

「鷺屋の菓子は、いろんな菓子のええとこ取りやけど、食べた途端に混ざってしもて、ひとつひとつの味わいがわからん。そこが気に入らんのや」

六兵衛は、

「ようそこまで、さんざんくさしてくれやしたな。こんな茶番につきおうてられん。京へ戻りまっさ」

舌打ちをして座敷を出ていこうとしたとき、廊下に面した障子が左右に開かれた。そこに座していたのは、岩亀与力だった。その後ろには千三が、ひとりの男の頭を押さえつけて控えている。それは念仏の図兵衛であった。

「旦那……とうとう見つかりましたで!」

その言葉に勇太郎は思わず立ち上がった。

「旦那のおっしゃるとおり、曾根崎川の土手に落ちてました」

千三がふところから手拭いを出して開くと、そこには数個の数珠の珠があった。岩亀も、久右衛門に向かって、

「お頭、ついに吐きましたぞ」

「そうかそうか。わっはははは……間に合うたな!」

三浦与力が久右衛門に詰め寄り、

「これはなにごとでござる。われらをおなぶりになるのもたいがいになされよ」

「控えい、慮外者め！」

久右衛門は鉄扇で三浦の額をぴしりと打った。

「な、なにをなされる。それがし、京都町奉行名代……」

「じゃかあしい！　貴様らの悪巧み、すっかり露見しておるのじゃ」

「なんのことでござる。それがし一向に……」

「村越、貴様がこやつに解いて聞かせよ」

勇太郎は思わぬ大役に助けを求めて岩亀与力のほうを見たが、岩亀がうなずいたので、大きく深呼吸をひとつしたあと、三浦与力に向かい、

「京都町奉行与力三浦儀輔、そのほう、証文方の立場を悪用し、ここなる鷺屋山城主人六兵衛と結託して、大坂玄徳堂の菓子職人太吉の田端家への上菓子納品を妨害せんと企み、金で雇った破落戸《ごろつき》、念仏の図兵衛ほか二名に太吉を襲わせたであろう」

「し、知らぬ」

「それでも田端家が菓子戦を強行すると知り、負けることを怖れたそのほうたちは、賭場への借銭で苦しむ太吉の友人米太郎をたぶらかし、太吉から菓子戦で作る菓子の工夫を聞きだそうとしたであろう。太吉に拒まれた米太郎は、ヤクザからの取り立ての厳しさに屈し、鷺屋をゆすろうとした。そこで、貴様たちは念仏の図兵衛に命じて、口封じ

のために、曾根崎新地の置屋旭屋の女郎照手との心中に見せかけ、米太郎を殺害させたのだ」

「言いがかりじゃ！　無礼千万。ただちに帰って、京都町奉行に申しあげ……」

「照手は、旭屋主人衆右衛門のひどい責め折檻《せっかん》に耐えかねて、曾根崎神社で首を吊った。それを知ったそのほうは、ただちに米太郎を殺すよう図兵衛に言いつけ、図兵衛は米太郎を呼び出して、曾根崎川で溺死させた。米太郎の遺骸を神社に運んで、照手の隣で首を吊らせようとしたが、衣服がずぶ濡《ぬ》れになっている。心中の片割れだけが着物が濡れていてはバレてしまう。そこで、図兵衛はおのれの着物と米太郎の着物を取り替えてから、米太郎を木に吊し、自分は何食わぬ顔で神社を抜け出たのだ」

「おもしろい話ではあるが、貴様の頭のなかでのこしらえごとにすぎぬ。なんの証拠も……」

「ここなる絵師鳩好が当日、付近の様子を絵に描いていた。そこにたまたま図兵衛の姿も写っていたのだ。先の絵では瓢簞柄を着ているが、あとの絵では米太郎が仕事着に着ていたはずの碇模様になっている。また、先の絵では首に数珠を掛けているが、あとの絵ではそれがない。図兵衛を捕らえて吟味したが、なにも知らぬと白を切る。そこで、曾根崎側の土手をくまなく調べると、この通り、数珠が切れて飛び散ったとおぼしき珠《たま》が見つかったのだ」

岩亀が後ろから、

「それを突きつけると、図兵衛も観念してなにもかも白状したぞ」

図兵衛は開き直った様子で、はじめて口を開き、

「旦那方、なにもかもしゃべってしまいましたんや。もう、あきらめまひょ」

「馬鹿馬鹿しい。どうしてそれがしがその照手とかいう遊女の首括《くびくく》りを知ることができるのだ」

「すんまへん、旦那。旦那が照手の馴染《なじ》みで、京からわざわざ足繁く通《かよ》てはった……ということも教えてしもた。へっへっへっ……」

久右衛門は、三浦与力をはったとにらみ、

「三浦儀輔、このことは京都町奉行曲淵景露殿にお知らせいたす。近々寺社奉行から沙汰があろう」

「むむ……もはやこれまで」

三浦は短刀を抜くと、無謀にも久右衛門に斬りかかった。勇太郎は、そこにあった天《てん》目《もく》茶碗をつかみ、三浦与力の顔面に叩きつけた。茶碗は粉々に砕け散り、三浦は鼻を押さえてその場にうずくまった。勇太郎は短刀をすばやく取り上げてから、是空斎のほうを向いて、

「高価なものでしたか……?」

「あ、いや……まあ、よろし。形あるものはいつかは壊れます」

その言葉を聞いて、勇太郎は価格をきくのをやめた。その隙を狙って、鷺屋六兵衛が庭に飛び降りようとした。それに気づいた久右衛門が、

「喜内、槍を持て！」

しかし、喜内が槍を渡すまえに、千三があっさりとお縄にしてしまった。

「貴様がのろのろして早《はよ》う渡さぬからじゃ！」

久右衛門は、用人を怒鳴りつけてから、

「うーむ、餅のようにつき、団子のように串刺しにしてやろうと思うたが、わが手練《しゅれん》の腕を披露できず残念じゃ」

そんなものは披露しなくてもよい、というのがいあわせた全員の意見であった。しかし、久右衛門は上機嫌で、

「本日の合戦は大坂方の大勝利であった。一同、天晴《あっぱ》れじゃあっ」

そう言うと、扇子を広げて自らをあおいだ。その扇子には、「甘い汁を吸う」とあった。

◇

三浦与力と鷺屋の連中を奉行所に送ったあと、残ったものたちで是空斎の点《た》てた茶を

喫した。町人の太吉や千三、鳩好も加わり、ざっくばらんで和気藹々《わきあいあい》とした茶席だった。

太吉は、鳩好の描いた菓子の絵をつくづくと見て、

「すごいなあ。こんな絵見たことないわ。わての菓子の真をくっきりととらえとる」

しきりに感心したあと、

「あの……鳩好さん、折入ってお願いがおまんのやが」

「私に？」

「へえ。じつは、大坂の皆さんにわての菓子をもっと気軽に食べてほしいんですけど、それにはまず、どんな菓子か知ってもらわないかん。というて、わざわざ津村南町までお越しいただくのも難しい。そこで、鳩好さんにうちの菓子を絵に描いてもろて、それをあちこちにお配りしたら、どんな見かけの菓子か、名前だけ見るよりようわかってもらえると思いますねん。その絵を目録代わりに見て、ご注文いただければ……と」

鳩好は頭を下げ、

「喜んでやらせていただきます」

千三がぽんと手を打ち、

「ええ思案やがな。これでますます商売繁盛まちがいなし。鳩好も仕事ができて、一石二鳥や」

皆がえびす顔になるなか、ひとりだけ落胆した顔つきのものがいた。岩亀与力である。

「どうした、亀。なにか不満があるなら申してみよ」

岩亀はだだっ子のような口吻《こうふん》で、

「それがし、先だって『淀の柳』を食し、その美味さに愕然《がくぜん》といたしました。さきほど来皆さま方の、菓子戦に出した太吉の菓子がいかに美味かったかという話をさんざん耳にいたし、口中に唾《つばき》が溜まり、食えなんだ悔しさに臍《ほぞ》堪え難き思いでござる」

「すんまへん、もうおまへんのや。今度、また、作りますよって」

太吉がそう言ってなぐさめたとき、久右衛門が言った。

「それほど食いたいならば、これでも食うておけ」

そう言って、鳩好が描いた餅菓子の絵を岩亀に渡した。岩亀は食い入るようにその絵を凝視していたが、やがて、大きなため息をつき、

「いかにそれがしでも、絵に描いた餅は食えませぬ！」

一同は大笑いになった。久右衛門が大きく合点して、

「太吉、この菓子、名前はまだない、と申したな」

「へえ」

「ならば、わしがつけてやろう」

「そ、それはほまれでおます。よろしゅうお願いいたします」

「うむ……」

腕組みをした久右衛門はたっぷりと考え込んだ。その間、一同は息を殺して、奉行の言葉を待った。やがて、

「餅……餅……わかった。よい名ができたぞ」

「して、その名前とは」

「お奉行餅……いや、いっそのこと久右衛門餅でどうじゃ」

皆は内心、

(——え?)

と思ったが、その思いを口にするものはだれもいなかった。久右衛門はひとりご満悦で、

「うむ、ぴったりじゃ。われながらよい名前じゃ。これはきっと評判になるわい」

勇太郎は、苦笑しながらそんな奉行を見つめていたが、そのときはこの先もずっと大邉久右衛門の目茶苦茶ぶりに翻弄され続けようとは予想だにしていなかった。

左記の資料を参考にさせていただきました。著者・編者・出版元に御礼申し上げます。

『大坂町奉行所異聞』渡邊忠司（東方出版）
『近世「食い倒れ」考』渡邊忠司（東方出版）
『大坂見聞録　関宿藩士池田正樹の難波探訪』渡邊忠司（東方出版）
『武士の町　大坂「天下の台所」の侍たち』藪田貫（中央公論新社）
『町人の都　大坂物語　商都の風俗と歴史』渡邊忠司（中央公論新社）
『江戸演劇史　下』渡辺保（講談社）
『上方浮世絵の再発見』松平進（講談社）
『図説　和菓子の今昔』青木直己（淡交社）
『江戸食べもの誌』興津要（河出書房新社）
『たべもの江戸史』永山久夫（河出書房新社）
『歴史読本　昭和五十一年七月号　特集　江戸大坂捕り物百科』（新人物往来社）
『江戸のファーストフード　町人の食卓、将軍の食卓』大久保洋子（講談社）
『なにわ味噺　口福耳福』上野修三（柴田書店）
『大阪食文化大全』笹井良隆（西日本出版社）

『武士のメシ』永山久夫（宝島社）
『都市大坂と非人』塚田孝（山川出版社）
『江戸物価事典』小野武雄（展望社）
『江戸時代の歌舞伎役者』田口章子（中央公論新社）
『決定版　図説　大江戸犯科帳』歴史群像編集部編（学研パブリッシング）
『江戸グルメ誕生　時代考証で見る江戸の味』山田順子（講談社）
『上方庶民の朝から晩まで　江戸の時代のオモロい〝関西〟』歴史の謎を探る会編（河出書房新社）
『歴史読本スペシャル　大江戸おもしろ役人全集』（新人物往来社）
『歴史読本臨時増刊　日本たべもの百科』（新人物往来社）
『娯楽の江戸　江戸の食生活　鳶魚江戸文庫5』三田村鳶魚著・朝倉治彦編（中央公論社）
『江戸時代役職事典』川口謙二・池田孝・池田政弘（東京美術）
『江戸料理読本』松下幸子（筑摩書房）
『信長の朝ごはん　龍馬のお弁当』俎倶楽部編（毎日新聞社）
『与力・同心・目明しの生活』横倉辰次（雄山閣出版）
『歴史読本特別増刊・事典シリーズ　たべもの日本史総覧』（新人物往来社）
『大坂東町奉行所与力公務日記』（大阪市史編纂所）

解説——天晴れ、エンターテインメント鍋

有栖川有栖

大坂の西町奉行所に赴任してきた大邉久右衛門《おおなべきゆうえもん》は、型破りな性格で周囲を振り回す。倹約倹約と口やかましいくせに食べる物には目がない大食漢の美食家で、ついた渾名《あだな》が大鍋食う衛門。次々に起きる不可解な事件や難題を解決させるため、配下の若同心・村越勇太郎《むらこしゆうたろう》が大坂の町を駈《か》ける。

世の中に数多《あまた》ある小説の中には、「いったい作者はどこからこんな着想を得たのであろうか?」と首を傾《かし》げたくなるものがある。作家を稼業にしている私の目にも神秘的に映る作品が。

本書『鍋奉行犯科帳』については、なんの神秘もない。作者に向かって、力いっぱい言わせていただこう。

「田中さん。これ、まず題名を思いついたんでしょ」

想像するに、こんな具合だ。——(ある日、すき焼きなどを食しながら)考えてみたら鍋奉行というのは、えらい大層で面白い言葉やなぁ。ん、待てよ。料理にうるさいお

奉行さんが出てくる時代小説っていうのはどうやろう。ははは、いけるな。いけるやん。「いやいや、そんなんと違うで」とは言わせない。

とても面白い書名だ。店頭で目にして、つい顔がほころんだ方がいるかもしれない。犯科帳と聞いてまず思い出すのは、江戸の火付盗賊改方《ひつけとうぞくあらためかた》、長谷川平蔵を主人公にした池波正太郎の人気シリーズ『鬼平犯科帳』だろう。〈鬼平〉と〈鍋奉行〉の落差に、私は聞くなり噴き出しそうになった。

田中啓文さんの小説には、『銀河帝国の弘法も筆の誤り』（アイザック・アシモフの『銀河帝国の興亡』のもじり）や『蹴りたい田中』（綿矢りさの『蹴りたい背中』のもじり）という前例もある。こういう書名はあまりにも愉快なので、なんだか出オチっぽい。

言わずもがなかもしれないが、出オチとは、おかしな恰好《かっこう》などで舞台に登場して笑いを取り、それでおしまいという芸のこと。イージーなので、玄人《くろうと》がこれをやったら終わりだな、と思う。

SF、ホラー、ミステリから爆笑のユーモア小説、創作落語まで楽々とこなす田中さんは玄人の中の玄人だから、出オチですませるはずもない。書名という〈出〉でどっと客席を沸かせた後で、練り込んだ物語をたっぷり読ませてくれる。

私は、こういうことをあまりやりたくない。自分でいきなりハードルを上げるようなものだから。異能にして才気あふれる田中さんにとっては何でもないのだろう。

さて、本書の読みどころはというと、四つある。この小説を書くにあたって田中さんは、時代小説（捕物帳）・大坂・ミステリ・ユーモア（落語の要素を多分に含む）の四つの抽斗《ひきだし》から材料を取り出し、絶妙の包丁さばきで料理をしている。題名に掛けて言うなら、美味で滋養豊かなエンターテインメント鍋か。

時代小説というと、京・大坂やその他の地方で展開する物語や、道中ものもたくさん書かれているけれど、やはり江戸が舞台になることが圧倒的に多い。江戸は東洋最大の都市として賑《にぎ》わっていたし、将軍のお膝元に武士が集中していたことによる必然だ。

とはいえ、大阪人の私としては、「もうちょっと上方の話があってもええんやないか。特に大坂は、経済力で江戸を凌駕《りょうが》する経済都市やったし、古代には王城の地やった（そんなことはめったに意識されないが）記憶も秘めてて、物語の地下水脈が絶えることなく豊かに流れてるんやから」と思うことがよくある。「侍の影が薄い町人の町は、やっぱり時代小説に不向きなんかなぁ。いやいや、それにしても……」

町の性格が違っていたのは仕方がないにせよ、大坂もの時代小説が少ないのは、口幅ったいが書き手の努力や工夫がまだ足りていないのではあるまいか。もちろん、前記のような事情があるからハンデは負っている。さらに、繰り返し小説や映画・ドラマで描かれてきたおかげで私たち日本人は江戸の共通イメージを持っているのに対し、大坂は「こんな場所・人・モノがありまして」と説明するところから始めなくてはならないから、読者を摑《つか》むのに骨が折れる。

が、それは時代小説の舞台として未開発の部分が大坂にはたくさん残っている、ということでもある。手つかずの沃野《よくや》が広がっているかもしれないのだから、作家たるもの鍬《くわ》を担いで乗り出していくべきだろう。

大坂ものの捕物帳としてまず浮かぶのは、有明夏夫の直木賞受賞作『大浪花諸人往来《だいなにわしよにんおうらい》』だ。元目明しの赤岩源蔵《あかいわげんぞう》が主人公で、シリーズ化し、『なにわの源蔵事件帳』としてNHKでドラマ化（源蔵役は桂枝雀）もされた。舞台が明治初頭の大坂（大阪）というのが新鮮だった（それだけではなく、もちろん中身も充実していたのだが）。

田中さんは大の有明夏夫ファンで、このシリーズが今では広く読まれていないことを嘆いている。確かに惜しい。せっかくの傑作を得ながら大坂ものの時代小説がブレイクしなった原因の一つは、「もう有明さんが書いてしまったから」と避けられ、他の書き手による後続の作品があまり出なかったためだろう。

自分が好きな作家や作品が過少に評価されるのは、場合によっては自分自身が認められないことに劣らず腹立たしいものだ。また、前述のとおり大坂ものの時代小説には魅力的な未知の可能性がある。そこで田中さんが腰を上げたわけだ。「ほな、僕が書こか」という具合に。

大坂は町人の街で、武士は二百人ほどしかいなかった——と書いたのは、大阪が生んだ歴史小説の大家・司馬遼太郎だが、近年の研究によるとそれは事実ではなく、大坂にも結構な数の武士がいたらしい。くわしくは『武士の町　大坂』（藪田貫・著）などをお読みいただくとして、これは作家にとってありがたい発見だ。大坂を舞台にした時代小説が描きやすくなった。やっぱり侍が出てこない時代小説はもの足りない。

田中さんは、そのような新しい研究成果を本書に盛り込んでいる。大坂もの時代小説が書きにくいのは、江戸に比べて資料が格段に少ないせいもあるのだが、田中さんはそんなハンデも跳ね返してしまう。この作者は、とにかく大坂・大阪に強いのだ。

読み始めるなり私は、「知らんことがいっぱい出てくる。どこで調べたんやろう？」と感心してしまった。ところが、田中さんに伺ったところによると、江戸時代の大坂については色々と調べても判らないことが多く、半分ぐらいは（諸々の制度についてだろう）想像で書いているとのこと。また、本当はこうだと判っていてもそれを小説に書こうとするとややこしくなるので、あえて改変した部分もあるそうだ。

「なんや、嘘《うそ》も混じってるのか」と思うどころか、いたく感心してしまった。〈嘘〉を語るためには、〈本当〉がどのあたりにあるかを知らなくてはならない。たとえば、当時の江戸と大坂では警察制度が大きく異なっていることを認識していなければ、大坂がどうだったのか「判らない」とも言えないのだ。「ややこしくなる」と思うのも、本当のことを知った上での判断だ。そんなことを踏まえて、堂々ときれいに嘘をついているのが素晴らしい（まあ、江戸が舞台の時代小説にしても、そういう小説として正しい嘘がいっぱい混じっているのだが）。

　大坂ものの時代小説を書くのは苦労しますわな、という話をくどくど書いてしまったが、そんなことは読者にとって関係がないし、作者にしても「野暮になるから、あんまり言わんといて」かもしれない。

　この作品は理屈抜きで面白い。大坂の町をうろうろする時代小説としての楽しさに満ち、要所要所で落語的味つけやギャグが繰り出され、しかも鮮やかな謎解《なぞと》きや意外な展開が用意されている。

『鬼平犯科帳』をミステリとして読むのは無理があるが、本書は本格ミステリにもなっている点がユニークだ。日本推理作家協会賞作家の田中さんとしては、そのへんはお手の物という感じ。

　第一話「フグは食ひたし」には、これまで読んだことがない〈犯行の意外な動機〉が描かれていて、冒頭から「あっ」と驚かされた。

　第二話「ウナギとりめせ」は犯人の隠し方が巧妙だ。第一話のフグに続いて、大坂的な料理をモチーフにうまく使い、鍋奉行という設定が活きている。

　第三話「カツオと武士」は、辻《つじ》斬りやら道場破りやら果たし合いやらが出てきて、とても賑やか。鍋奉行が食についての見識を披露する場面もいい。

第四話「絵に描いた餅《もち》」は、料理から離れて菓子をめぐる騒動で、京と大坂のバトルが勃発。ビデオの代わりに絵を手掛かりにする点など、これもきっちり時代ミステリに仕上がっている。

田中さんらしく、全編を包むのはほんわかとした落語的な空気だ。落語（特に上方落語）好きならば、医者の赤壁周庵《あかかべしゅうあん》や下寺町《したでらまち》の菟念寺《ずくねんじ》といった固有名詞に頬がぴくりと動くだろう。第四話の最後で鍋奉行が広げた扇に書かれたギャグに、桂春蝶《かつらしゅんちょう》の新作落語を思い出したりしたが、そんな引用に反応できずとも、寄席に行った気分になれるはず。

こんなにおいしいエンターテインメント鍋をご馳走《ちそう》になった私は、「天晴《あっぱ》れ」と扇を広げたい。そこに書かれた文字は、「続きが読みたい」である。

田中　啓文の本

ハナシがはずむ！

笑酔亭梅寿謎解噺《しょうすいていばいじゅなぞときばなし》3

万年金欠状態の梅寿の個人事務所〈プラムスター〉に時代劇オーディションの話が舞い込んだ。一門をあげての参加の末に合格したのは金髪トサカ頭の竜二ただひとり。芝居の面白さにズッポリはまり、落語の修業も上の空。案じた梅寿に曲者ぞろいの地方のボロ劇場へと送り込まれ、さらには東京vs大阪の襲名を賭けた対決が勃発して……。

集英社文庫

田中 啓文の本

茶坊主漫遊記

関ヶ原の戦いから三十余年、地蔵さまのような老僧と従者の一行が街道を行く。実はこれ、京都六条河原で斬首されたはずの石田三成であった。行く先々で起こる奇怪な事件をズバッと解決、高笑いを響かせながらの諸国漫遊だが、どうやら秘めたる目的があるらしい。事態は将軍家光の知るところとなり、隠密・柳生十兵衛が動きはじめる——。

集英社文庫

集英社文庫

鍋《なべ》奉《ぶ》行《ぎょう》犯《はん》科《か》帳《ちょう》

2012年12月20日　第1刷　　定価はカバーに表示してあります。

著　者　田中啓文《たなかひろふみ》
発行者　加藤　潤
発行所　株式会社　集英社
東京都千代田区一ツ橋2-5-10　〒101-8050
電話　03-3230-6095（編集）
03-3230-6393（販売）
03-3230-6080（読者係）

印　刷　図書印刷株式会社
製　本　図書印刷株式会社

フォーマットデザイン　アリヤマデザインストア　　マークデザイン　居山浩二

ISBN978-4-08-745022-4 C0193